FUSHENGLIUJI

浮生六记

[清]沈复 著
倪海权 译注

中国文史出版社

前　言

刘樊仙侣世原稀，瞥眼风花又各飞。
赢得红闺传好句，秋深人瘦菊花肥。

坎坷中年百不宜，无多骨肉更离披。
伤心替下穷途泪，想见空江夜雪时。

这是清代学者管贻葄《分题沈三白处士〈浮生六记〉》诗中的两首，诗歌高度赞美沈复与芸娘青梅竹马的布衣爱情，而又深切同情他们中道而别劳燕分飞的不幸遭遇。

沈复，字三白，号梅逸，乾隆二十八年（1763 年）生于江苏苏州一个幕僚家庭，未参加科举考试，终身穷困潦倒，郁居下僚，以卖画维持生计。乾隆四十五年（1780 年），沈复与自己的表姐陈芸结婚。婚后二人感情甚笃，伉俪情深，后因遭家庭变故，夫妻旅居外地，历经坎坷。嘉庆八年（1803 年），陈芸病逝于扬州。沈复前往四川充当幕僚，此后情况不明。

妻子去世后，沈复有感于李白《春夜宴从弟桃李园序》中“夫天地者，万物之逆旅也；光阴者，百代之过客也。而浮生若梦，为欢几何?”作《浮生六记》，分六卷即《闺房记乐》、《闲情记趣》、《坎坷记愁》、《浪游记快》、《中山记历》和《养生记道》。经后世学者考证，后两卷为伪作。

《浮生六记》成书后，起初并没有受到人们的重视，一直到道光年间，杨引传在苏州冷摊上得到此书手稿，其时后两记已亡佚。光绪三年（1877 年）交上海申报馆的王韬，以活字版排印。二十世纪二三十年代，俞平伯、林语堂等大家对该书推崇备至，给予极高的评价。俞平伯说：

是书未必即为自传文学中之杰构，但在中国旧文苑中，是很值得注意的一篇著作；即就文辞之洁媚和趣味之隽永两点而论，亦大可供我们的欣赏。

林语堂说：

芸，我想，是中国文学中最可爱的女人。……这两位无猜的夫妇的简朴的生活中，看他们追求美丽，看他们穷困潦倒，遭不如意的事折磨，受奸佞小人的欺负，同时一意求享浮生半日闲的清福，却又怕遭神明的忌妒——在这故事中，我仿佛看到中国处世哲学的精华，在两位恰巧成为夫妇的生平上表现出来。

此外，该书还被改编成话剧，搬上舞台，被翻译成英语、德语、法语、日语等多种语言文字。据统计，各种版本的《浮生六记》已逾百种。

凡此种种，均表明《浮生六记》永恒的艺术价值与魅力。概而言之，在于：善良天真的人性；真挚动人的情感；豁达超脱的胸襟；朴实简洁的文字。该书中，作者记述了与妻子陈芸从青梅竹马、新婚燕尔、四方游历到中道而别，其中精彩处如藏粥待婿、新婚小别、品茗谈诗、戏谑笑语、卜居沧浪、插花剪屏、热情待客、母子永诀等，均以细腻清新的文笔，娓娓道来，“俨如一块纯美的水晶，只见明莹，不见衬露明莹的颜色；只见精微，不见制作精微的痕迹”（俞平伯语），令读者陶醉其中。

译　者

目录

卷一　闺房记乐

/原文/

余生乾隆癸未[1]冬十一月二十有二日，正值太平盛世，且在衣冠之家[2]，居苏州沧浪亭[3]畔，天之厚我可谓至矣。东坡云："事如春梦了无痕[4]。"苟不记之笔墨，未免有辜彼苍之厚。因思《关雎》冠三百篇之首[5]，故列夫妇于首卷，余以次递及焉。所愧少年失学，稍识之无[6]，不过记其实情实事而已。若必考订其文法，是责明于垢鉴矣[7]。

/注释/

1. 乾隆癸未：即清乾隆二十八年，公元1763年。

2. 衣冠之家：指名门望族，书香门第。

3. 沧浪亭：北宋开宝二年（969年），孙承佑任中吴军节度使，曾于沧浪亭营建别墅。庆历四年（1044年），苏舜钦在汴京遭贬谪，翌年流寓吴中，买下废园进一步修缮。因有感渔父"沧浪之水清兮，可以濯我缨。沧浪之水浊兮，可以濯我足"之歌，故命之曰"沧浪亭"。自号沧浪翁，并作《沧浪亭记》。

4. 事如春梦了无痕：出自苏轼《正月二十日与潘郭二生出郊寻春忽记去年是日同至女王城作诗乃和前韵》："人似秋鸿来有信，事如春梦了无痕。"指人生如一场春梦，没有留下什么痕迹。

5.《关鸠》冠三百篇之首：《诗经》共收录诗歌305篇，《关雎》置于篇首，内容本是写男女爱情的，但后世也有儒家诗教解释成写夫妻伦常的。《毛诗序》：“《关雎》，后妃之德也，《风》之始也，所以风天下而正夫妇也。”

6. 稍识之无：稍微认识几个简单的字，这里是谦辞，犹言才疏学浅。典出白居易《与元九书》：“仆始生六七月时，乳母抱弄于书屏下，有指‘之’字、‘无’字示仆者，仆口未能言，心已默识。后有问此二字者，虽百十其试，而指之不差。”

7. 是责明于垢鉴矣：垢：污垢。鉴：镜子。这句是说责备沾满灰尘的镜子为何不明亮了，实际上是不应该的。

/译文/

我出生在乾隆二十八年冬天十一月二十二日，当时正值太平盛世，又身在富贵的家庭，居住在苏州沧浪亭的旁边，上苍厚待我可谓达到极点了。苏轼有诗云：“事如春梦了无痕。”如果不用笔墨记录下来，那么未免辜负了上苍对我的厚遇之恩。因为想到《诗经》三百篇的首篇是《关雎》，所以把写夫妇之情的“闺房记乐”列在卷首，其余的顺次列在后面。惭愧的是我少年失学，学识有限，只不过是如实记录一生经历的事情而已。如果一定要考订文章法度的话，这无异于向污浊的镜子借取光明罢了。

/原文/

余幼聘金沙于氏，八龄而夭。娶陈氏。陈名芸，字淑珍，舅氏心余先生女也。生而颖慧，学语时，口授《琵琶行》[1]，即能成诵。四龄失怙[2]。母金氏，弟克昌，家徒壁立[3]。芸既长，娴女红[4]，三口仰其十指供给，克昌从师，脩脯[5]无缺。一日，于书簏[6]中得《琵琶行》，挨字而认，始识字。刺绣之暇，渐通吟咏，有“秋侵人影瘦，霜染菊花肥”之句。

/注释/

1. 《琵琶行》：唐代诗人白居易代表作，诗歌塑造了一位曾经风光一时而最后因家道败落委身为商人妇的琵琶女形象，寄托了诗人“天涯沦落”的身世之感。

2. 失怙（hù）：失去父亲。怙：依靠。

3. 家徒壁立：家里只剩下四周的墙壁，多形容穷困潦倒的生活处境。

4. 娴女红：娴：熟练。女红：指针线活、刺绣之类。

5. 脩（xiū）脯（fǔ）：指学费。脯：肉干。

6. 书簏（lù）：书箱。

/译文/

我幼年时婚聘金沙的于氏女，可惜她八岁就夭折了。后来娶陈氏为妻。陈氏名芸，字淑珍，是我的舅舅心余先生的女儿。她天生聪明颖悟，咿呀学语的时候，舅舅口授《琵琶行》，便能背诵下来。四岁时，她失去了父亲。母亲金氏，弟弟叫克昌。家境十分贫寒，只有空空的墙壁。陈芸长大以后，娴熟于针线活，三口之家全靠她的一双巧手支撑供给，克昌拜师以后，从来没有出现过缺少学费的状况。有一天，她在书箱中得到了《琵琶行》，便挨字地认起来，这时才开始识字。刺绣之余的闲暇时间，逐渐熟习了吟诗，写有“秋侵人影瘦，霜染菊花肥”的诗句。

/原文/

余年十三，随母归宁[1]，两小无嫌[2]，得见所作，虽叹其才思隽秀，窃恐其福泽不深。然心注不能释，告母曰：“若为儿择妇，非淑姊不娶。”母亦爱其柔和，即脱金约[3] 指缔姻焉。此乾隆乙未[4] 七月十六日也。

/注释/

1. 归宁：旧时指出嫁的女子回娘家。

2. 两小无嫌：男女小时候在一起玩耍，天真烂漫，彼此没有猜疑。语出李白《长干行》：“同居长干里，两小无嫌猜。”

3. 金约：金戒指。

4. 乾隆乙未：乾隆四十年，即 1775 年。

/译文/

我十三岁的时候，跟随母亲一起回娘家，因为和芸两小无猜，所以有机会看到她写的诗。虽然慨叹她才思隽秀，但担心她福泽不深。然而我的心已专注在她身上难以释怀，告诉母亲说：“如果为儿子选择妻子，那么非淑姐不娶！”母亲也喜欢她性格温柔和婉，当即摘下金戒指作为缔结婚姻的约定。这是乾隆四十年的七月十六日。

/原文/

是年冬，值其堂姊出阁[1]，余又随母往。芸与余同齿而长余十月，自幼姊弟相呼，故仍呼之曰淑姊。

/注释/

1. 出阁：指女子出嫁。

/译文/

这一年的冬天，恰逢她的堂姐出嫁，我再次随同母亲前往。芸和我同岁但比我大十个月，我们从小就姐弟相称，因此仍然称她为淑姐。

/原文/

时但见满室鲜衣，芸独通体素淡，仅新其鞋而已。见其绣制精巧，询为已作，始知其慧心不仅在笔墨也。其形削肩[1]长项，瘦不露骨，眉弯目秀，顾盼神飞[2]。唯两齿微露，似非佳相。一种缠绵之态，令人之意也消。

/注释/

1. 削肩：即“溜肩”，低垂的肩膀。古代为美女体形特征之一。语本三国魏曹植《洛神赋》："肩若削成，腰如束素。"

2. 顾盼神飞：指左右顾视，目光炯炯，神采飞扬。

/译文/

当时只见满屋子的人都穿着色彩艳丽的服饰，只有芸一人着装朴素轻淡，只有鞋是新的而已。看见精巧的刺绣，询问后知道是她自己所作，才知道她聪慧的心灵不只局限在笔墨之上。她的体形肩膀瘦削，脖子修长，清瘦但没有露出骨头，弯弯的眉毛，秀美的眼睛，左右顾视，目光炯炯，神采飞扬。只有两齿微微露出，看起来不像是美人的容貌。但她浑身透露出的缠绵的情态，实在是让我的爱恋之意难以消解。

/原文/

索观诗稿，有仅一联，或三四句，多未成篇者。询其故，笑曰："无师之作，愿得知己堪师者敲成[1]之耳。"余戏题其签曰"锦囊佳句[2]"。不知夭寿之机，此已伏矣[3]。

/注释/

1. 敲成：推敲而成，修改润色，最终定稿。"推敲"是与唐代苦吟诗人贾岛有关的一个典故。贾岛想出诗句："鸟宿池边树，僧敲月下门。"对于后半句用"敲"还是用"推"，难以确定，最终在韩愈的建议下决定用"敲"字（事见阮阅《诗话总龟》）。后世便用推敲来比喻写作时逐字逐句思考的过程，用来比喻做文章或做事时，反复琢磨，反复斟酌。

2. 锦囊佳句：典出李商隐《李贺小传》："恒从小奚奴，骑距驴，背一古破锦囊，遇有所得，即书投囊中。"后世用"锦囊佳句"指优美的文句。

3. 不知夭寿之机，此已伏矣：李贺年仅二十七岁而卒，这里指陈芸的寿命不长。

/译文/

我向她索取观看她的诗稿，发现有只有一联的，有三四句的，大多都是没有完篇的。我询问她是什么原因，她笑着说：“没有老师指导的作品，只愿能找到知己堪当我老师的人帮我修改润色。”我便戏弄她，在诗签上题字：“锦囊佳句”。却不知道，她的夭寿短命之机已经暗藏在这里了啊！

/原文/

是夜送亲城外，返，已漏三下[1]，腹饥索饵，婢妪[2]以枣脯进，余嫌其甜。芸暗牵余袖，随至其室，见藏有暖粥并小菜焉。余欣然举箸，忽闻芸堂兄玉衡呼曰：“淑妹速来！”芸急闭门曰：“已疲乏，将卧矣。”玉衡挤身而入，见余将吃粥，乃笑睨芸曰：“顷我索粥，汝曰‘尽矣’，乃藏此专待汝婿耶？”芸大窘避去，上下哗笑之。余亦负气，挈老仆先归。

/注释/

1. 漏三下：指半夜三更（晚 11 点至凌晨 1 点）。漏：古代用来计时的工具，以漏水或漏沙来计时。

2. 婢妪（yù）：老年婢女。

/译文/

这天夜晚到城外送别亲戚，回来的时候，已经是更漏三声了。饥肠辘辘的我急着找东西吃，老婢女拿来枣脯让我吃，我嫌它味道太甜吃不下去。芸悄悄地牵着我的衣袖，跟随到她的卧室。进去一看，竟发现她藏好的暖粥，还有小菜呢，便高兴地举起筷子。忽然听到芸的堂兄玉衡大叫道：“淑妹快来！”芸急忙关上门说：“我已经很累了，将要躺下睡了。”玉衡挤了进来，看见我将要吃粥，于是斜着眼睛嘲笑芸：“刚刚我向你要粥吃，你说都吃光了，原来却藏在这里专门留给你的女婿啊！”芸红着脸跑开了，满屋子上下老少笑成一片。我也非常生气，带着老仆人先回去了。

/原文/

自吃粥被嘲，再往，芸即避匿，余知其恐贻人笑也。

/译文/

自从吃粥事件被嘲笑以后，我再去的时候，芸总是躲着不肯见我，我知道这是她恐怕被别人嘲笑啊。

/原文/

至乾隆庚子[1]正月二十二日花烛之夕，见瘦怯身材，依然如昔。头巾既揭，相视嫣然。合卺[2]后，并肩夜膳，余暗于案下握其腕，暖尖滑腻，胸中不觉怦怦作跳。让之食。适逢斋期，已数年矣。暗计吃斋之初，正余出痘[3]之期，因笑谓曰："今我光鲜无恙，姊可从此开戒否?"芸笑之以目，点之以首。

/注释/

1. 乾隆庚子：指乾隆四十五年，即 1780 年。

2. 合卺（jǐn）：古时新婚夫妇在新房内共饮合欢酒。

3. 出痘：也叫天花，发病后身上出现豆状水疱，在痊愈后脸上会留有麻子，"天花"由此得名。

/译文/

乾隆庚子年的正月二十二日，洞房花烛之夜，看到芸瘦削的身材依然像过去一样，揭开红盖头以后，我们默默对视，嫣然一笑。喝过合卺酒以后，我俩并肩而坐，一起吃夜膳。我偷偷地在桌案下面握着她的手腕，只觉得她的手指温暖尖细，她的皮肤温暖细腻，我的心不由得怦怦直跳。我让她吃饭。恰好斋期已经很多年了。暗暗地想，刚刚吃斋的时候，恰逢我出天花，因此笑着对她说："现在我皮肤光洁，安然无恙，姐姐可以从此开戒了吧?”芸微笑着点了点头。

/原文/

二十四日为余姊于归[1]，廿三国忌不能作乐，故廿二之夜即为余姊款嫁，芸出堂陪宴。余在洞房与伴娘对酌，拇战辄北[2]，大醉而卧，醒则芸正晓妆未竟也。

/注释/

1. 于归：指女子出嫁。《诗经·周南·桃夭》：“桃之夭夭，灼灼其华。之子于归，宜其室家。”

2. 拇战辄北：每次划拳总是输。

/译文/

二十四日是我姐出嫁的日子，廿三日是国忌不能作乐欢娱，所以廿二这个夜晚为我姐出嫁而宴请宾客，芸出来陪同客人吃饭。我在洞房里和伴娘喝酒，猜拳每每大败，直到大醉躺在床上睡着了。一觉醒来的时候，天已大亮，芸正在那里梳妆呢!

/原文/

是日亲朋络绎，上灯后始作乐。廿四子正[1]，余作新舅送嫁。丑末[2]归来，业已灯残人静，悄然入室，伴妪盹于床下，芸卸妆尚未卧，高烧银烛，低垂粉颈，不知观何书而出神若此。因抚其肩曰：“姊连日辛苦，何犹孜孜不倦耶?”

/注释/

1. 子正：子夜，指夜里十二点。

2. 丑末：丑时（凌晨1点至3点）即将过去。

/译文/

这一天，亲戚朋友络绎不绝，上灯以后才开始奏响音乐。廿四日夜里十二时，我作为新舅去送亲，丑时将尽时才回来，室内早已是灯残人静。我悄悄地走到屋里，只见伴娘正在床下打盹。

芸已经卸妆但还没有躺下休息，高高的银烛之下，她低垂着粉红的脖子，不知道读什么书竟然如此聚精会神。我抚摩着她的肩膀说："姐姐连日以来辛苦了，为何还这般孜孜不倦地用功哪？"

/原文/

芸忙回首起立曰："顷正欲卧，开橱得此书，不觉阅之忘倦。《西厢》[1]之名闻之熟矣，今始得见，真不愧才子之名[2]，但未免形容尖薄耳。"

/注释/

1．《西厢》：即《西厢记》，元代王实甫所著戏剧，内容写张生与崔莺莺自由恋爱的故事。

2．明末清初学者金圣叹将《西厢记》列为第六才子书，故云。金圣叹《〈三国志演义〉序》有云："余尝集才子书者六。目曰《庄》也，《骚》也，马之《史记》也，杜之律诗也，《水浒》也，《西厢》也。谬加评订，海内君子皆许余，以为知言。"

/译文/

芸赶忙回头站起来说："刚刚正想躺下，打开书橱发现了这本书，不知不觉读起来，竟然忘记了困倦。《西厢记》这部书的名字我早就听说过，今天才得以一见，真不愧是才子的美名啊，只不过字里行间难免有些尖酸刻薄呢！"

/原文/

余笑曰："唯其才子笔墨，方能尖薄。"

/译文/

我笑着说："就是因为是才子，笔墨才能尖酸刻薄啊！"

/原文/

伴妪在旁促卧，令其闭门先去。遂与比肩调笑，恍同密友重逢。戏探其怀，亦怦怦作跳，因俯其耳曰："姊何心春[1]乃尔耶？"

芸回眸微笑。便觉一缕情丝摇人魂魄，拥之入帐，不知东方之既白。

/注释/

1. 心舂：心跳兴奋的样子。

/译文/

这时候，伴娘还圈卧在旁边，我让她关好门先回去了。于是才与芸肩并着肩有说有笑，恍然之间如同密友重逢一般。将手伸到她的怀里，她的心也怦怦直跳，我趴在她耳边说："姐姐为何兴奋心跳到这个样子啊？"芸回过头来微微一笑，眉目传情，只觉得一缕情丝让人神魂颠倒，我拥抱着她进入帐内。却不知道，此时此刻，东方已经发白，天已经放亮了。

/原文/

芸作新妇，初甚缄默，终日无怒容，与之言，微笑而已。事上以敬，处下以和，井井然未尝稍失。每见朝暾[1]上窗，即披衣急起，如有人呼促者然。余笑曰："今非吃粥比矣，何尚畏人嘲耶？"芸曰："曩[2]之藏粥待君，传为话柄。今非畏嘲，恐堂上道新娘懒惰耳。"余虽恋其卧而德其正，因亦随之早起。自此耳鬓相磨，亲同形影，爱恋之情，有不可以言语形容者。

/注释/

1. 朝暾（dūn）：初升的太阳。亦指早晨的阳光。

2. 曩（nǎng）：过去，以往。

/译文/

芸作为新娘子，开始时十分沉默寡言，一天到晚从不发怒，和她说话，她总是面带笑容。她侍奉长辈恭恭敬敬，与下人相处平平和和，有条不紊从来没出现过任何差错。每每看到晨曦刚刚照到窗子上，她立即披上衣衫急忙起床，好像有人在呼唤催促她一样。我笑着说："今非昔比，不是当年吃粥的时候了，为何还害怕别人的嘲笑呢?"芸说："过去我藏粥给您，传为笑柄。现在我并非是害怕嘲笑，而是恐怕公婆说我这个新娘子懒惰呀!"我虽然留恋她躺在旁边，却被她高尚的品德所感染，认为她说得很对，所以也跟着她一同早起。从此以后，我们耳鬓厮磨，亲近得如同形影一般，夫妻之间深深的爱恋真是千言万语也难以形容。

/原文/

而欢娱易过，转睫弥月[1]。时吾父稼夫公在会稽[2]幕府，专役相迓[3]，受业于武林[4]赵省斋先生门下。先生循循善诱，余今日之尚能握管，先生力也。

/注释/

1．转睫弥月：转眼间就过了一个月。

1．会稽：浙江绍兴。

1．迓（yà）：迎接。

1．武林：杭州的别称。

/译文/

然而欢乐的时光总是过得很快，转眼之间新婚已经满月了。当时我的父亲大人稼夫公正在浙江会稽官府，专门派人来迎接我，受业于杭州赵省斋先生门下。先生循循善诱地教导我，我直到今天还能写文章，这都得益于先生的栽培啊。

/原文/

归来完姻时，原订随侍到馆，闻信之余，心甚怅然，恐芸之对人堕泪，而芸反强颜劝勉，代整行装，是晚但觉神色稍异而已。临行，向余小语曰："无人调护，自去经心。"

/译文/

我原本打算完婚后跟随父亲去他的馆里，现在听到这个消息以后，心里非常难受，唯恐芸因为离别而伤感落泪。然而芸反倒强行忍住，劝勉我，帮我整理行装，只是晚上神色稍稍变化而已。临行之际，她小声对我说："出门在外没有人护理调养，要自己照顾好自己啊！"

/原文/

及登舟解缆，正当桃李争妍之候，而余则恍同林鸟失群，天地异色。到馆后，吾父即渡江东去。

/译文/

当我登上船只解开缆绳准备出发的时候，此时正是桃李花开，争奇斗艳，然而我却神色恍惚如同树林中的鸟儿离群索居一般，顿感天地也改变了它的颜色。到了杭州以后，父亲大人却渡江东去。

/原文/

居三月，如十年之隔。芸虽时有书来，必两问一答，半多勉励词，余皆浮套语，心殊怏怏。每当风生竹院，月上蕉窗，对景怀人，梦魂颠倒。

/译文/

居留了三个月，却感觉漫长得如同十年之久。芸虽然时时有书信寄来，一定问候多而回答少，多半是勉励之词，其他的就都是一些客套话了，我的心怏怏不乐。每当院落当中微风吹拂着竹子，窗子下面月亮从芭蕉之上升起，我就会想念起芸，让我梦魂颠倒。

/原文/

先生知其情，即致书吾父，出十题而遣余暂归。喜同戍人得赦。

/译文/

先生知道我的情况后，便写信给我的父亲，出了十道题而让我暂时回去。我欢喜得如同戍守边疆的战士遇到赦免返回故里一样。

/原文/

登舟后，反觉一刻如年。及抵家，吾母处问安毕，入房，芸起相迎，握手未通片语，而两人魂魄恍恍然化烟成雾，觉耳中惺然一响，不知更有此身矣。

/译文/

登上船只以后，反倒觉得时间过得真慢，一刻如同一年。到家后，到母亲大人那里问安以后，便立即进入自己的房间，芸站起来迎接我，我们的手紧紧握在一起，没有说一句话，然而两人的魂魄恍然之间已经化成烟雾，觉得耳中忽然一响，不知道自己的存在了。

/原文/

时当六月，内室炎蒸，幸居沧浪亭爱莲居西间壁。板桥内一轩临流，名曰“我取”，取“清斯濯缨，浊斯濯足[1]”意也。檐前老树一株，浓荫覆窗，人面俱绿，隔岸游人，往来不绝。此吾父稼夫公垂帘宴客处也。禀命吾母，携芸消夏于此。因暑罢绣，终日伴余课书论古，品月评花而已。芸不善饮，强之可三杯，教以射覆[2]为令。自以为人间之乐，无过于此矣。

/注释/

1. 清斯濯（zhuó）缨，浊斯濯足：典出屈原《渔父》：“渔父莞尔而笑，鼓枻而去，乃歌曰：‘沧浪之水清兮，可以濯吾缨；沧浪之水浊兮，可以濯吾足。’遂去不复与言。”

2. 射覆：古代民间近于占卜术的猜物游戏。在瓯、盂等器具下覆盖某一物件，让人猜测里面是什么东西。《汉书·东方朔传》："上尝使诸数家射覆。"颜师古注曰："于覆器之下而置诸物，令闇射之，故云射覆。"

/译文/

当时正值六月，室内炎热如同蒸笼，幸亏沧浪亭爱莲居西边的隔壁，板桥内有一亭轩临近水流，名曰"我取"，是取《沧浪歌》中"清斯濯缨，浊斯濯足"，意思是说水清则洗冠带，水浊则洗脚。屋檐前面有一棵老树，浓浓的树荫覆盖住窗子，人面都变成绿色的了，对岸的游人往来不断。这里就是我的父亲大人稼夫公垂帘宴请宾客的地方。禀告了我的母亲大人，携着芸到这里避暑。因为天气炎热芸不再刺绣，于是整天陪伴着我读书谈论，品评花月。芸不善于饮酒，勉强饮的话只能喝三杯，我教她猜谜语、行酒令。我认为人世间的快乐，莫过于此啊！

/原文/

一日，芸问曰："各种古文，宗何为是？"余曰："《国策》[1]《南华》[2]取其灵快，匡衡[3]、刘向[4]取其雅健，史迁[5]、班固[6]取其博大，昌黎[7]取其浑，柳州[8]取其峭，庐陵[9]取其宕，三苏[10]取其辩，他若贾、董[11]策对，庾、徐[12]骈体，陆贽[13]奏议，取资者不能尽举，在人之慧心领会耳。"芸曰："古文全在识高气雄，女子学之，恐难入彀[14]。唯诗之一道，妾稍有领悟耳。"余曰："唐以诗取士，而诗之宗匠必推李、杜[15]，卿爱宗何人？"芸发议曰："杜诗锤炼精纯，李诗潇洒落拓，与其学杜之森严，不如学李之活泼。"余曰："工部为诗家之大成，学者多宗之，卿独取李，何也？"芸曰："格律谨严，词旨老当，诚杜所独擅。但李诗宛如姑射仙子[16]，有一种落花流水之趣，令人可爱。非杜亚于李，不过妾之私心宗杜心浅，爱李心深。"余笑曰："初不料陈淑珍乃李青莲知己。”芸笑曰：“妾尚有启蒙师白乐天[17]先生，时感于怀，未尝稍释。”余曰：“何谓也？”芸曰：“彼非作《琵琶行》者耶？”余笑曰：“异哉！李太白是知己，白乐天是启蒙师，余适字三白，为卿婿，卿与‘白’字何其有缘耶？”芸笑曰：“白字有缘，将来恐白字连篇耳（吴音呼别字为白字）。”相与大笑。余曰：“卿既知诗，亦当知赋之弃取。”芸曰：“《楚辞》为赋之祖，妾学浅费解。就汉、晋人中调高语炼，似觉相如为最。”余戏曰：“当日文君之从长卿[18]，或不在琴而在此乎？”复相与大笑而罢。

/注释/

1.《国策》：即《战国策》，国别体史书，西汉刘向编订，主要记述了战国时期游说之士的政治主张和言行策略。

2.《南华》：即《庄子》，战国早期庄子及其门徒所著，到了汉代道教出现以后，便尊之为《南华经》，且封庄子为南华真人。

3.匡衡：字稚圭，西汉经学家，官至丞相，以“凿壁偷光”的苦读事迹名世。

4.刘向：字子政，西汉经学家、目录学家、文学家，代表作有《战国策叙录》等。

5.史迁：即司马迁，字子长，西汉史学家、文学家、思想家，创作了中国第一部纪传体通史《史记》，被鲁迅誉为“史家之绝唱，无韵之离骚”。

6.班固：字孟坚，东汉史学家、文学家，著有中国历史上第一部纪传体断代史《汉书》。

7.昌黎：指韩愈，字退之，自称“郡望昌黎”，故世称“韩昌黎”。唐代杰出的文学家、思想家。韩愈是唐代古文运动的倡导者，被后人尊为“唐宋八大家”之首。

8. 柳州：指柳宗元，字子厚，河东人，唐宋八大家之一，世称“柳河东”，因官终柳州刺史，又称“柳柳州”。与韩愈并称为“韩柳”。

9. 庐陵：指欧阳修，字永叔，号醉翁、六一居士，北宋政治家、文学家，吉州永丰人。因吉州原属庐陵郡，以“庐陵欧阳修”自居。谥号文忠，世称欧阳文忠公。

10. 三苏：指北宋文学家苏洵、苏轼、苏辙父子三人。

11. 贾、董：贾，指贾谊，西汉初年杰出的政论家、文学家，世称贾生。文帝时任博士，迁太中大夫，后谪为长沙王太傅，故后世亦称贾长沙、贾太傅。代表作有《过秦论》《论积贮疏》《陈政事疏》等。董，指董仲舒，汉代思想家、哲学家、政治家、教育家，在《举贤良对策》中系统地提出了“天人感应”学说和“罢黜百家，表彰六经”的主张，受到汉武帝的赏识和重用。

12. 庾、徐：庾，指庾信，字子山，南北朝时期文学家。与徐陵一起任萧纲的东宫学士，二人齐名，并称“徐庾”。在北朝，官至开府仪同三司，故世称庾开府，代表作有《枯树赋》《哀江南赋》等。徐，指徐陵，字孝穆，南朝梁陈间文学家，编有诗集《玉台新咏》。

13. 陆贽：字敬舆，唐代政治家、文学家，工诗文，尤长于制诰政论。所作奏议，多用排偶，条理精密，文笔流畅。权德舆称其“榷古扬今，雄文藻思”。

14. 入彀（gòu）：彀：张满弓。这里是比喻合乎一定的程式和标准，或入门的意思。

15. 李、杜：指唐代诗人李白和杜甫。李白，字太白，号青莲居士，官至翰林供奉，世称李翰林或李供奉。杜甫，字子美，自号少陵野老，官至工部员外郎，故世称杜工部。

16. 姑射仙子：《庄子·逍遥游》：“藐姑射之山，有神人居焉，肌肤若冰雪，淖约若处子。”后诗文中以“姑射”为神仙或美人代称。

17. 白乐天：指白居易，唐代诗人，字乐天，号香山居士，又号醉吟先生，代表作有《长恨歌》《琵琶行》等。

18. 文君之从长卿：司马相如，字长卿，西汉辞赋家，工辞赋，其代表作品为《子虚赋》。作品辞藻富丽，结构宏大，后人称之为“赋圣”。司马相如曾在卓王孙家里弹奏一曲《凤求凰》，表达对卓文君的爱意，文君深受感动，二人私奔至成都。

/译文/

有一天，芸问我说：“各种古文，该以哪家为宗才好？”我说：“《战国策》《庄子》取法其轻灵，匡衡、刘向取法其雅健，司马迁、班固取法其博大，韩愈取法其雄浑，柳宗元取法其冷峭，欧阳修取法其动宕，三苏取法其气势，其他的如贾谊、董仲舒的策对，庾信、徐陵的骈体文，陆贽的奏议，可供取法的不能一一列举，在于个人的聪慧之心领会罢了。”芸说：“古文的要旨全在见识高而气势雄，女子学习它的话，恐怕难以入门。只有诗歌这一领域，妾稍稍有所领悟。”我说：“唐代以诗取士，而诗歌的宗匠要首推李白和杜甫，你喜欢宗法于哪家呢？”芸发表议论说：“杜甫的诗讲究锤炼字句而精纯，李白的诗风格潇洒飘逸落拓不羁。与其学习杜甫的法度森严，不如学习李白的飘逸活泼。”我说：“杜甫是诗家的集大成者，学诗的人多取法于他，唯独你取法于李白，为什么呢？”芸说：“格律谨严，词旨老练，诚然是杜甫的专长。但是李白诗宛如庄子笔下的姑射仙子，自有一种落花流水般自然的意趣，令人喜爱。并非是杜甫不如李白，只不过是妾的私心里学杜甫的心浅，而爱李白的心深啊！”我笑着说：“没想到陈淑珍还是李青莲（白）的知己呢！”芸笑着说：“我的启蒙老师是白乐天（居易）先生，时常有感于怀，从没有稍稍消解。”我问：“怎么说呢？”芸说：“他不就是写《琵琶行》的那位么？”我笑着说：“这真是奇怪了啊！李太白是你的知己，白乐天是你的启蒙老师，我恰好字三白，是你的女婿，你和‘白’字为何这样有缘呢？”芸笑着说：“‘白’字有缘，将来恐怕会‘白’（别）字连篇呢！”我们相互对视大笑。我说：“你既然晓得诗，也应该晓得赋的取舍吧？”芸说：“《楚辞》是赋的鼻祖，妾才疏学浅，不能理解。就汉代、晋代的作者当中提到格调高雅语言凝练的，似乎觉得司马相如最好。”我戏笑着说：“当日卓文君跟从司马相如，也许不在琴声而在这里吧？”我们再次相视大笑才罢。

/原文/

余性爽直，落拓不羁。芸若腐儒，迂拘多礼。偶为之整袖，必连声道“得罪”；或递巾授扇，必起身来接。余始厌之，曰：“卿欲以礼缚我耶？语曰：‘礼多必诈’。”芸两颊发赤，曰：“恭而有礼，何反言诈？”余曰：“恭敬在心，不在虚文。”芸曰：“至亲莫如父母，可内敬在心而外肆狂放耶？”余曰：“前言戏之耳。”芸曰：“世间反目多由戏起，后勿冤妾，令人郁死！”余乃挽之入怀，抚慰之，始解颜为笑。自此“岂敢”“得罪”，竟成语助词矣。

/译文/

我的性格爽朗直率，行为散漫而无拘无束；芸则好像一位腐儒，迂腐而拘于礼仪。我为她披衣整袖，一定连声说“得罪”；有时递给她手巾和扇子，一定站起来接受。我开始嫌恶她了，说："你要用礼法来束缚我吗？俗话说'礼多必诈'呀！"芸两颊发红，说："恭敬而有礼节，怎么能说是虚假呢？"我说："恭敬在于内心，而不在于虚伪的外表。"芸说："至亲的人莫过于父母大人，怎么能内心恭敬而外表放肆呢？"我说："刚刚是和你开玩笑呢！"芸说："人世间反目成怨多因玩笑而起，以后再也不要冤枉我了，让我郁闷而死！"我于是把她搂在自己的怀里，好言安慰她，她才开颜露出了笑容。从此以后，"岂敢""得罪"竟成我们之间说话的助词了。

/原文/

鸿案相庄[1]二十有三年，年愈久而情愈密。家庭之内，或暗室相逢，窄途邂逅，必握手问曰："何处去？"私心忒忒，如恐旁人见之者。实则同行并坐，初犹避人，久则不以为意。芸或与人坐谈，见余至，必起立，偏挪其身，余就而并焉。彼此皆不觉其所以然者。始以为惭，继成不期然而然。独怪老年夫妇，相视如仇者，不知何意？或曰："非如是，焉得白头偕老哉？"斯言诚然欤？

/注释/

1. 鸿案相庄：案：古时有脚的托盘。送饭时把托盘举得跟眉毛一样高。后形容夫妻互相尊敬。典出《后汉书·梁鸿传》："为人赁舂，每归，妻为具食，不敢于鸿前仰视，举案齐眉。"

/译文/

我们夫妻恩爱，举案齐眉，整整有二十三年。时间越久，我们的情感越紧密。在自己的家里，有时在阴暗的屋内相遇，有时在狭窄的路上邂逅，一定彼此握手问道："到哪里去？"我们相爱得太密切，好像总是担心被旁人看见。实际上当初走路或坐在一起，开始还躲着旁人，时间久了也就不以为意了。芸有时和别人坐着谈话，看见我来了，总是站立起来，向一边挪动她的身子，我们就肩并肩地坐在一起。彼此全不在乎其所以然了。从一开始的有所惭愧，到后来的不期然而然。只是奇怪老年夫妇彼此相视好像仇家的人，又是怎么回事呢？有人说："如果不是这样的话，又怎么能够白头偕老呢？"这话真的对吗？

/原文/

是年七夕[1]，芸设香烛瓜果，同拜天孙[2]于我取轩中。余镌"愿生生世世为夫妇"图章二方，余执朱文，芸执白文，以为往来书信之用。是夜月色颇佳，俯视河中，波光如练。轻罗小扇，并坐水窗，仰见飞云过天，变态万状。芸曰："宇宙之大，同此一月，不知今日世间，亦有如我两人之情兴否？"余曰："纳凉玩月，到处有之。若品论云霞，或求之幽闺绣闼，慧心默证者，固亦不少。若夫妇同观，所品论者，恐不在此云霞耳。"未几，烛烬月沉，撤果归卧。

/注释/

1. 七夕：农历七月七日，又名乞巧节、七巧节，有妇女穿针乞巧、陈列花果、女红等习俗。

2. 天孙：即织女星。《史记·天官书》："婺女，其北织女。织女，天女孙也。"唐司马贞索隐："织女，天孙也。"

/译文/

这一年的七夕节，芸摆好香烛瓜果，我们在我取轩中同拜织女星。我篆刻了"愿生生世世为夫妻"字样的两枚印章，我拿朱文阳字，芸拿白文阴字，以此作为以后往来书信所用。这个夜晚月色很美，俯视河中，波光荡漾如同白练，手执轻罗小扇，相并坐在窗子旁边，仰头看见飞云经过天空，千变万化。芸说："宇宙如此之大，我们共同观赏这月色，不知道今天晚上，这世间也有像我们二人这样情兴的人么?”我说:“乘凉赏月,人间到处都有。如品论云霞,有时在闺阁之中寻求,拥有慧心默默见证的人也不在少数。如夫妇一同观赏,所品论的,恐怕就不在此云霞了。”不久,灯烛燃尽,月亮西沉,撤掉瓜果回去睡觉了。

/原文/

七月望[1],俗谓鬼节。芸备小酌,拟邀月畅饮。夜忽阴云如晦,芸愀然[2]曰:“妾能与君白头偕老,月轮当出。”余亦索然。但见隔岸萤光,明灭万点,梳织于柳堤蓼渚[3]间。余与芸联句以遣闷怀,而两韵之后,逾联逾纵,想入非夷,随口乱道。芸已漱涎涕泪,笑倒余怀,不能成声矣。觉其鬓边茉莉浓香扑鼻,因拍其背,以他词解之曰:“想古人以茉莉形色如珠,故供助妆压鬓,不知此花必沾油头粉面之气,其香更可爱,所供佛手,当退三舍[4]矣。”芸乃止笑曰:“佛手乃香中君子,只在有意无意间;茉莉是香中小人,故须借人之势,其香也如胁肩谄笑。”余曰:“卿何远君子而近小人?”芸曰:“我笑君子爱小人耳。”

/注释/

1. 望:农历每月十五日。

2. 愀(qiǎo)然:形容神色变得严肃或不愉快。《礼记·哀公问》:“孔子愀然作色而对曰:‘君之及此言也,百姓之德也。’”

3. 蓼渚:蓼(liǎo),一年生或多年生草本植物,叶子为披针形,花小,白色或浅红色,生长在水边或水中。渚(zhǔ),水中小块陆地。

4. 当退三舍:舍,古时行军计程以三十里为一舍。主动退让九十里。比喻退让和回避,避免冲突。典出《左传·僖公二十三年》:“晋楚治兵,遇于中原,其辟君三舍。”

/译文/

七月十五日，民间称为鬼节。芸置备了酒宴，打算邀月畅饮一番。夜晚忽然阴云密布如同月末一样，芸伤心地说："妾若能与君白头偕老，月亮该会出来。"此刻我也觉得索然无味了。只看见对岸的萤火虫的光芒，或明或暗，有上万点之多，穿梭在柳堤水蓼小洲之间。我和芸联句来消遣郁闷的情怀，然而两韵之后，越联句越放纵，竟然想得非同寻常，随口乱说起来。芸听后已经笑得口水眼泪交加，倒在我的怀里，不能成声了。我察觉到她鬓边的茉莉花味道浓香扑鼻，因此我拍着她的背解释说："想想古人因为茉莉花形状颜色如同珍珠，所以借助它来梳妆打扮，殊不知这种花定是沾上了油头粉面的气息，它的香气更是可爱，以致所供的佛手果也当退避三舍呢！"芸于是止住笑，说："佛手果是香气中的君子，其妙处在于有意无意之间；茉莉花是香气中的小人，所以必须要借助人的外力，它的香气如同人的肩挨着肩的谄媚之笑呢！"我说："那么你为什么远离君子而接近小人呢？"芸说："我是嘲笑君子，而爱小人啊！"

/原文/

正话间，漏已三滴，渐见风扫云开，一轮涌出，乃大喜。倚窗对酌，酒未三杯，忽闻桥下哄然一声，如有人堕。就窗细瞩，波明如镜，不见一物，惟闻河滩有只鸭急奔声。余知沧浪亭畔素有溺鬼，恐芸胆怯，未敢即言，芸曰："噫！此声也，胡为乎来哉？"不禁毛骨皆栗。急闭窗，携酒归房。一灯如豆，罗帐低垂，弓影杯蛇[1]，惊神未定。剔灯入帐，芸已寒热大作。余亦继之，困顿两旬。真所谓乐极灾生，亦是白头不终之兆。

/注释/

1. 弓影杯蛇：又作杯弓蛇影，出自应劭《风俗通义·怪神》，应郴请杜宣饮酒，挂在墙上的弓映在酒杯里，杜宣以为杯中有蛇，疑心喝下了蛇心忧而病。应郴听说杜宣生病后来看望杜宣，杜宣看到墙上的弓后病就好了，后来用“杯弓蛇影”比喻疑神疑鬼，妄自惊扰。

/译文/

正说话间，更漏已三声了。渐渐地，狂风扫除掉乌云，一轮明月涌现而出。我们见此非常高兴，倚靠着窗子对着饮酒。酒还没有喝到三杯，忽然听到桥下轰然一声巨响，好像有人坠落的样子。靠近窗子仔细查看，水波明亮如同镜子一般，什么也没有看见，只听见河滩上有鸭子急奔的声音。我知道沧浪亭畔向来有溺死的鬼，担心芸害怕，没敢直接说，芸说：“噫！这声音从何而来呀？”不禁毛骨悚然，战战栗栗。我急忙关上窗子，拿着酒返回屋里。只见一灯如豆，罗帐低垂，就像杯弓蛇影一样，惊魂未定。我们剔灯进入帐内，芸已经因感风寒而发烧。我也是这样，因此昏沉迷糊了两旬。这真所谓乐极生悲，也是不能白头偕老的征兆啊！

/原文/

中秋日，余病初愈。以芸半年新妇，未尝一至间壁之沧浪亭，先令老仆约守者勿放闲人。于将晚时，偕芸及余幼妹，一妪一婢扶焉，老仆前导。过石桥，进门，折东曲径而入，叠石成山，林木葱翠。亭在土山之巅，循级至亭心，周望极目可数里，炊烟四起，晚霞灿然。隔岸名“近山林”，为大宪行台[1]宴集之地。时正谊书院[2]犹未启也。携一毯设亭中，席地环坐。守者烹茶以进。少焉，一轮明月已上林梢，渐觉风生袖底，月到波心，俗虑尘怀，爽然顿释。芸曰：“今日之游乐矣！若驾一叶扁舟，往来亭下，不更快哉？”时已上灯，忆及七月十五夜之惊，相扶下亭而归。吴俗，妇女是晚不拘大家小户，皆出，结队而游，名曰“走月亮”。沧浪亭幽雅清旷，反无一人至者。

/注释/

1. 大宪行台：巡抚出行时的驻地。

2. 正谊书院：前身为“正谊书局”，地址设在福州新美里（今福州黄巷），由闽浙总督左宗棠在清同治五年（1866 年）所创立。取汉儒董仲舒语“正其谊不谋其利，明其道不计其功”之意。

/译文/

中秋节这一天，我久病初愈。和芸结婚半年以来，她还没有一次到过隔壁的沧浪亭。先让老仆定好守门的人，不让闲杂人等进来。天快黑的时候，陪同芸还有我的小妹，一个老婆婆一个女仆扶着她们，老仆做前导。经过石桥，穿过门，再向东而行，踏着曲曲折折的道路而入。层叠的石头构成假山，树木长得郁郁葱葱，沧浪亭坐落在土山的最高处。踏着台阶到了亭心，向四周极目远眺，可达数里，只看见袅袅炊烟从四面升起，天边的云霞格外绚烂。对岸的名字叫“近山林”，是地方长官们集聚宴席的地方。当时正谊书院还没有开门。我们在亭子当中铺了一个毯子，围成一圈席地而坐，让守门者煮好茶端上来。一会儿，一轮明月已经升上林梢，渐渐地觉得袖底生风，月亮倒映在水波中央，尘俗间的种种杂念，顿时全部消失了。芸说：“今天的游览太高兴了！如果驾着一叶小舟，在亭下来来往往，不是更快乐吗？”这时已经上灯，想到七月十五那天晚上受到的惊吓，便搀扶着她从亭子回去了。按照吴地的风俗，这个晚上妇女不管大家小户都要出来，结队游览，俗称“走月亮”。沧浪亭幽雅清旷，却没有一个人到这里来。

/原文/

吾父稼夫公喜认义子，以故余异姓弟兄有二十六人。吾母亦有义女九人。九人中王二姑、俞六姑与芸最和好。王痴憨善饮，俞豪爽善谈。每集，必逐余居外，而得三女同榻，此俞六姑一人计也。余笑曰："俟妹于归后，我当邀妹丈来，一住必十日。"俞曰："我亦来此，与嫂同榻，不大妙耶？"芸与王微笑而已。

/译文/

我的父亲大人稼夫公喜欢认义子，所以我的异姓兄弟有二十六人。我的母亲大人也有义女九人。九人当中王二姑、俞六姑与芸关系最好。王二姑性格憨直而善于饮酒，俞六姑性格豪爽而健谈。每次相聚，一定把我赶出居室，她们三人好能同榻而卧，这是俞六姑的计谋。我笑着说："等到我妹妹回娘家的时候，我就邀请妹夫同来，一定要连住十日才好。"俞六姑说："那时，我也来，和嫂子睡在同一张床上，岂不是很好吗？"芸与王二姑只是在一旁微笑而已。

/原文/

时为吾弟启堂娶妇，迁居饮马桥之仓米巷，屋虽宏畅，非复沧浪亭之幽雅矣。

/译文/

当时为了给我的弟弟启堂娶媳妇，我们只好迁居到饮马桥的仓米巷。那里的房屋虽然宽敞，却没有沧浪亭的幽雅之趣。

/原文/

吾母诞辰演剧，芸初以为奇观。吾父素无忌讳，点演《惨别》[1]等剧，老伶刻画，见者情动。余窥帘见芸忽起去，良久不出，入内探之。俞与王亦继至。见芸一人支颐[2]独坐镜奁之侧。余曰："何不快乃尔？"芸曰："观剧原以陶情，今日之戏徒令人断肠耳。”俞与王皆笑之。余曰：“此深于情者也。”俞曰：“嫂将竟日独坐于此耶?”芸曰：“俟有可观者再往耳。”王闻言先出，请吾母点《刺梁》[3]《后索》[4]等剧，劝芸出观，始称快。

/注释/

1.《惨别》：戏剧，无名氏作，讲述明初靖难之役中，建文帝出逃的故事。

2.颐：面颊，腮。

3.《刺梁》：清代朱佐朝所著传奇《渔家乐》中的一出，写侠女邬飞霞为报父仇，混入梁府，用神针刺杀梁骥的故事。

4.《后索》：明朝无名氏所作《后寻亲》中的一折，写周瑞龙赶考中，寻找失散父亲周羽的故事。

/译文/

后来，为了给母亲祝寿而演戏，芸出于好奇而前来观赏。我的父亲向来没有忌讳，点《惨别》等剧本。老年优伶演得十分精彩，令观看者动情。我从帘幕中偷看到芸忽然起身离开，很长时间没有出来，进入屋子去探望她，俞六姑和王二姑随后也来了。只见芸一个人支着下巴坐在梳妆镜旁边，我说：“为何这样不高兴呢?”芸说：“看戏原本是为了陶冶性情，今天的戏只不过让人伤心罢了。”俞六姑和王二姑都在笑她，我说：“这就是所说的深于感情吧!”俞六姑说：“嫂子将要整天独坐在这里了吗?”芸说：“等到有我爱看的再去吧!”王二姑听罢先出去了，请求母亲点了《刺梁》《后索》等戏，劝说芸出去观看，她才开颜称快。

/原文/

余堂伯父素存公早亡无后，吾父以余嗣焉。墓在西跨塘福寿山祖茔之侧，每年春日，必挈芸拜扫。王二姑闻其地有戈园[1]之胜，请同往。芸见地下小乱石有苔纹，斑驳可观，指示余曰：

“以此叠盆山，较宣州白石为古致。”余曰：“若此者恐难多得。”王曰：“嫂果爱此，我为拾之。”即向守坟者借麻袋一，鹤步而拾之。每得一块，余曰“善”，即收之；余曰“否”，即去之。未几，粉汗盈盈，拽袋返曰：“再拾则力不胜矣。”芸且拣且言曰：“我闻山果收获，必借猴力，果然。”王愤，撮十指作哈痒状，余横阻之，责芸曰：“人劳汝逸，犹作此语，无怪妹之动愤也。”

/注释/

1. 戈园：即个园，由两淮盐业商总黄至筠建于清嘉庆二十三年（1818 年）。主人性爱竹，取苏轼“宁可食无肉，不可居无竹。无肉令人瘦，无竹令人俗”之意，园中种竹万竿，所以取竹字一半，又与竹字形状类似，所以取名“个园”。

/译文/

我的堂伯父素存公英年早逝，没有后人，我的父亲将我过继给他家。伯父的墓地在西跨塘福寿山祖坟地旁，每年清明节，我都要带着芸去祭拜扫墓。王二姑听说那里有戈园那样的胜景，请求同去。芸看见地上乱石中有苔藓纹理，斑驳好看，指给我看说：“用它来作假山盆景，应该比宣州白石更古雅别致。”我说：“像这样的石头恐怕不好找啊！”王二姑说：“嫂子要是真喜欢的话，我来帮她捡拾。”便向守墓人借了一个麻袋，弯着腰捡起来。每找到一块，我说“好”，便留下来；我说“不要”，便丢弃掉。过了一会儿，王二姑累得粉汗淋漓，拽着袋子返回来说：“再捡的话已经没有力气了。”芸一边捡拾一边开玩笑说：“我听说山果收获的时候，必须要借助猴子的帮助，今日果然如此呢！”王二姑听了气愤地弯曲着十指，呵着气对她要做挠痒痒的动作。我阻止了她，责备芸说：“人家劳累，你却安逸，还说这样的玩笑，难怪妹妹这样生气呢！”

/原文/

归途游戈园，稚绿娇红，争妍竞媚。王素憨，逢花必折。芸叱曰："既无瓶养，又不簪戴，多折何为？"王曰："不知痛痒者，何害？"余笑曰："将来罚嫁麻面多须郎，为花泄忿。"王怒余以目，掷花于地，以莲钩[1]拨入池中，曰："何欺侮我之甚也！"芸笑解之而罢。

/注释/

1．莲钩：指旧时妇女所缠的小足，又称三寸金莲。

/译文/

回来的路上游览了戈园，园内翠绿娇红，百花争奇斗艳。王二姑向来憨直，遇见花就攀折。芸呵斥她说："既无花瓶可养，又不戴在头上，折这样多又有何用？"王二姑说："花儿又不知道痛痒，摘了又何妨？"我笑着说："将来惩罚你嫁个麻子脸大胡子的郎君，为花儿出气。"王二姑用眼睛瞪着我，把花儿扔在地上，用金莲小脚拨入到水池中，说："为何这样欺侮我呢？"芸笑着说解，她才肯罢休。

/原文/

芸初缄默，喜听余议论。余调其言，如蟋蟀之用纤草，渐能发议。其每日饭必用茶泡，喜食芥卤乳腐，吴俗呼为臭乳腐；又喜食虾卤瓜。此二物，余生平所最恶者，因戏之曰："狗无胃而食粪，以其不知臭秽；蜣螂团粪而化蝉，以其欲修高举也。卿其狗耶？蝉耶？"芸曰："腐取其价廉而可粥可饭，幼时食惯。今至君家，已如蜣螂化蝉，犹喜食之者，不忘本出。至卤瓜之味，到此初尝耳。"余曰："然则我家系狗窦[1]耶？"芸窘而强解曰："夫粪，人家皆有之，要在食与不食之别耳。然君喜食蒜，妾亦强啖之。腐不敢强，瓜可掩鼻略尝，入咽当知其美。此犹无盐[2]貌丑而德美也。”余笑曰：“卿陷我作狗耶？”芸曰：“妾作狗久矣，屈君试尝之。”以箸强塞余口。余掩鼻咀嚼之，似觉脆美，开鼻再嚼，竟成异味。从此亦喜食。芸以麻油加白糖少许拌卤腐，亦鲜美。以卤瓜捣烂拌卤腐，名之曰双鲜酱，有异味。余曰：“始恶而终好之，理之不可解也。”芸曰：“情之所钟，虽丑不嫌。”

/注释/

1. 狗窦：狗洞。

2. 无盐：亦称“无盐女”，即战国时齐宣王后钟离春。因是无盐人，故称。为人有德而貌丑。后常用为丑女的代称。汉刘向《新序·杂事二》：“钟离春者，齐妇人也，极丑无双，号曰无盐女。”

/译文/

芸开始时性格沉默，喜欢听我发议论。我主动调动她说话，就好像用细草挑逗蟋蟀一样，她也逐渐能发表议论了。她每天吃饭一定要用茶水浸泡，喜欢吃芥卤腐乳，吴语俗称为臭豆腐乳；又喜欢吃虾卤瓜。这两样东西是我平生最讨厌的，因此戏笑说：“狗没有胃而吃粪便，是因为它不知道臭气污秽；屎壳郎滚粪球而变化为蝉，是因为它修炼高举的德业。那么你是狗呢？还是蝉呢？”芸说：“臭豆腐的价格低廉，而且可以和粥饭搭配，小时候吃习惯了。现在嫁到你家，已经如同屎壳郎变化为蝉，仍然喜欢吃它，那是因为不忘根本；至于卤瓜的味道，是到你家后才尝到的。”我说：“既然如此，那么我家是狗洞么？”芸十分窘迫，强行辩解说：“这粪便，家家都有，关键在于吃与不吃的区别。然而您喜欢吃大蒜，我也是强忍着吃。臭豆腐不敢勉强，卤瓜可以遮掩着鼻子略尝一下，入口才能知道它的美味，这好比是钟离春外貌丑陋然而心灵美啊！”我笑着说：“你想让我做狗吗？”芸说：

“我做狗很久了，劳驾您试着尝尝。”用筷子强行塞到我的嘴里。我遮住鼻子咀嚼，似乎觉得味道又脆又美，松开鼻子再嚼，竟然感觉有不同的味道，从此也喜欢吃它了。芸用麻油加上少量白糖拌臭豆腐，也觉得味道鲜美；把卤瓜捣烂拌臭豆腐，取名叫双鲜酱，有异味。我说：“初时讨厌而最终却喜欢它，这其中的道理真是让人费解啊！”芸说：“情之所钟，即使外貌丑陋也不嫌弃。”

/原文/

余启堂弟妇，王虚舟先生孙女也，催妆时偶缺珠花。芸出其纳采[1]所受者呈吾母，婢妪旁惜之。芸曰：“凡为妇人，已属纯阴，珠乃纯阴之精，用为首饰，阳气全克矣，何贵焉？”而于破书残画，反极珍惜。书之残缺不全者，必搜集分门，汇订成帙，统名之曰“断简残编”；字画之破损者，必觅故纸粘补成幅，有破缺处，倩[2]予全好而卷之，名曰“弃余集赏”。于女红、中馈[3]之暇，终日琐琐，不惮烦倦。芸于破笥[4]烂卷中，偶获片纸可观者，如得异宝。旧邻冯妪每收乱卷卖之。

/注释/

1. 纳采：古婚礼六礼之一。男方向女方送求婚礼物。《仪礼·士昏礼》：“昏礼：下达纳采，用雁。”贾公彦疏：“纳采，言纳者，以其始相采择，恐女家不许，故言纳。”

2. 倩：请。

3. 中馈：指古代女子家中供膳诸事。《易·家人》：“无攸遂，在中馈。”孔颖达疏：“妇人之道……其所职，主在于家中馈食供祭而已。”

4. 笥（sì）：盛饭或衣物的方形竹器。

/译文/

我的启堂弟的妻子，是王虚舟先生的孙女。被催妆时，唯独缺少珍珠花首饰，芸拿出自己结婚受聘礼时的珍珠花，交给我的母亲转交给她。老婢女觉得可惜，芸说："女人已经属于纯阴，珍珠是纯阴的精华，用它作为首饰，阳气全都克尽了，有什么值得珍惜的？"然而芸对于残破的书籍字画反倒十分珍惜。对于残缺不全的书籍，一定要分类搜集，汇编装订成册，总称为"断简残编"；对于破损的字画，一定要找到旧纸粘贴修补成幅，有破缺的地方，请我修补完好之后卷起来，称为"弃余集赏"。在做针线、供膳的闲暇时间，整天忙于修书这样的琐事，不感到丝毫的厌烦。在破烂的书箱书卷中，芸偶尔获得值得观赏的一片纸张，也如同获得至宝一样。过去的邻居冯老太婆，每每收到破烂的书就卖掉。

/原文/

其癖好与余同，且能察眼意，懂眉语，一举一动，示之以色，无不头头是道。余尝曰："惜卿雌而伏，苟能化女为男，相与访名山，搜胜迹，遨游天下，不亦快哉！"芸曰："此何难？俟妾鬓斑之后，虽不能远游五岳，而近地之虎阜、灵岩，南至西湖，北至平山，尽可偕游。"余曰："恐卿鬓斑之日，步履已艰。"芸曰："今世不能，期以来世。"余曰："来世卿当作男，我为女子相从。"芸曰："必得不昧今生，方觉有情趣。"余笑曰："幼时一粥犹谈不了，若来世不昧今生，合卺之夕，细谈隔世，更无合眼时矣。"芸曰："世传月下老人专司人间婚姻事，今生夫妇已承牵合，来世姻缘亦须仰借神力，盍绘一像祀之？"

/译文/

芸的癖好和我一样，并且能够察言观色，一举一动，用眼色示意她，没有一样不是头头是道的。我曾经说："可惜你是女流之辈，如果是大丈夫的话，我将和你一起拜访名山，搜览胜迹，遨游天下，不也是很快乐吗?”芸说：“这有何难，等到我两鬓斑白以后，即使不能远游五岳，但附近的虎丘、灵岩山，南到杭州西湖，北到扬州平山，都可以陪同你一同游览啊!”我说：“恐怕你两鬓斑白的时候，已经是步履蹒跚了。”芸说：“这辈子不能的话，那就期待下辈子吧!”我说：“下辈子你做男的，我做女的跟随着你。”芸说：“那要不忘记今生的种种记忆，才觉得有情趣呢!”我笑着说：“小时候一碗粥的事今生都谈不完，如果下辈子不忘记今生的话，那时候结婚喝完合卺酒，详细地谈论前生的往事，那恐怕连睡觉的时间都不会有了啊!”芸说：“世人传言月下老人专门掌管人世间的男女婚姻，这辈子夫妻情缘已经全赖月老牵线，下辈子的姻缘也应该借助他的神力，为什么不绘制画像来祭祀他呢?”

/原文/

时有苕溪[1]戚柳堤，名遵，善写人物。倩绘一像：一手挽红丝，一手携杖悬姻缘簿，童颜鹤发，奔驰于非烟非雾中。此戚君得意笔也。友人石琢堂为题赞语于首，悬之内室，每逢朔望[2]，余夫妇必焚香拜祷。后因家庭多故，此画竟失所在，不知落在谁家矣。“他生未卜此生休[3]”，两人痴情，果邀神鉴耶?

/注释/

1. 苕溪：在浙江省北部，由于流域内沿河各地盛长芦苇，进入秋天，芦花飘散水上如飞雪，引人注目，当地居民称芦花为“苕”，故名苕溪。

2. 朔：农历每月初一。

3. 他生未卜此生休：出自李商隐《马嵬》：“海外徒闻更九州，他生未卜此生休。”

/译文/

当时苕溪有个戚柳堤，名遵，善于画人物。请他绘制一幅画像：一只手挽着红丝，一只手拄着仙杖，悬挂着姻缘簿，鹤发童颜，在非烟非雾之中奔驰。这是戚君非常得意的手笔。好友石琢堂在画上题了赞语，悬挂在卧室里。每逢初一十五，我们夫妇一定要焚香祈祷。后来因为家庭变化多事，这幅画竟然丢失了，不知如今它在哪里啊。“他生未卜此生休”，我们两人之间的痴情，难道果真邀请神灵品鉴了？

/原文/

迁仓米巷，余颜[1]其卧楼曰“宾香阁”，盖以芸名而取“如宾”意也。院窄墙高，一无可取。后有厢楼，通藏书处，开窗对陆氏废园，但有荒凉之象。沧浪风景，时切芸怀。有老妪居金母桥之东，埂巷之北，绕屋皆菜圃，编篱为门。门外有池约亩许，花光树影，错杂篱边。其地即元末张士诚[2]王府废基也。屋西数武[3]，瓦砾堆成土山，登其巅可远眺，地旷人稀，颇饶野趣。妪偶言及，芸神往不置，谓余曰：“自别沧浪，梦魂常绕，今不得已而思其次，其老妪之居乎？”余曰：“连朝秋暑灼人，正思得一清凉地以消长昼。卿若愿往，我先观其家可居，即襆被[4]而往，作一月盘桓何如？”芸曰：“恐堂上不许。”余曰：“我自请之。”

/注释/

1．颜：指堂上或门框上的横匾。这里指在门楣上题字。

2．张士诚：原名张九四，元朝末年抗元起义领袖之一，后兵败于朱元璋而被杀。

3．武：半步，泛指脚步。

4．襆（fú）被：整理好行李。

/译文/

迁到仓米巷以后，我为卧楼匾额题字“宾香阁”，都是以芸命名而取如宾的意思。院落狭窄，院墙高耸，没有可以游览之处。后面有厢房，通往藏书的地方，打开窗子面对的是陆氏的废园，只有荒凉的景象而已。沧浪亭的风景，时常让芸怀念。有个老婆婆居住在金母桥东、埂巷之北，环绕着屋子四周都是菜地。篱笆编制的门，门外是一亩多的池塘，花光树影，交错在篱笆边。这里就是元朝末年张士诚王府的旧地基。向屋子西面行走数步，瓦砾堆积成土山，登到最高处可以远眺，土地平旷，人烟稀少，颇多野趣。老婆婆偶尔说起这些事，芸都神往不已，对我说：“自从离别沧浪亭，让我魂牵梦绕，今天到不得已的时候才想及其余，大概就是老婆婆的居所吧?”我说：“连日来秋天的暑气灼人，正想找一个清凉的地方来消遣漫长的白昼，你如果愿意去，我先去看看她家适合居住的话，就打好行李前去，在那里逗留一月，怎样?”芸说：“恐怕公公婆婆不让啊!”我说：“我亲自去请求他们。”

/原文/

越日至其地，屋仅二间，前后隔而为四，纸窗竹榻，颇有幽趣。老妪知余意，欣然出其卧室为赁，四壁糊以白纸，顿觉改观。于是禀知吾母，挈芸居焉。邻仅老夫妇二人，灌园为业，知余夫妇避暑于此，先来通殷勤，并钓池鱼、摘园蔬为馈。偿其价，不受，芸作鞋报之，始谢而受。时方七月，绿树荫浓，水面风来，蝉鸣聒耳。邻老又为制鱼竿，与芸垂钓于柳荫深处。日落时，登土山，观晚霞夕照，随意联吟，有“兽云吞落日，弓月弹流星”之句。少焉，月印池中，虫声四起，设竹榻于篱下。老妪报酒温饭熟，遂就月光对酌，微醺而饭。浴罢则凉鞋蕉扇，或坐或卧，听邻老谈因果报应事。三鼓归卧，周体清凉，几不知身居城市矣。篱边倩邻老购菊，遍植之。九月花开，又与芸居十日。吾母亦欣然来观，持螯[1]对菊，赏玩竟日。芸喜曰："他年当与君卜筑[2]于此，买绕屋菜园十亩，课[3]仆妪，植瓜蔬，以供薪水。君画我绣，以为诗酒之需。布衣菜饭，可乐终身，不必作远游计也。"余深然之。今即得有境地，而知己沦亡，可胜浩叹！

/注释/

1．螯（áo）：螃蟹等节肢动物变形的第一对脚，形状像钳子。这里代指螃蟹。

2．卜筑：择地建筑住宅，即定居之意。

3．课：督促，教导。

/译文/

过了几天，我来到那地方一看，屋子仅有两间，前后间隔分为四个小房间，纸糊的窗子，竹子的卧榻，颇有一番幽静之趣。老婆婆知道了我的心意，高兴地腾出屋子租给我。用白纸糊好四周墙壁，顿时觉得改观不少。于是回去禀告我的母亲，带着芸来此居住。邻居仅有老夫妇二人，以浇灌菜园为业。知道我们夫妇到这里避暑，先来通殷勤，并把从池塘钓来的鱼、从园子里摘来的蔬菜作为见面礼。我们给她钱，不接受；芸做了新鞋子予以报答，他们才感动地接受。当时正值七月，绿树浓荫，微风从水面吹来，蝉鸣声盈耳。邻居老人又为我们做了钓鱼竿，和芸一起在柳荫深处垂钓。太阳落山的时候，登上土山，观看晚霞夕阳，随意联句吟咏，有"兽云吞落日，弓月弹流星"的诗句。过了一会儿，月亮倒映在池塘中，四周都是昆虫的叫声。我们在篱笆下摆好竹榻，老婆婆告诉我们酒饭已经准备好，于是和芸在月光下对着饮酒，微微有些醉意才吃饭。洗浴完毕，穿着凉鞋，摇着芭蕉扇，有时坐着，有时躺着，倾听邻居老人谈论因果报应的事情。三更过后回来睡觉，浑身清凉，几乎不知道自己居住在城市当中了。后来，我们又请老婆婆买来菊花栽种在篱笆边，种得遍地都是。九月时，菊花盛开了，我和芸又居住了十天。我的母亲也高兴地前来观赏，大家吃着螃蟹观赏菊花，玩了整整一天。芸笑着说："将来应当与你在这里居住，购买十亩环绕房屋的菜园，雇用老女仆种植瓜果蔬菜，以此来支撑家里的花销。到那时，你绘画，我刺绣，以此来作为写诗饮酒的费用。穿着布衣，吃着粗茶淡饭，高兴地度过余生，不必再费心想着远游的事情了。"我深深地赞同她的提议。如今我得到了这块地方，然而知己已经不在人世，真是令人悲叹不已啊！

/原文/

离余家半里许，醋库巷有洞庭君祠，俗呼水仙庙。回廊曲折，小有园亭。每逢神诞，众姓各认一落，密悬一式之玻璃灯，中设宝座，旁列瓶几，插花陈设，以较胜负。日惟演戏，夜则参差高下，插烛于瓶花间，名曰"花照"。花光灯影，宝鼎香浮，若龙宫夜宴。司事者或笙箫歌唱，或煮茗清谈，观者如蚁集，檐下皆设栏为限。余为众友邀去，插花布置，因得躬逢其盛。归家向芸艳称之。芸曰："惜妾非男子，不能往。"余曰："冠我冠，衣我衣，亦化女为男之法也。"于是易髻为辫，添扫蛾眉，加余冠，微露两鬓，尚可掩饰。服余衣，长一寸又半，于腰间折而缝之，外加马褂。芸曰："脚下将奈何？"余曰："坊间有蝴蝶履[1]，大小由之，购亦极易，且早晚可代撤鞋之用，不亦善乎？"芸欣然。及晚餐后，装束既毕，效男子拱手阔步者良久，忽变卦曰："妾不去矣。为人识出既不便，堂上闻之又不可。"余怂恿曰："庙中司事者谁不知我，即识出亦不过付之一笑耳。吾母现在九妹丈家，密去密来，焉得知之。”芸揽镜自照，狂笑不已。

/注释/

1. 蝴蝶履（lǚ）：清时流传于坊间的一种蝴蝶式的鞋子，其小大随意，且常见易购得，可代拖鞋之用。

/译文/

距离我家一里多的地方，醋库巷有个洞庭君祠，俗称水仙庙。那里弯回的长廊曲曲折折，却少有亭子。每到神仙诞辰的日子，众多百姓都各自在一个角落里，秘密悬挂一样的琉璃灯，中间放置宝座，旁边摆上花瓶，插上鲜花，来比较胜负。白天时只是演戏，晚上时则不论高低上下，在瓶花中间插上灯烛，取名叫“花照”。照在花上的光与影相交映，宝鼎上方浮动着香气，好像是龙宫举办夜宴一般。掌管人有的吹奏着笙箫，有的煮茶谈话，观看的人如同蚂蚁聚集在一起，屋檐下都放置栅栏作为限制。我被众多好友邀请去插花布置，因此能够亲眼目睹那盛景。回家后向芸炫耀，芸说：“可惜我不是男子，不能去啊！”我说：“你戴上我的帽子，穿上我的衣服，这真是女扮男装的好主意啊！”于是把发髻改为辫子，添抹蛾眉；戴上帽子，微微露出两鬓，还能够掩饰；穿上我的衣服，长了一寸多；在腰间折叠后缝上，外面又穿上马褂。芸说：“小脚可怎么办呢？”我说：“作坊里有蝴蝶鞋卖，大小都有，购买起来也很方便，而且早晚可以代替拖鞋用，岂不是很好吗？”芸欣然应诺。等到晚饭以后，装束完毕，模仿男子拱手阔步很长时间，忽然变卦了，说：“我还是不去了吧，被人认出来的话不方便，公婆知道了也不会答应啊！”我怂恿她说：“庙中管事人哪一个不认识我，即便认出来了也只不过是付诸一笑罢了。母亲现在九妹夫家，咱们悄悄去悄悄回来，她哪里能知道呢？”芸对着镜子照照自己，大笑不已。

/原文/

余强挽之，悄然径去，遍游庙中，无识出为女子者。或问何人，以表弟对，拱手而已。最后至一处，有少妇幼女坐于所设宝座后，乃杨姓司事者之眷属也。芸忽趋彼通款曲，身一侧，而不觉一按少妇之肩。旁有婢媪怒而起曰："何物狂生，不法乃尔！"余试为措辞掩饰，芸见势恶，即脱帽翘足示之曰："我亦女子耳。"相与愕然，转怒为欢。留茶点，唤肩舆[1]送归。

/注释/

1. 肩舆（yú）：轿子。

/译文/

我强行挽着她的胳臂，悄悄地离开。游遍整个庙中，没有一个人认出她是女子的。有人问她是谁，便以表弟的身份应对，只是拱手而已。最后到了一个地方，有少妇和小女孩坐在宝座后面，是杨姓管事人的家属。芸忽然走过去通殷勤，身子一侧，不觉一下子按到少妇的肩膀上。旁边的婢女大怒而起说："什么东西的狂生，怎么这样不遵守礼法！"我试着为她措辞掩饰，芸看到情势紧急，便脱下帽子，跷起脚给她看，说："我也是女子啊！"彼此相对，大吃一惊，于是马上不再发怒反倒高兴起来。留下茶点，唤来轿子送我们回去了。

/原文/

吴江钱师竹病故，吾父信归，命余往吊。芸私谓余曰："吴江必经太湖，妾欲偕往，一宽眼界。"余曰："正虑独行踽踽[1]，得卿同行，固妙，但无可托词耳。"芸曰："托言归宁。君先登舟，妾当继至。"余曰："若然，归途当泊舟万年桥下，与卿待月乘凉，以续沧浪韵事。"时六月十八日也。是日早凉，携一仆先至胥江[2]渡口，登舟而待。芸果肩舆至。解维出虎啸桥，渐见风帆沙鸟，水天一色。芸曰："此即所谓太湖耶？今得见天地之宽，不虚此生矣。想闺中人有终身不能见此者。"闲话未几，风摇岸柳，已抵江城。

/注释/

1. 独行踽（jǔ）踽：出自《诗经·唐风·杕杜》："独行踽踽，岂无他人，不如我同父。"毛传："踽踽，无所亲也。"后用"踽踽独行"形容一个人孤单地独自走路。

2. 胥（xū）江：春秋时吴国名将伍子胥率众开挖的，因此以他的名字命名。

/译文/

吴江钱师竹因病去世了，我的父亲来信让我前往吊唁。芸悄悄对我说："去往吴江一定要经过太湖，我想同你一起去，开开眼界。"我说："我正犯愁一个人走太孤单呢，和你一起去，固然好，只是没有托词呀！"芸说："托词回娘家呀！你先上船，我当随后就来。"我说："真是那样的话，要在万年桥下泊船靠岸，和你一起等待月亮升起，一起纳凉，以便接着继续去年沧浪亭的风流韵事。"当时是六月十八日。这一天早晨天气清凉，带着一个仆人先到胥江渡口，登船等待，芸果然坐着轿子到了。解下缆绳出了虎啸桥，渐渐地看到风帆沙鸥，水天一色。芸说："这就是人们所说的太湖吗？今天有幸见到天地之宽大，真算不虚度今生了！想想闺阁当中有人一生也看不到这样的景象啊！"闲话还没有说完，微风摇动着岸边的柳树，已经抵达江城。

/原文/

余登岸拜奠毕，归视舟中洞然[1]，急询舟子。舟子指曰："不见长桥柳荫下，观鱼鹰捕鱼者乎？"盖芸已与船家女登岸矣。余至其后，芸犹粉汗盈盈，倚女而出神焉。余拍其肩曰："罗衫汗透矣!”芸回首曰:“恐钱家有人到舟,故暂避之。君何回来之速也?”余笑曰:“欲捕逃耳。”

/注释/

1. 洞然:空无一物。

/译文/

我登上岸边拜祭完毕,回来看看船中空无一人,急忙询问舟子。舟子指着说:“没有看见长桥柳荫下面,观看鱼鹰捕鱼的人吗?”原来芸已经和船家女一同登岸了。我到了她的后面,芸依旧粉汗淋漓,正倚靠着船家女的身上远望出神呢!我拍拍她的肩膀说:“罗衫出汗已经湿透了!”芸回头说:“恐怕钱竹师的家人有人到船上来,所以暂时躲避一下。你怎么回来得这样快呀?”我笑着说:“是要抓住逃跑的人啊!”

/原文/

于是相挽登舟,返棹[1]至万年桥下,阳乌[2]犹未落也。舟窗尽落,清风徐来,纨扇罗衫,剖瓜解暑。少焉,霞映桥红,烟笼柳暗,银蟾[3]欲上,渔火满江矣。命仆至船梢与舟子同饮。船家女名素云,与余有杯酒交,人颇不俗。招之与芸同坐。

/注释/

1. 棹(zhào):划船的一种工具,形状和桨差不多。

2. 阳乌:神话传说中在太阳里的三足乌。后来用作太阳的代称。左思《蜀都赋》:“羲和假道于峻岐,阳乌迴翼乎高标。”李善注:“《春秋元命包》曰:‘阳成於三,故日中有三足乌,乌者,阳精。’”

3. 银蟾(chán):月亮的别称。神话传说中月宫中有蟾蜍,故称。《淮南子》:“日中踆乌,月中有蟾蜍。”白居易《中秋月》诗:“照他几许人肠断,玉兔银蟾远不知。”

/译文/

于是挽着她登上船只，返回到万年桥下，太阳还没有落山。船窗都落了下来，清风缓缓地吹来，手执纨扇，身穿罗衫，切开瓜来解暑。过了一会儿，晚霞映得小桥也红了，烟雾笼罩着柳树，月亮要升起来了，渔火充满整个江面了。让仆人到船艄和舟子一起饮酒。船家的女儿名字叫素云，和我有杯酒之交，人也非同一般，招来和芸一起坐下。

/原文/

船头不张灯火，待月快酌，射覆为令。素云双目闪闪，听良久，曰："觞政[1]依颇娴习，从未闻有斯令，愿受教。"芸即譬其言而开导之，终茫然。余笑曰："女先生且罢论。我有一言作譬，即了然矣。"芸曰："君若何譬之？"余曰："鹤善舞而不能耕，牛善耕而不能舞，物性然也。先生欲反而教之，无乃劳乎？"素云笑捶余肩曰："汝骂我耶？"芸出令曰："只许动口，不许动手。违者罚大觥。"素云量豪，满斟一觥，一吸而尽。余曰："动手但准摸索，不准捶人。"芸笑挽素云置余怀，曰："请君摸索畅怀。"余笑曰："卿非解人，摸索在有意无意间耳，拥而狂探，田舍郎[2]之所为也。"时四鬓所簪茉莉，为酒气所蒸，杂以粉汗油香，芳馨透鼻。余戏曰："小人臭味充满船头，令人作恶。"素云不禁握拳连捶曰："谁教汝狂嗅耶？"芸呼曰："违令，罚两大觥。"素云曰："彼又以小人骂我，不应捶耶？"芸曰："彼之所谓小人，益有故也。请干此，当告汝。"素云乃连尽两觥。芸乃告以沧浪旧居乘凉事。素云曰："若然，真错怪矣。当再罚。"又干一觥。芸曰："久闻素娘善歌，可一聆妙音否？"素即以象箸击小碟而歌。芸欣然畅饮，不觉酩酊，乃乘舆先归。余又与素云茶话片刻，步月而回。

/注释/

1. 觞（shāng）政：酒令。觞：古代的一种盛酒器具。

2. 田舍郎：农家子。多用以指乡野之人。

/译文/

船头没有灯火，只好在月光下饮酒，竞猜酒令。素云两眼闪亮，听了很长时间，说：“酒令我很是熟悉，从来没有听到过这个酒令，请赐教。”芸便打比方来开导她，最终还是没有听懂。我笑着说：“女先生暂且打住，我有一个比方，说了就能明白。”芸说：“你想用什么样的比方呢？”我说：“鹤善于舞蹈却不能耕地，牛善于耕地却不能舞蹈，这是万物的本性，先生却反其道而教导她，这不是白费力气吗？”素云笑着捶打着我的肩膀说：“你这分明是在骂我嘛！”芸出令说：“只许动口，不许动手。违令者罚大杯。”素云酒量很大，斟满一大杯，一饮而尽。我说：“动手的话只许摸索，不许捶人。”芸笑着牵挽素云推到我的怀里，说：“请你尽情摸索吧！”我笑着说：“你不理解人啊，摸索的妙处在于有意与无意之间；拥抱她疯狂摸索，那是农夫所为啊！”此时，素云鬓边所插戴的茉莉花，被酒气熏蒸，掺杂在粉汗油香之中，涌进了我的鼻子，我戏笑着说：“小人的臭味充满船头，令人作恶。”素云不禁握紧拳头接连捶打我，说：“谁让你疯狂闻嗅的？”芸喊住她，说：“违令，罚两大杯！”素云说：“他又骂我是小人，难道不该打吗？”芸说：“他所说的小人，也是有原因的。请干了这杯，再告诉你。”素云连干两大杯，芸于是告诉她沧浪亭旧居乘凉的往事。素云说：“这样的话，真是错怪他了，应当再罚。”又干了一大杯。芸说：“久闻素娘善于唱歌，可以让我们聆听一下你的美妙的声音吗？”素云便用象箸击打小碟唱起来。芸高兴地开怀畅饮，不觉喝得大醉，于是坐轿子先回去了。我又与素云喝茶说话片刻，乘着月色步行而归。

/原文/

时余寄居友人鲁半舫家萧爽楼中。越数日，鲁夫人误有所闻，私告芸曰："前日闻若婿挟两妓饮于万年桥舟中，子知之否？"芸曰："有之，其一即我也。"因以偕游始末详告之。鲁大笑，释然而去。

/译文/

当时我寄居在好友鲁半舫家的萧爽楼中。过了几天，鲁夫人误听传闻，悄悄告诉芸说："听说你女婿前天和两个歌妓在万年桥船中饮酒，你知道吗？"芸说："有这回事，其中有一个人就是我。"因此把同游始末详尽地告诉她，鲁夫人大笑，打开心结回去了。

/原文/

乾隆甲寅[1]七月，亲自粤东归。有同伴携妾回者，曰徐秀峰，余之表妹婿也。艳称新人之美，邀芸往观。芸他日谓秀峰曰："美则美矣，韵犹未也。"秀峰曰："然则若郎纳妾，必美而韵者乎？"芸曰："然。"从此痴心物色，而短于资。

/注释/

1. 乾隆甲寅：乾隆五十九年，即 1794 年。

/译文/

乾隆甲寅年的七月，我从广东东归。有个同伴叫徐秀峰，是我的表妹夫，带着一个小妾回来，炫耀赞美新人很漂亮，邀请芸去看看。过了几天，芸对秀峰说："美倒是美，只是感觉少一点韵味。"秀峰说："既然如此，那么你的郎君纳妾，一定要貌美还要有韵味吗？"芸说："是的。"从此，芸便痴心为我物色女子，可惜那时手头拮据。

/原文/

时有浙妓温冷香者，寓于吴，有咏柳絮四律，沸传吴下，好事者多和之。余友吴江张闲憨素赏冷香，携柳絮诗索和。芸微其人而置之；余技痒而和其韵，中有“触我春愁偏婉转，撩他离绪更缠绵”之句，芸甚击节[1]。

/注释/

1．击节：指打拍子。后用来形容对别人的诗、文或艺术等的赞赏。

/译文/

当时，浙江名妓温冷香，寓居在吴地，写有歌咏柳絮的四首律诗，在吴地疯传，好事的人多有唱和的。我的好友吴江张闲憨向来欣赏温冷香，带着柳絮诗，让我唱和。芸看不起他而把它放在一边，我因为技痒而写了和作，其中有“触我春愁偏婉转，撩他离绪更缠绵”的句子，芸击节称叹。

/原文/

明年乙卯[1]秋八月五日，吾母将挈芸游虎丘[2]。闲憨忽至，曰：“余亦有虎丘之游。今日特邀君作探花使者。”因请吾母先行，期于虎丘半塘相晤，拉余至冷香寓，见冷香已半老；有女名憨园，瓜期未破[3]，亭亭玉立，真“一泓秋水照人寒[4]”者也。款接间，颇知文墨。有妹文园，尚雏。余此时初无痴想，且念一杯之叙，非寒士所能酬，而既入个中，私心忐忑，强为酬答。因私谓闲憨曰：“余贫士也，子以尤物[5]玩我乎？”闲憨笑曰：“非也，今日有友人邀憨园答我，席主为尊客拉去，我代客转邀客，毋烦他虑也。”余始释然。

/注释/

1．乙卯：乾隆六十年，即 1895 年。

2．虎丘：位于苏州城西北郊，相传春秋时吴王夫差葬其父阖闾于此，葬后三日有白虎踞其上，故名虎丘。另一说认为，山的形状似蹲虎，故名。《吴地记》载："虎丘山绝岩纵壑，茂林深篁，为江左丘壑之表。"

3．瓜期未破：破瓜，指女子十六岁的时候。瓜字分开为"八八"两字，旧时文人拆"瓜"字为二八以纪年，谓十六岁。

4．一泓秋水照人寒：出自唐代崔珏《有赠》诗，原句为："两脸夭桃从镜发，一眸春水照人寒。"这里是用来形容憨园容貌的美丽。

5．尤物：指绝色的人物。有时含有贬义。《左传·昭公二十八年》："夫有尤物，足以移人；苟非德义，则必有祸。"杨伯峻注："尤物，指特美之女。"

/译文/

第二年，乾隆乙卯秋天八月初五，我的母亲将要带着芸去游览虎丘，张闲憨忽然不请自来，说："我也想到虎丘去游览，今天特意邀请你做一回探花使者。"因此让我的母亲先出发，约定在虎丘半塘相见，拉着我到了温冷香的居所。看到冷香已是半老徐娘，有个女儿叫憨园，还未满十六岁，亭亭玉立，真是个"一泓秋水照人寒"的美人。接人待物之间，颇通文墨。有个妹妹叫文园，还小。我此时没有什么痴心妄想，只是贪一杯之叙，认为并不是我这个寒门子弟所能应酬得了。然而既然已经来到这里，我的心忐忑不安，勉强与之应酬。因此悄悄对闲憨说："我是个穷小子，你要用美女来消遣我吗？"闲憨说："不是的，今天有个朋友邀请憨园来陪我，可惜席主让客人拉走了，我这是代表席主来邀请客人，不要烦恼多虑哟！"我才放心。

/原文/

至半塘，两舟相遇，令憨园过舟叩见吾母。芸、憨相见，欢同旧识，携手登山，备览名胜。芸独爱千顷云高旷，坐赏良久。返至野芳滨，畅饮甚欢，并舟而泊。及解维，芸谓余曰：“子陪张君，留憨陪妾可乎？”余诺之。返棹至都亭桥，始过船分袂[1]。归家已三鼓，芸曰：“今日得见美而韵者矣。顷已约憨园，明日过我，当为子图之。”余骇曰：“此非金屋不能贮[2]，穷措大[3]岂敢生此妄想哉？况我两人伉俪[4]正笃，何必外求？”芸笑曰：“我自爱之，子姑待之。”

/注释/

1．分袂（mèi）：指离别，分手。

2．金屋不能贮：语本金屋藏娇。金屋：富丽华贵的房屋；娇：阿娇，指汉武帝刘彻的姑母长公主刘嫖的女儿。原指汉武帝刘彻要用金屋接纳阿娇作妇，后指特别宠爱某美貌女子。

3．穷措大：穷光蛋。

4．伉（kàng）俪（lì）：指夫妻。

/译文/

到了半塘，两船相遇，让憨园到船上拜见我的母亲。芸和憨园相见，欢喜得如同旧时相识，牵手登上山峰，遍览名胜。芸只是喜欢千顷云高远空旷，坐在那里观赏了很长时间。返回到野芳滨后两船并靠停泊，开怀畅饮更是欢快。等到解开缆绳的时候，芸对我说：“你陪同张闲憨，留下憨园女陪我可以么？”我答应了她。即掉过船头回去，到了都亭桥，这才互相过船分开。到家时已是三更时分，芸说：“今天有幸见到美貌而有韵味的美人，刚刚已经约好憨园女，明天她来拜访我，为你考虑纳妾的事。”我大惊，说：“这里不是金屋，也不能藏娇，我这个穷小子哪里胆敢有这样的痴心妄想呢？况且我们二人伉俪情深，又何必再纳妾呢？”芸笑着说：“是我自己喜欢她，你就暂且等待吧！”

/原文/

明午，憨果至。芸殷勤款接，筵中以猜枚[1]（赢吟输饮）为令，终席无一罗致语。及憨园归，芸曰：“顷又与密约，十八日来此结为姊妹，子宜备牲牢[2]以待。”笑指臂上翡翠钏曰：“若见此钏属于憨，事必谐矣，顷已吐意，未深结其心也。”余姑听之。十八日大雨，憨竟冒雨至。入室良久，始挽手出，见余，有羞色，盖翡翠钏已在憨臂矣。焚香结盟后，拟再续前饮。适憨有石湖之游，即别去。芸欣然告余曰：“丽人已得，君何以谢媒耶？”余询其详，芸曰：“向之秘言，恐憨意另有所属也。顷探之无他，语之曰：‘妹知今日之意否？’憨曰：‘蒙夫人抬举，真蓬蒿倚玉树也，但吾母望我奢，恐难自主耳，愿彼此缓图之。’脱钏上臂时，又语之曰：‘玉取其坚，且有团圞[3]不断之意，妹试笼之，以为先兆。’憨曰：‘聚合之权总在夫人也。’即此观之，憨心已得，所难者必冷香耳，当再图之。”余笑曰：“卿将效笠翁之《怜香伴》[4]耶？”芸曰：“然。”自此无日不谈憨园矣。

/注释/

1. 猜枚：古代饮酒时一种助兴取乐的游戏。把瓜子、莲子或黑白棋子等握在手心里，让别人猜单双、数目或颜色，猜中者为胜，不中者罚饮。

2. 牲牢：指牲畜。《诗·小雅·瓠叶序》：“上弃礼而不能行，虽有牲牢饔饩，不肯用也。”郑玄笺：“牛羊豕为牲，系养者曰牢。”

3. 团圞（luán）：团圆。

4. 《怜香伴》：又名《美人香》。清代戏曲家李渔（字谪凡，号笠翁）所作传奇，讲述了崔笺云与曹语花两名女子以诗文相会，互生倾慕，两人想方设法争取长相厮守的故事。

/译文/

第二天中午，憨园女果然来了。芸殷勤招待她，宴席上猜谜，规定赢了吟诗，输了饮酒。到结束时，也没说任何有关收纳的话。等到憨园女回去后，芸说："刚刚我和她密约，十八日来到这里结为姐妹，你应该准备好佳肴来等待她。"笑着指着手臂上的翡翠钏说："如果看见这个钏属于憨园女，事情就大功告成了，刚刚她已经吐露心意，只不过还没有深深地结好她的心而已。"我暂且听信了她。十八日，大雨倾盆，憨园女竟然冒雨前来。进入屋子很长时间，她俩才挽手而出，看见我，她面露羞色，原来是翡翠钏已经戴在她的手臂上了。焚香结拜为姐妹以后，打算再继续饮酒。这时恰好憨园女要去石湖游览，只好让她先离开。芸高兴地告诉我说："佳人已经得到，郎君用什么感谢媒人呢？"我询问详情，芸说："我和你秘密地说吧，我真担心憨园女心已有所属呢，刚刚探试她还没有，对她说：'妹妹知道今天结拜的心意吗？'憨园女说：'承蒙夫人您抬举我，这真好比是蓬蒿倚靠在玉树上啊！只是我的母亲期望我过富足的生活，恐怕难以自己做主啊！但愿我们彼此慢慢地考虑吧！'摘下钏给她戴上时，又对她说：'美玉是取它的坚硬，且有团圆不断之意，妹妹试着戴上它，以此作为这吉祥的前兆吧！'憨园女说：'聚合的权力都在夫人这里呀！'以此来看，憨园女的心意已经得到，而让她为难的只有温冷香了，这个再慢慢考虑吧。"我笑着说："你这是效法李渔《怜香伴》里的故事情节吧？"芸说："是的。"从此以后，没有一天不谈论憨园女的。

/原文/

后憨为有力者夺去，不果。芸竟以之死。

/译文/

后来憨园女竟被有势力的人抢去，没有了消息。芸以为她已经死了。

卷二　闲情记趣

/原文/

余忆童稚时，能张目对日，明察秋毫。见藐小微物，必细察其纹理，故时有物外之趣[1]。

/注释/

1. 物外之趣：物体本身以外的乐趣。

/译文/

我回忆自己童年的时候，能够睁大眼睛对着太阳，明察秋毫。看到非常微小的事物，一定要仔细观察它的纹理，因此时常有超越事物之外的乐趣。

/原文/

夏蚊成雷，私拟作群鹤舞空。心之所向，则或千或百，果然鹤也。昂首观之，项为之强。又留蚊于素帐中，徐喷以烟，使其冲烟飞鸣，作青云白鹤观，果如鹤唳云端，怡然称快。

/译文/

夏天，蚊子的叫声好像雷声，我私下里把它比作群鹤在空中飞舞。心里这样想着，那么成千上百的蚊子，果然变成了白鹤。昂着头观看它，脖子都变得僵硬了。又把蚊子留在蚊帐中，用烟慢慢地喷它，让它在烟雾中冲撞飞鸣，看作是青云白鹤，果然如同白鹤在云间鸣叫，看了以后令人欣然称快。

/原文/

于土墙凹凸处，花台小草丛杂处，常蹲其身，使与台齐。定神细视，以丛草为林，以虫蚁为兽，以土砾凸者为丘，凹者为壑，神游其中，怡然自得。

/译文/

在土墙凹凸不平的地方，在花台小草丛生的地方，经常蹲下身子，让它和花台齐平，凝神仔细观看，把丛草看作树林，把虫子蚂蚁看作猛兽，把土堆高的地方看作是山丘，低的地方看作是山谷，神游在其中，怡然自得。

/原文/

一日，见二虫斗草间，观之正浓，忽有庞然大物拔山倒树而来，盖一癞虾蟆也，舌一吐而二虫尽为所吞。余年幼，方出神，不觉呀然惊恐，神定，捉虾蟆，鞭数十，驱之别院。

/译文/

一天，看见两个昆虫在草丛间争斗，看得兴致正浓，忽然有个庞然大物撞倒土山大树出现，原来是个癞蛤蟆。一吐舌头，两个昆虫都被它吞下去了。我年龄还小，正出神观看，不觉呀的一声吓了一跳。缓过神的时候，捉住癞蛤蟆，鞭打了数十下，驱赶它到别的院子去。

/原文/

年长思之，二虫之斗，盖图奸不从也。古语云“奸近杀”，虫亦然耶？贪此生涯，卵为蚯蚓所哈（吴俗称阳曰卵），肿不能便。捉鸭开口哈之，婢妪偶释手，鸭颠其颈作吞噬状，惊而大哭，传为语柄。此皆幼时闲情也。

/译文/

后来长大了再来琢磨这件事，两个昆虫的争斗，大概是因为一方贪婪，而另一方不肯顺从的缘故，古语说“奸近杀”，是说奸诈会招来杀身之祸，小昆虫也是这个道理吗？我贪恋这种乐趣，阳具曾经被蚯蚓微微吮吸，肿得不能小便。捉住鸭子张嘴吮吸，老婢女一松手，鸭子扑腾着脖子做出吞噬的样子，我吓得大哭，成为人们的话柄。这些都是童年时的闲情啊！

/原文/

及长，爱花成癖，喜剪盆树。识张兰坡，始精剪枝养节之法，继悟接花叠石之法。花以兰为最，取其幽香韵致也，而瓣品之稍堪入谱者不可多得。兰坡临终时，赠余荷瓣素心春兰一盆，皆肩平心阔，茎细瓣净，可以入谱者，余珍如拱璧[1]。值余幕游于外，芸能亲为灌溉，花叶颇茂。不二年，一旦忽萎死。起根视之，皆白如玉，且兰芽勃然，初不可解，以为无福消受，浩叹而已，事后始悉有人欲分不允，故用滚汤[2]灌杀也。从此誓不植兰。

/注释/

1．拱璧（bì）：古代一种大型玉璧。用于祭祀。因其须双手拱执，故名。后因用以喻极其珍贵之物。《左传·襄公二十八年》：“与我其拱璧，吾献其柩。”孔颖达疏：“拱，谓合两手也，此璧两手拱抱之，故为大璧。”

2．滚汤：滚烫的开水。

/译文/

等到长大了，我养成了爱花的癖好，喜欢裁剪盆树。认识张兰坡，才精通裁剪养护枝条的方法，继而悟出接花叠石的方法。花朵中以兰花为最，这是取它的幽香韵味啊！然而花瓣等级稍稍可以进入花谱的不可多得。张兰坡临终的时候，赠给我一盆荷瓣状浅色花心的春兰，花的顶端平整，花蕊阔大，茎干细长，花瓣干净，可以列入花谱，我如同美玉一般珍视它。一次，我到外地游幕，芸能够亲自浇灌，花叶很是茂盛。不到二年，一天早上突然枯萎而死，挖出根来看，都是白色的，像玉一样的颜色，而且兰花的芽儿也都膨胀了。起初令人费解，以为自己没有福气养它，只是叹息而已。后来才知道原来是有人要分一枝芸没有答应，所以用沸水灌杀了它。从此以后，我发誓再也不养兰花了。

/原文/

次取杜鹃，虽无香而色可久玩，且易剪裁。以芸惜枝怜叶，不忍畅剪，故难成树。其他盆玩皆然。

/译文/

除了兰花，其次就是杜鹃花了。虽然没有香气但花期长久，而且容易剪裁。因为芸爱惜枝叶，所以我不忍心畅快地修剪，所以终难长成大树。其他的盆栽也都是这个样子。

/原文/

惟每年篱东[1]菊绽，积兴成癖。喜摘插瓶，不爱盆玩。非盆玩不足观，以家无园圃，不能自植。货于市者，俱丛杂无致，故不取耳。其插花朵，数宜单，不宜双。每瓶取一种，不取二色，瓶口取阔大，不取窄小，阔大者舒展不拘。自五七花至三四十花，必于瓶口中一丛怒起，以不散漫、不挤轧、不靠瓶口为妙，所谓“起把宜紧[2]”也。或亭亭玉立，或飞舞横斜。花取参差，间以花蕊，以免飞钹耍盘[3]之病。叶取不乱，梗取不强。用针宜藏，针长宁断之，毋令针针露梗，所谓“瓶口宜清”也。视桌之大小，一桌三瓶至七瓶而止，多则眉目不分，即同市井之菊屏矣。几之高低，自三四寸至二尺五六寸而止，必须参差高下，互相照应，以气势联络为上。若中高两低，后高前低，成排对列，又犯俗所谓“锦灰堆[4]”矣。或密或疏，或进或出，全在会心者得画意乃可。

/注释/

1. 篱东：即东篱。出自陶渊明《饮酒》："采菊东篱下，悠然见南山。"后来东篱便指菊花或种植菊花的地方。

2. 起把宜紧：和下文的"瓶口宜清"都是沈复的插花主张，意思是插花要分清主次，做到主枝明确。

3. 飞钹（bó）耍盘：此处是杂乱无章的意思。

4. 锦灰堆：此处指呆板。

/译文/

每年篱笆东边菊花绽放的时节，我积聚雅兴竟成癖好。喜欢摘下菊花插在花瓶中，而不喜欢栽种在盆中玩赏。并非是盆栽不值得观赏，是因为家里没有园圃，不能自己种植，在市场上买来的菊花，都杂乱无章，所以不取栽种之法。往花瓶中插花朵，宜单数而不宜双数。每瓶适宜取一种而不适合取两种颜色，瓶口适宜取阔大的而不宜取窄小的，阔大的才能让菊花舒展而没有拘束。从五七朵到三四十朵，一定让瓶口中一丛高起，以不散漫、不拥挤、不靠瓶口为好，这就是所谓的"起把宜紧"。所插的菊花有的亭亭玉立，有的飞舞倾斜。花宜取参差不齐的，用花蕊夹杂点缀，以此避免杂乱无章的弊端。叶子宜取不乱的，茎干宜取不强的。用针最好隐藏起来，针长的话宁可断掉它，不要针针露出茎干，这就是所谓的"瓶口宜清"。根据桌案的大小，一桌摆放三瓶到七瓶不等，太多的话分不清眉目主次，就变成市井中的菊屏了。案几的高低，在三四寸至二尺五六寸之间，一定要参差不齐互相照应，以气势联络一体为上。如果中间高两边低，后面高前面低，成对成排地摆放，又触犯了俗语所谓的"锦灰堆"了。是紧密还是稀疏，是隐藏还是突出，这些都在于会心的主人得到画意之妙才可以。

/原文/

若盆碗盘洗[1]，用漂青松香榆皮面和油，先熬以稻灰，收成胶，以铜片按钉向上，将膏火化，粘铜片于盘碗盆洗中。俟冷，将花用铁丝扎把，插于钉上，宜偏斜取势，不可居中，更宜枝疏叶清，不可拥挤。然后加水，用碗沙少许掩铜片，使观者疑丛花生于碗底，方妙。

/注释/

1. 洗：古代青铜器，形状似盆而浅，用于盛水。

/译文/

如果盆碗盘洗这些器皿，用漂青松香榆皮面与油掺杂在一起，先用稻灰熬制，凝练成胶以后，把铜片按订向上放置，将膏用火熔化，把铜片粘到盆碗盘洗之中。冷却以后，用铁丝把花扎成一束，插在钉子上面，应该让花横斜而不可居中，更应该枝条稀疏叶子清晰而不可拥挤过多。然后向里注水，再把碗中的沙子倒入少许遮掩住铜片，让观赏的人怀疑丛花是从碗底生长的，这样才好。

/原文/

若以木本花果插瓶，剪裁之法（不能色色自觅，倩人攀折者每不合意），必先执在手中，横斜以观其势，反侧以取其态。相定之后，剪去杂枝，以疏瘦古怪为佳。再思其梗如何入瓶，或折或曲，插入瓶口，方免背叶侧花之患。若一枝到手，先拘定其梗之直者插瓶中，势必枝乱梗强，花侧叶背，既难取态，更无韵致矣。折梗打曲之法，锯其梗之半而嵌以砖石，则直者曲矣。如患梗倒，敲一二钉以筦[1]之，即枫叶竹枝，乱草荆棘，均堪入选。或绿竹一竿配以枸杞数粒，几茎细草伴以荆棘两枝，苟位置得宜，另有世外之趣。若新栽花木，不妨歪斜取势，听其叶侧，一年后枝叶自能向上，如树树直栽，即难取势矣。

/注释/

1. 筦（guǎn）：同“管”，这里是固定的意思。

/译文/

如果将木本的花果插在瓶中的话，剪裁的要领（不能每种颜色都自己找到，请别人帮助攀折的又往往不合己意），一定要先将花果拿在手里，或横或斜来观看它的走向，反过来观看它的情态。确定以后，剪去杂乱无用的枝条，以稀疏细瘦古怪的为上乘。再考虑它的茎干如何插入瓶中，是曲折还是弯曲，插在瓶口当中，才能避免叶子花朵露出背面的弊端。如果拿着一枝花在手里，首先拘束于把径直茎干的插在瓶中，这一定造成枝条散乱茎干过强，花朵叶子都会翻转过来。这样的话，既难以展现情态，更无韵味美感可言。至于折梗打曲的方法，是锯掉茎干的一半再把它嵌入到砖石当中。那么直的自然就变弯了，如果担心茎干倒伏，就在旁边钉上一两个钉子来固定住它。其他即便像枫叶竹枝，乱草荆棘，都在入选的行列。有时用几粒枸杞和一竿绿竹搭配，两枝荆棘和几茎细草相伴，如果位置得当的话，也会有意想不到的世外之趣的。如果是新栽的花木，不妨可以歪斜取势，任凭它的枝叶侧长，一年以后枝叶自能向上生长，如果每棵树都笔直栽种的话，势必难以取势了。

/原文/

至剪裁盆树，先取根露鸡爪[1]者，左右剪成三节，然后起枝。一枝一节，七枝到顶，或九枝到顶。枝忌对节如肩臂，节忌臃肿如鹤膝。须盘旋出枝，不可光留左右，以避赤胸露背之病。又不可前后直出。有名双起三起者，一根而起两三树也。如根无爪形，便成插树，故不取。然一树剪成，至少得三四十年。余生平仅见吾乡万翁名彩章者，一生剪成数树。又在扬州商家见有虞山[2]游客携送黄杨翠柏各一盆，惜乎明珠暗投[3]，余未见其可也。若留枝盘如宝塔、扎枝曲如蚯蚓者，便成匠气矣。

/注释/

1．鸡爪：这里是指盆景的树根形状像鸡爪一样。

2．虞山：今江苏常熟。

3．明珠暗投：本意是明亮的珍珠，暗地里投在路上，使人看了都很惊奇。比喻有才能的人得不到重视，也比喻好东西落入不识货人的手里。典出《史记·鲁仲连邹阳列传》："臣闻明月之珠，夜光之璧，以暗投于道路，人无不按剑相眄者。何则？无因而至前也。"

/译文/

至于说剪裁盆树，先取露出像鸡爪一样树根的，左右剪成三节，然后扶起枝条。一枝一节，七枝到顶，或者九枝到顶。枝条切忌如同肩臂那样对节，节切忌如同鹤膝那样臃肿。要让枝条盘旋伸出，不可以只留左右，以此来避免赤胸露背的弊病。也不可以前后直出。有的两个或三个枝条伸起，有的两三棵树从一个树根长出。如果树根没有爪形，就成了插树，所以不取。然而一树若想剪成，至少需要三四十年。余生平只见过我的同乡老翁万彩章，一生中曾剪成几棵这样的树。又曾经在扬州商家看见有个虞山游客将随身携带的一盆黄杨、一盆翠柏送给主人，这真是明珠暗投，令人惋惜，我认为这样是不可以的。如果留下枝盘如同宝塔的形状，扎成枝条如蚯蚓的形状，便沾染上花匠的俗气了。

/原文/

点缀盆中花石，小景可以入画，大景可以入神。一瓯[1]清茗，神能趋入其中，方可供幽斋之玩。种水仙无灵璧[2]石，余尝以炭之有石意者代之。黄芽菜心其白如玉，取大小五七枝，用沙土植长方盆内，以炭代石，黑白分明，颇有意思。以此类推，幽趣无穷，难以枚举。如石菖蒲[3]结子，用冷米汤同嚼喷炭上，置阴湿地，能长细菖蒲。随意移养盆碗中，茸茸可爱。以老莲子磨薄两头，入蛋壳使鸡翼之，俟雏成取出，用久年燕巢泥加天门冬[4]十分之二，捣烂拌匀，植于小器中，灌以河水，晒以朝阳，花发大如酒杯，叶缩如碗口，亭亭可爱。

/注释/

1. 瓯（ōu）：古代酒器。饮茶或饮酒用。形为敞口小碗式。《说文》："瓯，小盆也。"

2. 灵璧石：产自安徽灵璧，形状奇特，一般用作园林盆景的点缀。

3. 石菖（chāng）蒲：多年生草本植物。植株矮小，常供观赏之用。根茎常作药用。

4. 天门冬：又称天冬草、明天冬。多年生草本植物，块根是常用的中药，具有很高的药用价值。

/译文/

以花石点缀盆中，小景可以用来入画，大景可以用来入神。一盏清茶，心神能够进入其中，才可以供幽斋玩赏。种植水仙没有灵璧石，我曾经用像石头一样的炭来代替它。黄芽菜芯洁白得如同美玉一样，或大或小取五七枝，用沙土种植在长方盆中，以炭代石，黑白分明，颇有意思。以此类推，幽趣无穷，难以一一列举。如果石菖蒲结出果实，用冷米汤同它一起嚼碎喷到炭上，放置在阴湿的方，能长成细菖蒲，随意地移养到盆碗中，茸茸可爱。把老莲子两头磨薄，放到蛋壳里让母鸡孵它，等到鸡雏出壳时一同取出。用积年的燕巢泥加上十分之二的天门冬，搗烂拌匀，移植到小器皿中，用河水浇灌，用朝阳晾晒，花朵盛开时像酒杯那样大，叶子收缩如同碗口大小，亭亭可爱。

/原文/

若夫园亭楼阁，套室回廊，叠石成山，栽花取势，又在大中见小，小中见大，虚中有实，实中有虚，或藏或露，或浅或深。不仅在“周回曲折”四字，又不在地广石多徒烦工费。或掘地堆土成山，间以块石，杂以花草，篱用梅编，墙以藤引，则无山而成山矣。大中见小者，散漫处植易长之竹，编易茂之梅以屏之。小中见大者，窄院之墙宜凹凸其形，饰以绿色，引以藤蔓。嵌大石，凿字作碑记形。推窗如临石壁，便觉峻峭无穷。虚中有实者，或山穷水尽处，一折而豁然开朗；或轩阁设厨处，一开而通别院。实中有虚者，开门于不通之院，映以竹石，如有实无也；设矮栏于墙头，如上有月台而实虚也。贫士屋少人多，当仿吾乡太平船[1]后梢之位置，再加转移，其间台级为床，前后借凑，可作三榻，间以板而裱以纸，则前后上下皆越绝[2]，譬之如行长路，即不觉其窄矣。余夫妇侨寓扬州时，曾仿此法，屋仅两椽[3]，上下卧房、厨灶、客座皆越绝，而绰然有余。芸曾笑曰：“位置虽精，终非富贵家气象也。”是诚然欤？

/注释/

1. 太平船：指有舱可供居住的船。

2. 越绝：空间相通又有隔绝。

3. 椽（chuán）：装于屋顶以支持屋顶盖材料的木杆，这里是指房间的数量。

/译文/

园亭楼阁，套室回廊，交叠石头堆成假山，栽种花草取成态势，妙处全在大中见小，小中见大，虚中有实，实中有虚，或藏或露，或浅或深。不只在于“周回曲折”四字，也不在于土地宽广石头繁多徒然浪费工费。或者挖掘地面，堆土成山，用石块放置其中，用花草杂处其间，用梅枝编成篱笆，用藤条攀引在墙上，那么即便没有山也自然形成山了。大中见小的例子，如散漫的地方种植易于生长的竹子，编织茂盛的梅枝来遮掩它。小中见大的例子，如狭窄院落的墙壁宜应该让它凹凸不平，用绿色作装饰，用藤蔓牵引在上面；镶嵌上大石头，凿上文字制成碑记的样子；推开窗子如同面临石壁一般，便觉峻峭无穷。虚中有实的例子，有的在山穷水尽的地方，一个转弯而豁然开朗；有的在轩阁设厨的地方，打开门扉而通连别院。实中有虚的例子，不与别院相通的院落，在开门处，用竹石相映，这是如有实无；在墙头上设置低矮的栅栏，上面好像有月台而实际上却没有。贫士之家，屋少人多，应当效法我的家乡太平船后梢的地方，再稍加改变。那里把台级当作床，前后紧凑，可以当作三个卧榻，用木板间隔，用纸张裱糊，那么前后上下都形成相对独立的空间，好像行走在长长的道路上，却没有发觉到它的狭窄。我们夫妻二人乔寓扬州的时候，曾经效法这个方法，屋子仅有两间，然而上下卧室、厨灶、客座都单独是个空间，而显得绰绰有余。芸曾经笑着说：“位置虽然精当，然而却终究不是富贵家的气象啊！”是这样的吗？

/原文/

余扫墓山中，捡有峦纹可观之石。归与芸商曰：“用油灰[1]叠宣州[2]石于白石盆，取色匀也。本山黄石虽古朴，亦用油灰，则黄白相间，凿痕毕露，将奈何？”芸曰：“择石之顽劣者，捣末于灰痕处，乘湿糁[3]之，干或色同也。”乃如其言，用宜兴[4]窑长方盆叠起一峰，偏于左而凸于右，背作横方纹，如云林石法[5]，巉岩[6]凹凸，若临江石矶状。虚一角，用河泥种千瓣白萍。石上植茑萝[7]，俗呼云松。经营数日乃成。至深秋，茑萝蔓延满山，如藤萝之悬石壁。花开正红色，白萍亦透水大放，红白相间。神游其中，如登蓬岛[8]。置之檐下与芸品题：此处宜设水阁，此处宜立茅亭，此处宜凿六字曰“落花流水之间”，此可以居，此可以钓，此可以眺。胸中丘壑，若将移居者然。一夕，猫奴争食，自檐而堕，连盆与架顷刻碎之。余叹曰：“即此小经营，尚干造物[9]忌耶?”两人不禁泪落。

/注释/

1．油灰：桐油、石灰合成的黏合剂。

2．宣州：今安徽宣城。

3．糁（shēn）：本指谷类制成的渣子，这里是涂抹的意思。

4．宜兴：在江苏南部，以盛产陶瓷而闻名。

5．云林石法：倪瓒，元代画家、诗人。字泰宇，后字元镇，号云林子。江苏无锡人。擅画山水、墨竹。

6．巉（chán）岩：意指高而险的山岩，形容险峻陡峭，山石高耸的样子。

7．茑（niǎo）萝：又名密萝松，俗称五角星花、狮子草。蔓生，极富攀缘性，是理想的绿篱植物。

8．蓬岛：指蓬莱仙岛，传说中海上的三座神山之一。

9．尚干造物：冒犯了造物主。

/译文/

我到山中扫墓，捡拾到纹理可供观赏的石头，回家后与芸商量说：“用油灰把宣州石黏合交叠在一起，放到白石盆中，主要取它的色泽均匀。而这种黄色的石头虽然古朴，如果也用油灰黏合的话，那么黄白相杂，斧凿刻镂的痕迹过于明显，怎么办呢?”

芸说："选择顽劣的石头捣成粉末，置于油灰连接的痕迹处，趁着潮湿涂抹上，等干了以后就和石头一样颜色了。"我听信了她的话。用宜兴窑生产的长方盆叠起一座山峰：左面偏斜而右面凸出，背面做成横方纹，如同云林石法，巉岩凹凸不平，好像临江石矶的形状。留出一角，用河泥种植千瓣白萍。石头上种植茑萝，俗称云松。经营好几天才完成。到了深秋时分，茑萝蔓延满山，如同藤萝悬挂在石壁上，开出正红色的花朵，白萍也透过水面怒放，红白相间。神游在其中，如同登上传说中的蓬莱仙岛一般。放置在屋檐下与芸一同品题：此处应该放置水阁，此处应该树立茅亭，此处应该凿刻六字"落花流水之间"，这里可以居住，这里可以钓鱼，这里可以远眺。胸中的丘陵、沟壑，好像都移居到我家里来了呢！一天晚上，两只小猫争抢食物，从屋檐上掉落下来，连盆带架顷刻之间碎了。我叹息说："像这样的小经营，难道也会触动造物主的忌讳吗？"说罢，我们二人不禁落泪。

/原文/

静室焚香，闲中雅趣。芸尝以沉速[1]等香，于饭镬[2]蒸透，在炉上设一铜丝架，离火半寸许，徐徐烘之，其香幽韵而无烟。佛手忌醉鼻嗅，嗅则易烂。木瓜忌出汗，汗出，用水洗之。惟香圆[3]无忌。佛手、木瓜亦有供法，不能笔宣。每有人将供妥者随手取嗅，随手置之，即不知供法者也。

/注释/

1. 沉速：香名，指沉香和速香。

2. 饭镬（huò）：饭锅。

3. 香圆：一种小水果。

/译文/

在幽静的屋子中点燃香料，自是清闲中的雅趣。芸曾经用沉香逮香等，在饭锅中蒸透，在炉子上放置一个铜丝架，距离火一寸多，慢慢烘烤它，它的香气清幽却没有烟味。佛手果最忌讳的是喝酒后用鼻子嗅，嗅的话容易腐烂；木瓜最忌讳的是用汗手抚摩，沾上汗水的话要立即用水清洗。只有香圆果没有忌讳。佛手果、木瓜也有供法，不能用笔墨一一形容。以往每每有人将它随手拿来闻，随手乱放，这些都是不知道供法的缘故。

/原文/

余闲居，案头瓶花不绝。芸曰："子之插花能备风晴雨露，可谓精妙入神。而画中有草虫一法，盍仿而效之。"余曰："虫踯躅[1]不受制，焉能仿效？"芸曰："有一法，恐作俑[2]罪过耳。"余曰："试言之。"曰："虫死色不变。觅螳螂蝉蝶之属，以针刺死，用细丝扣虫项系花草间，整其足，或抱梗，或踏叶，宛然如生，不亦善乎？"余喜，如其法行之，见者无不称绝。求之闺中，今恐未必有此会心者矣。

/注释/

1．踯（zhí）躅（zhú）：徘徊不进的样子。

2．作俑：制造殉葬用的偶像。这里指做坏事。

/译文/

我赋闲在家的时候，桌案上的瓶花总是更换新鲜的。芸说："你所插的花能展现出刮风、晴朗、下雨还有下露等诸多景致，可以说精妙入神了。然而绘画中有关于草虫的方法，为何不仿效一下呢？"我说："虫儿跳动不受制约，怎么能够仿效呢？"芸说："有一种方法，恐怕称为始作俑者而有罪呢！"我说："试着说说。"她说："有的昆虫虽然死了但是颜色不变，寻找螳螂蝉蝶之类的昆虫，用针刺死，用细丝扣住昆虫的脖子系在花草之间，再整理它的脚，有的抱住茎干，有的踩踏在叶子上，好像活的一样，不也是很好吗?”我很高兴，按照她的方法去做，看见的人没有一个不赞美的。寻找整个闺阁之中，现在恐怕未必有像她那样精心的人了。

/原文/

余与芸寄居锡山[1]华氏，时华夫人以两女从芸识字。乡居院旷，夏日逼人。芸教其家，作活花屏法甚妙。每屏一扇，用木梢二枝约长四五寸，作矮条凳式，虚其中，横四挡[2]，宽一尺许，四角凿圆眼，插竹编方眼。屏约高六七尺，用砂盆种扁豆置屏中，盘延屏上，两人可移动。多编数屏，随意遮拦，恍如绿荫满窗，透风蔽日，纡回曲折，随时可更，故曰活花屏。有此一法，即一切藤本香草随地可用。此真乡居之良法也。

/注释/

1．锡山：在今江苏无锡，相传古代盛产锡矿，故称。

2．横四挡：横着放置成方块状。

/译文/

余和芸寄居在锡山华氏家里，当时华夫人让她的两个女儿向芸识字。乡下的居处院落空旷，夏天热气逼人，芸就教会她家做“活花屏”。每个屏风有一扇，用两枝长约四五寸的木梢做成矮条凳的样子，虚放在里面，横上宽一尺许四挡，四角凿出圆眼，插上竹编的方眼。屏风高六七尺，两人可以移动。用砂盆种植扁豆放置在屏风中，让它向屏风上盘络攀爬。多多编制这样的屏风，随意遮拦，如同绿荫透满整个窗子，既通风又能挡住阳光，纡回曲折，随时可以变换，所以叫作“活花屏”。有这样的方法，那么一切藤本香草可以就地取材。这真是居住在乡下的好办法啊。

/原文/

友人鲁半舫名璋，字春山，善写松柏及梅菊，工隶书，兼工铁笔[1]。余寄居其家之萧爽楼一年有半。楼共五椽，东向，余居其三。晦明风雨，可以远眺。庭中有木犀[2]一株，清香撩人。有廊有厢，地极幽静。移居时，有一仆一妪，并挈其小女来。仆能成衣，妪能纺绩，于是芸绣，妪绩，仆则成衣，以供薪水。余素爱客，小酌必行令。芸善不费之烹庖，瓜蔬鱼虾，一经芸手，便有意外味。同人知余贫，每出杖头钱[3]，作竟日叙。余又好洁，地无纤尘，且无拘束，不嫌放纵。时有杨补凡名昌绪，善人物写真；袁少迂名沛，工山水；王星烂名岩，工花卉翎毛；爱萧爽楼幽雅，皆携画具来，余则从之学画。写草篆，镌图章，加以润笔[4]，交芸备茶酒供客，终日品诗论画而已。更有夏淡安、揖山两昆季[5]，并缪山音、知白两昆季，及蒋韵香、陆橘香、周啸霞、郭小愚、华杏帆、张闲酣诸君子，如梁上之燕，自去自来[6]。芸则拔钗沽酒[7]，不动声色，良辰美景，不放轻过。今则天各一方，风流云散，兼之玉碎香埋，不堪回首矣！

/注释/

1．铁笔：指篆刻。篆刻以刀为笔，故称。

2．木犀：又作木樨，即桂花，常见的有丹桂、金桂、银桂等。秋季开花，花呈金黄色，味香。

3．杖头钱：指买酒钱。典出《晋书·阮籍传》："尝步行，以百钱挂杖头，至酒肆，便独酣畅。"

4．润笔：书画等的酬金。

5．昆季：指兄弟。

6．梁上之燕，自去自来：语出唐代杜甫《江村》："自去自来梁上燕，相亲相近水中鸥。"这里是形容诸多好友经常来萧爽楼游玩，来去自由。

7．拔钗（chāi）沽酒：出自唐代元稹《遣悲怀》："顾我无衣搜荩箧，泥他沽酒拔金钗。”原诗写元稹的家境穷困以及妻子韦丛的贤惠，这里是沿用其意。

/译文/

我的好友鲁半舫名璋，字春山，善画松树、柏树、梅花和菊花，擅长隶书，还有篆刻。我曾经寄居在他家萧爽楼一年半的时间。萧爽楼共有五间，朝向东方，我们居住在第三间。不管是天气晴朗，还是阴天下雨，都可以向远处眺望。庭院中有一棵木樨，清香缕缕，惹人喜爱。有走廊，有厢房，整个楼阁极为幽静。移居到这里时，带来一个仆人、一个老妪，还有她的小女儿。老仆会裁制衣裳，老妪会纺织，于是芸刺绣，老妪纺织，老仆制成衣裳。以此来供给薪水。我向来喜欢会客，即便小酌也要行酒令。芸善于持家，往往花费很少，诸如瓜果蔬菜，鱼虾之类，一到她的手里，便有意想不到的美味。好友们知道我贫穷，往往拿出酒钱，整天在这里相聚。我又爱干净，地上没有一点灰尘，而且无拘无束，不嫌放纵。当时好友中有杨补凡，名昌绪，善于画人物；袁少迂，名沛，善画山水；王星烂，名岩，善画花鸟。他们喜欢萧爽楼的幽静高雅，都携带画具前来。我就跟从他们学习绘画，写草书篆书，刻图章卖钱，加上润笔费，一同交给芸准备茶酒招待客人，整天品诗论画而已。更有夏淡安、揖山两兄弟，还有缪山音、知白两兄弟，以及蒋韵香、陆橘香、周啸霞、郭小愚、华杏帆、张闲酣诸位君子，如同梁上的燕子，想来则来，想去则去。因家境贫寒，芸就不动声色地拔下金钗去买酒，良辰美景，不敢轻易放过。现在我们天各一方，如同寒风吹拂白云四散，再加上芸已故去，玉碎香埋，真是往事不堪回首啊！

/原文/

萧爽楼有四忌：谈官宦升迁，公廨[1] 时事，八股时文，看牌掷色[2]。有犯必罚酒五斤。有四取：慷慨豪爽，风流蕴藉，落拓不羁，澄静缄默。长夏无事，考对为会[3]。每会八人，每人各携青蚨[4] 二百。先拈阄，得第一者为主考，关防[5] 别座；第二者为誊录，亦就座，余作举子，各于誊录处取纸一条，盖用印章。主考出五七言各一句，刻香为限，行立构思，不准交头私语，对就后投入一匣，方许就座。各人交卷毕，誊录启匣，并录一册，转呈主考，以杜徇私。十六对中取七言三联，五言三联。六联中取第一者即为后任主考，第二者为誊录。每人有两联不取者罚钱二十文，取一联者免罚十文，过限者倍罚。一场，主考得香钱百文。一日可十场，积钱千文，酒资大畅矣。惟芸议为官卷[6]，准坐而构思。

/注释/

1. 公廨（xiè）：指官衙公署。

2. 掷色：掷骰子赌钱。

3. 考对为会：集会写对联。

4. 青蚨（fú）：指铜钱。

5. 关防：这里指管束。

6. 官卷：收到特殊待遇的考生。

/译文/

萧爽楼有四种忌讳：一忌谈官职升迁，二忌谈官府时事，三忌谈八股时文，四忌打牌掷骰子。有触犯的人要罚酒五斤。有四种取向：一取慷慨豪爽，二取风流潇洒，三取落拓不羁，四取清静沉默。漫漫夏日无事可做，大家聚在一处对对联，每次集会有八人，每人各带二百铜钱。先抓阄，第一个抓到的做主考，负责管理别人。第二个抓到的做誊录，也就座，其余的做应试举子，在誊录的地方取一条纸张，盖上印章。主考出题，五言、七言各一句，燃香为时限，构思写作，不准交头接耳、偷偷说话。写好核对完毕以后投放到一个匣子中，才允许举子就座。所有人交卷完毕以后，打开匣子誊录，所以的文章誊录在一个册子上，再转交给主考，以此来杜绝徇私舞弊。十六个对子中取三联七言的，取三联五言的。六联当中获得第一名的做后任主考，第二名的做誊录，两联一个不取的罚二十文钱，取一联的免罚十文钱，超过限时的加倍惩罚。一场下来，主考往往能得上百文香钱。一天可以连考十场，积攒上千文香钱，喝酒的钱足够了。唯独芸比较特殊，经商量后可以有特别待遇，准许她坐在一边慢慢构思。

/原文/

杨补凡为余夫妇写载花小影，神情确肖。是夜月色颇佳，兰影上粉墙，别有幽致。星烂醉后兴发曰："补凡能为君写真，我能为花图影。"余笑曰："花影能如人影否?"星烂取素纸铺于墙，即就兰影，用墨浓淡图之。日间取视，虽不成画，而花叶萧疏，自有月下之趣。芸甚宝之。各有题咏。

/译文/

杨补凡为我们夫妻二人绘制了一幅戴花小像，神韵表情都惟妙惟肖。这个夜晚，月色怡人，兰花的影子投映到粉墙上，别有一番幽雅的韵致，王星烂醉酒后说："补凡能给你画肖像，我能给花画图。"我笑着说："花影能比得上人影吗?"王星烂拿过一张白纸铺在墙上，当即面对兰影，运墨或浓或淡地画起来。白天的时候拿来观看，虽然不能成画，然而花叶萧散稀疏，自有一番月下的情趣。芸特别珍视它，很多人都在上面题诗。

/原文/

苏城有南园、北园二处，菜花黄时，苦无酒家小饮。携盒而往，对花冷饮，殊无意味。或议就近觅饮者，或议看花归饮者，终不如对花热饮为快。众议未定。芸笑曰："明日但各出杖头钱，我自担炉火来。"众笑曰："诺。"众去，余问曰："卿果自往乎？"芸曰："非也，妾见市中卖馄饨者，其担锅灶无不备，盍雇之而往？妾先烹调端整，到彼处再一下锅，茶酒两便。"余曰："酒菜固便矣，茶乏烹具。"芸曰："携一砂罐去，以铁叉串罐柄，去其锅，悬于行灶中，加柴火煎茶，不亦便乎？"余鼓掌称善。街头有鲍姓者，卖馄饨为业，以百钱雇其担，约以明日午后，鲍欣然允议。

/译文/

苏州城有南园、北园两处，菜花变黄的时节，我们去游玩，却苦于附近没有酒家饮酒。只好自己携带食品前去，但对着花朵喝冷酒，实在没什么意思。有人说在附近找能喝酒的地方，有的说观赏花卉之后回来再喝，还是不如一边赏花一边喝热酒快活。众人商议未定，芸笑着说："明天各拿出买酒钱，我自会担着炉火而来。"众人笑着说："好啊！"众人散去后，我问芸："你果真是要自己带着炉火吗？"芸说："当然不是，我看见市井中有卖馄饨的人，他带着的锅灶非常完备，何不租用之后前往呢？我先把烹调的东西准备好，到那里再一下锅，茶与酒自然会弄好了。"我说："下酒菜的问题是解决了，煮茶还是缺乏炊具啊！"芸说："带着一个砂罐去，用铁叉串连罐柄，把锅拿掉，把砂罐悬挂在灶上，添柴煎茶，不也是很方便吗？"我拍手叫好。街头有个姓鲍的，以卖馄饨为生。用百钱租用了他的担子，相约第二天中午以后归还，鲍师傅很痛快地答应了。

/原文/

明日看花者至，余告以故，众咸叹服。饭后同往，并带席垫，至南园，择柳荫下团坐。先烹茗，饮毕，然后暖酒烹肴。是时风和日丽，遍地黄金，青衫红袖，越阡度陌[1]，蝶蜂乱飞，令人不饮自醉。既而酒肴俱熟，坐地大嚼。担者颇不俗，拉与同饮。游人见之莫不羡为奇想。杯盘狼藉，各已陶然，或坐或卧，或歌或啸[2]。红日将颓，余思粥，担者即为买米煮之，果腹而归。芸问曰："今日之游乐乎？"众曰："非夫人之力不及此。"大笑而散。

/注释/

1. 越阡度陌：也作越陌度阡，指穿过纵横交错的道路。

2. 啸：撮口作声，打口哨。

/译文/

第二天，看花的人都来了，我把事情的缘由告诉他们，众人都称叹佩服芸的机智。饭后芸和我们同去，带着席垫到了南园，选择柳树树荫下围坐在一起。先煎茶，饮用完毕，之后热酒烹制菜肴。这一天，风和日丽，遍地油菜花金黄一片，看花的人或着青衫，或穿红衣，慢慢行走穿梭在乡间小路上。只见蝴蝶与蜜蜂飞来飞去，令人不饮酒而自醉。过了一会儿，酒菜都准备好了，大家席地而坐，开始大吃大喝起来。挑担子的人颇为不俗，叫过来和我们一起喝酒。游人看见了没有一个不羡慕的。只见满地杯盘狼藉，每个人都醉意微微，有坐着的，有躺着的，有唱歌的，也有吹口哨的。太阳要落山了，我想喝粥，挑担子的人立即去买米煮好，吃饱后归来。芸说："今天的游览快乐吗？"众人说："若不是夫人的功劳，不能这样尽兴啊！"于是大笑而散。

/原文/

贫士起居服食，以及器皿房舍，宜省俭而雅洁。省俭之法曰："就事论事"。余爱小饮，不喜多菜。芸为置一梅花盒，用二寸白瓷深碟六只，中置一只，外置五只，用灰漆就，其形如梅花，底盖均起凹楞，盖之上有柄如花蒂，置之案头，如一朵墨梅覆桌；启盖视之，如菜装于花瓣中。一盒六色，二三知己可以随意取食。食完再添。另做矮边圆盘一只，以便放杯箸酒壶之类，随处可摆，移掇亦便。即食物省俭之一端也。余之小帽领袜皆芸自做。衣之破者移东补西，必整必洁，色取暗淡以免垢迹，既可出客，又可家常。此又服饰省俭之一端也。初至萧爽楼中，嫌其暗，以白纸糊壁，遂亮。夏月楼下去窗，无阑干，觉空洞无遮拦。芸曰："有旧竹帘在，何不以帘代栏?"余曰："如何?"芸曰："用竹数根，黝黑色，一竖一横，留出走路。截半帘搭在横竹上，垂至地，高与桌齐。中竖短竹四根，用麻线扎定，然后于横竹搭帘处，寻旧黑布条，连横竹裹缝之。既可遮拦饰观，又不费钱。"此"就事论事"之一法也。以此推之，古人所谓竹头木屑皆有用，良有以也。

/译文/

贫士的起居着装饮食以及所用器皿房屋，都应该节俭而又高雅整洁。这种节俭的生活方式可以命名为"就事论事"。我喜欢小饮，不喜欢太多的菜。芸为我准备了一个梅花盒：用深二寸白瓷碟六只，中间放置一只，外面放置五只。梅花盒涂上油漆，它的形状就像梅花一样。底部有凹楞，盖子上面有柄像花蒂一样。把它放置在案头之上，如同一朵墨梅覆盖住桌子。打开盖子再看，里面的菜肴有六种颜色，按环形排开，如同花瓣一样。两三个朋友可以随意取食，食完再添。另做一只矮边圆盘，以便放置杯子、筷子、酒壶之类，随处可以摆放，移动拾掇起来也十分方便。这就是节省食物的一种方法。我的帽子、衣服、袜子之类都是芸自己做的，衣服穿破了，就用补丁补好，一定做到整洁，色彩取深色暗淡的以此避免弄脏。既可以出来会见客人，也可以在家里穿着。这又是服饰节省的一种方法。刚刚到萧爽楼的时候，觉得光线太暗，就用白纸糊墙，于是明亮了许多。夏天，楼下拿掉窗子，没有栏杆，觉得空空的没有遮拦。芸说："还有旧竹帘呢，为何不用它来代替栏杆呢？"我说："怎么办啊？"她说："可以用数根竹子，熏成黝黑色，横竖交错，留出走路地方，截取半帘搭在横竹上，下垂到地上，高处的地方与桌子一齐，中间竖四根短竹，用麻线绑扎固定，然后在横竹搭帘的地方，寻找旧黑布条，连同横竹裹起来缝好。既可以遮拦装饰，又不耗费金钱。"这就是"就事论事"的一种方式。以此推及其他，古人所谓竹头木屑都有用，这是有原因的。

/原文/

夏月荷花初开时，晚含而晓放。芸用小纱囊撮茶叶少许，置花心。明早取出，烹天泉水[1]泡之，香韵尤绝。

/注释/

1. 天泉水：指雨水。

/译文/

夏天荷花刚刚盛开的时候，晚上含苞而早上绽放，芸用小纱囊装上一点茶叶，放置在荷花的花蕊中。第二天早上取出，将雨水煮好浸泡，茶香的味道堪称绝佳。

卷三　坎坷记愁

/原文/

人生坎坷何为乎来哉？往往皆自作孽耳。余则非也。多情重诺，爽直不羁，转因之为累。况吾父稼夫公慷慨豪侠，急人之难，成人之事，嫁人之女，抚人之儿，指不胜屈，挥金如土，多为他人。余夫妇居家，偶有需用不免典质，始则移东补西，继则左支右绌[1]。谚云："处家人情，非钱不行。"先起小人之议，渐招同室[2]之讥。"女子无才便是德"，真千古至言也！

/注释/

1. 左支右绌（chù）：捉襟见肘，入不敷出。

2. 同室：家庭内部。

/译文/

人的一生为什么会有挫折坎坷呢？往往都是因为自己坏事做得太多。我却不是这样，我重情重义，信守承诺，性格爽朗直率，不拘小节，可是反而因此招来很多麻烦。更何况我的父亲稼夫公为人慷慨，行侠仗义，及时帮人解决困难，乐于成全他人的好事，帮助别人嫁女儿、抚养儿子，为他人慷慨解囊，所做的善事不胜枚举。我和妻子过日子偶尔要用钱，免不了要去典当东西。一开始的时候是拆了东墙补西墙，后来就捉襟见肘了。有句谚语说："处家人情，非钱不行。"我们先是被下人议论，渐渐便受到兄弟姐妹的嘲笑。"女子无才便是德"这句话真的是至理名言啊！

/原文/

余虽居长而行三，故上下呼芸为“三娘”；后忽呼为“三太太[1]”。始而戏呼，继成习惯，甚至尊卑长幼，皆以“三太太”呼之。此家庭之变机欤？

/注释/

1. 三太太：明朝中丞以上的官员妻子才称呼为太太，沈复是平民，却称其妻子为太太，包含讥笑之意。

/译文/

我虽然是家里的长子，但按行第排第三，所以家里上上下下都称妻子陈芸为“三娘”，后来突然叫她“三太太”，一开始是开玩笑地叫着，后来就慢慢成为习惯，家里男女老少都叫她“三太太”，这难道是家庭要有什么变故的先兆吗？

/原文/

乾隆乙巳[1]，随侍吾父于海宁[2]官舍。芸于吾家书中附寄小函。吾父曰：“媳妇既能笔墨，汝母家信付彼司之。”后家庭偶有闲言，吾母疑其述事不当，仍不令代笔。吾父见信非芸手笔，询余曰：“汝妇病耶？”余即作札问之，亦不答。久之，吾父怒曰：“想汝妇不屑代笔耳！”迨余归，探知委曲，欲为婉剖，芸急止之曰：“宁受责于翁，勿失欢于姑也。”竟不自白。

/注释/

1. 乙巳：乾隆五十年，即 1785 年。

2. 海宁：又名盐官，市名，在浙江省北部。

/译文/

乾隆乙巳年，我跟随父亲去海宁的官府，妻子陈芸在寄给我们的家书中会附带一封信，父亲说：“儿媳妇既然能写些字，以后你母亲的家书就交给她来写吧。”后来家中偶尔会传一些闲言碎语，母亲怀疑她转达得不确切，所以还是没有让她代写。父亲看见信不是陈芸所写的，便问我：“你妻子生病了吗？”我便写信向她询问情况，也没有得到答复。久而久之，父亲就有些生气，说道：“想必是你妻子不屑于写吧！”等到我回家之后，知道了事情的原委，想替妻子委婉地澄清事实，她赶忙阻止我说：“我宁可被公公责怪，也不想被婆婆讨厌。”于是芸竟然没有为自己辩解。

/原文/

庚戌[1]之春，予又随侍吾父于邗江[2]幕中。有同事俞孚亭者，挈眷[3]居焉。吾父谓孚亭曰：“一生辛苦常在客中，欲觅一起居服役之人而不可得。儿辈果能仰体亲意，当于家乡觅一人来，庶语音相合。”孚亭转述于余，密札致芸，倩媒物色，得姚氏女。芸以成否未定，未即禀知吾母。其来也，托言邻女之嬉游者，及吾父命余接取至署，芸又听旁人意见，托言吾父素所合意者。吾母见之曰：“此邻女之嬉游者也，何娶之乎？”芸遂并失爱于姑矣。

/注释/

1. 庚戌：乾隆五十五年，即 1790 年。

2. 邗（hán）江：在江苏扬州东南。

3. 挈（qiè）眷：携带家属。

/译文/

庚戌年夏天，我又跟随父亲到邗江幕府去，父亲的一个同事俞孚亭带着家属一起住在这里。父亲对俞孚亭说：“我这一生奔波劳苦，经常寓居他乡，想要找一个可以照顾饮食起居的人却未能实现。孩子们如果真的能理解我，就应该在家乡找一个人来，差不多可以聊得来的。”俞孚亭将父亲的话转告给我，我便偷偷给妻子陈芸写了一封信，她在家物色着，找到了一位姓姚的女子，芸因为暂时还不知是否能成，所以就没有告诉母亲。那位女孩来我们家，芸便谎称是邻家女孩来玩耍，等到父亲让我把她接到官府时，妻子又听取别人的意见，谎称这是父亲看中已久的人。母亲见到这位女子便问："这不是来我们家玩耍的那个邻家女孩吗，为什么会回来了呢？"于是妻子陈芸还是得罪了婆婆。

/原文/

壬子[1]春，余馆真州[2]。吾父病于邗江，余往省，亦病焉。余弟启堂时亦随侍。芸来书曰："启堂弟曾向邻妇借贷，倩芸作保，现追索甚急。"余询启堂，启堂转以嫂氏为多事。余遂批纸尾曰："父子皆病，无钱可偿，俟启弟归时，自行打算可也。"未几病皆愈，余仍往真州。芸覆书来，吾父拆视之，中述启弟邻项[3]事，且云："令堂以老人之病，皆由姚姬而起。翁病稍痊，宜密嘱姚托言思家，妾当令其家父母到扬接取，实彼此卸责之计也。"吾父见书怒甚。询启堂以邻项事，答言不知。遂札饬余曰："汝妇背夫借债，谗谤小叔，且称姑曰令堂，翁曰老人，悖谬[4]之甚！我已专人持札回苏斥逐，汝若稍有人心，亦当知过！"余接此札，如闻青天霹雳，即肃书认罪，觅骑遄[5]归，恐芸之短见也。

/注释/

1．壬子：乾隆五十七年，即1792年。

2．真州：今江苏仪征。

3．邻项：邻居的款项。

4．悖（bèi）谬（miù）：荒唐，没有道理。

5．遄（chuán）：快，迅速。

/译文/

壬子年春天，我在真州当差，父亲在邗江幕府生病了，我去探望他，不料也病了。我的弟弟启堂当时也在那里陪侍。妻子写信来说："启堂曾经向邻家妇人借过钱，请我作担保，现在人家急着要钱。"我问启堂，他反而认为这是嫂子多事。于是我在信的结尾写道："我和父亲都生病了，暂时没有钱还给他们。等到启堂回去的时候让他自己解决吧。"不久后我们的病都好了，我又回到真州。结果芸又把信寄到了邗江，父亲接收到后拆开来看，信里又写到启堂向邻居借钱的事，并且说："令堂认为老人家的病都是由姓姚的女子引起的。等到公公的病稍微好些，你应当偷偷地让那位女孩谎称想家回来，我在这边让她的父母去扬州把她接回去算了。这也是我们彼此摆脱责难的最好办法了。"父亲看过信后特别生气。问启堂借钱是怎么回事，启堂却说不知道。于是父亲便给我来信说："你媳妇背着你借债，反而诽谤小叔，而且称婆婆为'令堂'，公公为'老人'，实在是太有失礼节太荒谬了！我已经派专人带信回苏州赶她出去，你如果还有点心，也应当知错！"我收到信后，如同遭到晴天霹雳，赶紧写信承认错误，急忙找到骡马赶回家中，害怕芸会寻短见。

/原文/

到家述其本末，而家人乃持逐书至，历斥多过，言甚决绝。芸泣曰："妾固不合妄言，但阿翁当恕妇女无知耳。"越数日，吾父又有手谕至，曰："我不为已甚[1]，汝携妇别居，勿使我见，免我生气足矣。"乃寄芸于外家。而芸以母亡弟出，不愿往依族中。幸友人鲁半舫闻而怜之，招余夫妇往居其家萧爽楼。

/注释/

1．不为已甚：不想做过分的事情。

/译文/

我到家后将事情的来龙去脉讲述清楚，此时父亲派回来的人也拿着驱逐信赶到了，一一历数芸的种种过错，言辞决绝。芸哭着说：“我固然不应该胡言乱语，但是公公也应该宽恕我的无知啊。”过了几天，父亲又写信回来，说：“我不想做得太过分，你带着媳妇到别处去住吧，不要让我看见，免得我生气，这就可以了。”于是就打算让芸寄住在娘家，而芸又因为母亲去世弟弟出走，不愿意去依托娘家人。幸好朋友鲁半舫知道这件事后同情我们，让我们夫妻俩住在他家的萧爽楼。

/原文/

越两载，吾父渐知始末。适余自岭南归，吾父自至萧爽楼谓芸曰：“前事我已尽知，汝盍归乎？”余夫妇欣然，仍归故宅，骨肉重圆。岂料又有憨园之孽障耶！

/译文/

过了两年，父亲渐渐知道事情的来龙去脉。正赶上我从岭南回来，父亲亲自到萧爽楼对妻子陈芸说：“之前的事我都已经知道了，你何不搬回家去呢？”我们夫妻俩喜出望外，便又回去和家人团聚。谁料又出了憨园这么个孽障！

/原文/

芸素有血疾[1]，以其弟克昌出亡不返，母金氏复念子病没，悲伤过甚所致。自识憨园，年余未发，余方幸其得良药。而憨为有力者夺去，以千金作聘，且许养其母，佳人已属沙叱利[2]矣！余知之而未敢言也，及芸往探始知之，归而呜咽，谓余曰：“初不料憨之薄情乃尔也！”余曰：“卿自情痴耳，此中人何情之有哉！况锦衣玉食者，未必能安于荆钗布裙也，与其后悔，莫若无成。”因抚慰之再三。而芸终以受愚为恨，血疾大发，床席支离，刀圭[3]无效，时发时止，骨瘦形销。不数年而逋负[4]日增，物议日起。老亲又以盟妓[5]一端，憎恶日甚。余则调停中立。已非生人[6]之境矣。

/注释/

1. 血疾：又叫血崩，一种妇科疾病。

2. 沙叱（chì）利：唐传奇《柳氏传》中夺走柳氏的将领，这里是指夺走憨园的人。

3. 刀圭（guī）：古代量取药物的用具。

4. 逋（bū）负：欠债。

5. 盟妓：这里是与妓女为盟。

6. 生人：这里指活人。出自《庄子·至乐》："视子所言，皆生人之累也，死则无此矣。"

/译文/

芸一直有血崩的毛病，是因为她弟弟克昌离家出走不回来，而母亲金氏又想念儿子病故，所以才得了这种病。自从认识了憨园，芸的病一年多都没再复发，我正庆幸我们得到了良药，可是憨园却被有势力的人夺去，给以千金聘礼，并且答应赡养她的母亲。佳人已属他人了，我知道这件事后没敢告诉妻子，等到她自己去打探知道后，回来哭着对我说："当初没有看出憨园是如此薄情的人！"我说："是你自己太痴情，她们那种人哪有什么感情啊。更何况习惯了锦衣玉食的人未必能甘心过荆钗布裙的贫贱日子，与其日后后悔，不如现在就没能办成。"于是又再三安慰她，可是芸始终因为被骗而深感遗憾，血崩的毛病又复发了，整日卧床，床上一片凌乱，吃了药也不见效，病时好时坏，芸也渐渐消瘦下来。没过几年，负债却与日俱增，各种对芸的议论也流传起来。老父老母又因为她曾结交娼妓憨园而越发讨厌她。我则尽量在中间调和，可这里已经不是让人生存下去的地方了。

/原文/

芸生一女名青君，时年十四，颇知书，且极贤能，质钗典服，幸赖辛劳。子名逢森，时年十二，从师读书。余连年无馆，设一书画铺于家门之内，三日所进，不敷一日所出，焦劳困苦，竭蹶[1] 时形。隆冬无裘，挺身而过。青君亦衣单股栗，犹强曰“不寒”。因是芸誓不医药。偶能起床，适余有友人周春煦自福郡王幕中归，倩人绣《心经》[2] 一部。芸念绣经可以消灾降福，且利其绣价之丰，竟绣焉。而春煦行色匆匆，不能久待，十日告成。弱者骤劳，致增腰疫头晕之疾。岂知命薄者，佛亦不能发慈悲也！

/注释/

1. 竭蹶（jué）：穷困潦倒。

2.《心经》：佛教经典，全称《摩诃般若波罗蜜多心经》，唐玄奘译。

/译文/

妻子生了一个女儿叫青君，时年十四岁，颇通诗书，又很贤能，家里典当首饰衣物等多亏有她操劳着。儿子叫逢森，当时十二岁，正在读书。我一年来没有事做，便在家里开设了一个书画铺子，可是入不敷出，焦虑劳累，穷困潦倒，艰难度日。冬天没有棉衣，只能硬挺过去。青君也衣衫单薄，还强撑着说不冷。于是芸坚决不再花钱吃药治疗。渐渐地偶尔能起床了，正好我的朋友周春煦从福郡王幕中回来，想请人绣一部《心经》，芸考虑到绣《心经》可以减灾得福，并且又为这不菲的价格动心，竟然绣了起来。而春煦又急着赶回去，不能久等，芸便用十天时间绣出来了。芸本来身体就弱，现在又突然如此劳累，致使又多了腰酸头晕的毛病。哪知这薄命之人，怎么佛祖也不能对她发发慈悲的！

/原文/

绣经之后，芸病转增，唤水索汤，上下厌之。有西人[1]赁屋于余画铺之左，放利债为业，时倩余作画，因识之。友人某向渠借五十金，乞余作保，余以情有难却，允焉，而某竟挟资远遁。西人惟保是问，时来饶舌，初以笔墨为抵，渐至无物可偿。岁底吾父家居，西人索债，咆哮于门。吾父闻之，召余诃责曰："我辈衣冠之家，何得负此小人之债！"正剖诉间，适芸有自幼同盟姊适锡山华氏，知其病，遣人问讯。堂上误以为憨园之使，因愈怒曰："汝妇不守闺训，结盟娼妓；汝亦不思习上，滥伍[2]小人。若置汝死地，情有不忍，姑宽三日限，速自为计，迟必首汝逆[3]矣！"

/注释/

1．西人：这里指山西人或陕西人。

2．滥伍：滥交朋友。

3．首汝逆：向官府告发你不孝。

/译文/

自从绣完经之后，芸的病更加重了，唤水索药，上上下下都讨厌她。有一个山西人在我画铺的左边租了间屋子，以放高利贷为业，当时让我给他画画，于是就认识了。我的一个朋友向他借五十两黄金，让我作担保，我因为碍于情面不好推辞，就答应了。然而朋友竟拿着银两跑了，那个山西人只找担保人，经常来吵闹，我一开始拿笔墨抵押，后来便没有东西能偿还了。年末父亲住在家里的时候，山西人来要债了，在门口大呼大叫。父亲听到后把我叫过来责问道："我们是官绅之家，怎么会欠这种人的债呢？"正在我解释的时候，恰好有个芸从小就结义的姐姐嫁给了无锡华氏，知道芸生病了，派人前来打探病情。父亲误以为是憨园派来的人，于是更加生气了，说："你媳妇不守闺训，和娼妓结为姐妹。你也不求上进，与小人为伍。如果将你置于死地，我又于心不忍，姑且给你三天时间，你们快点搬出去自谋生计，迟了我定会告你忤逆之罪。"

/原文/

芸闻而泣曰："亲怒如此，皆我罪孽。妾死君行，君必不忍；妾留君去，君必不舍。姑密唤华家人来，我强起问之。"因令青君扶至房外，呼华使问曰："汝主母特遣来耶？抑便道来耶？"曰："主母久闻夫人卧病，本欲亲来探望，因从未登门，不敢造次；临行嘱咐，倘夫人不嫌乡居简亵[1]，不妨到乡调养，践幼时灯下之言。"盖芸与同绣日，曾有疾病相扶之誓也。因嘱之曰："烦汝速归，禀知主母，于两日后放舟密来。"

/注释/

1. 简亵：简陋怠慢。

/译文/

芸听到后哭着说："公公如此生气，都是我的错。如果我死了让你独自离开，你一定于心不忍；如果我留下来让你自己走，你必定又舍不得。姑且偷偷地把华家人叫来，我勉强着起来问问她。"于是让青君扶着到了房外，叫来华家下人问道："是你家夫人特地派你来的？还是你顺路过来的？"那人说："我家夫人早就听说您卧病在床，本打算亲自来探望，但由于从未登门来拜访过，所以不敢冒失前来；在我临行之前嘱咐道，倘若夫人不嫌弃乡村环境简陋，不妨到我们乡下去调养，践行小时候在灯下说过的话。"大概当年芸与华氏姐姐一同刺绣的时候，曾许下过日后谁如有病的话相互扶持的约定。于是芸告诉华家下人说："烦请你快点回去告诉你家夫人，让她两天后偷偷地放一条小船过来接我。”

/原文/

其人既退，谓余曰：“华家盟姊情逾骨肉，君若肯至其家，不妨同行。但儿女携之同往既不便，留之累亲又不可，必于两日内安顿之。”时余有表兄王荩臣，一子名韫石，愿得青君为媳妇。芸曰：“闻王郎懦弱无能，不过守成之子，而王又无成可守。幸诗礼之家，且又独子，许之可也。”余谓荩臣曰：“吾父与君有渭阳之谊[1]，欲媳青君，谅无不允。但待长而嫁，势所不能。余夫妇往锡山后，君即禀知堂上，先为童媳，何如?”荩臣喜曰：“谨如命。”逢森亦托友人夏揖山转荐学贸易。

/注释/

1. 渭阳之谊：指外甥和舅舅之间的情谊，典出《诗经·秦风·渭阳》：“我送舅氏，曰至渭阳。”

/译文/

那人离开之后，芸对我说：“华家结拜的姐姐和我情同骨肉，你如果愿意，不妨和我一起去她家。但是拖儿带女过去也不方便，留下来又连累父母，必须在两天之内把他们安顿好。”当时我有个表兄叫王荩臣，他有一个儿子叫韫石，愿意娶青君做媳妇。芸说：“听说这个王韫石是个懦弱无能的人，不过是靠着祖上留下来的一点基业，而王家又没有多少家业可守。不过幸亏是个诗礼之家，而且他又是独生子，嫁给他也可以。”于是我对荩臣说：“我父亲与你有舅甥的情谊，你家想要娶青君做媳妇，他应该不会不答应。但是如今的形势恐怕不能等到长大再嫁过去了。我们夫妻俩去无锡之后，你就去禀告我的父母，让青君先过去做童养媳，你看怎么样?”荩臣很高兴地答应了。儿子逢森也托朋友夏揖山介绍去学做生意去了。

/原文/

安顿已定，华舟适至，时庚申[1]之腊二十五日也。芸曰："孑然[2]出门，不惟招邻里笑，且西人之项无著，恐亦不放，必于明日五鼓悄然而去。"余曰："卿病中能冒晓寒耶?"芸曰："死生有命，无多虑也。"密禀吾父，亦以为然。是夜，先将半肩行李挑下船，令逢森先卧。青君泣于母侧。芸嘱曰："汝母命苦，兼亦情痴，故遭此颠沛。幸汝父待我厚，此去可无他虑。两三年内，必当布置重圆。汝至汝家，须尽妇道，勿似汝母。汝之翁姑以得汝为幸，必善视汝。所留箱笼什物，尽付汝带去。汝弟年幼，故未令知，临行时托言就医，数日即归，俟我去远告知其故，禀闻祖父可也。"旁有旧妪，即前卷中曾赁其家消暑者，愿送至乡。故是时陪侍在侧，拭泪不已。

/注释/

1. 庚申：嘉庆五年，即1800年。

2. 孑（jié）然：单独，孤单。

/译文/

将他们都安顿好了，华家的船也刚好来了，当时是庚申年腊月二十五日。芸说："我们这样两手空空出门，难免会遭到邻居们的嘲笑，况且欠那个山西人的钱还没有着落，恐怕他会缠着我们不让我们走，所以我们必须在明天五更时悄悄地离开。"我说："你还带病在身，能受得了早晨的风寒么?"芸说："死生有命，不要多虑了。"我又悄悄地禀告了父亲，他也同意了。那天夜里，我先将半担行李挑下船，再让逢森睡下，青君在母亲身边哭泣。芸叮嘱道："你母亲命苦，又如此痴情，所以这样颠沛流离。幸好你父亲对我情深意厚，这一去也没有什么可顾虑的了，过个两三年，我们就会团聚的。你嫁到婆家要恪守妇道，不要像你母亲一样。你的公公婆婆以娶到你这样的媳妇而感到幸运，一定会善待你的。我留下箱柜里的杂物，你都带过去吧。你弟弟还小，所以没有告诉他，走的时候我会谎称是去看病，几天就回来了。等我们走远了，你再告诉他实情，然后再去禀告祖父，就可以了。”旁边有个旧相识的老妇人，就是前一卷中提到的曾租赁她家房屋消暑的那个人，愿意把我们送到乡下。所以当时她也陪在我们身边，不停地擦着眼泪。

/原文/

将交五鼓，暖粥共啜[1]之。芸强颜笑曰：“昔一粥而聚，今一粥而散，若作传奇，可名《吃粥记》矣。”逢森闻声亦起，呻曰：“母何为？”芸曰：“将出门就医耳。”逢森曰：“起何早？”曰：“路远耳。汝与姊相安在家，毋讨祖母嫌。我与汝父同往，数日即归。”鸡声三唱，芸含泪扶妪，启后门将出。逢森忽大哭，曰：“噫，我母不归矣！”青君恐惊人，急掩其口而慰之。当是时，余两人寸肠已断，不能复作一语，但止以“勿哭”而已！青君闭门后，芸出巷十数步，已疲不能行，使妪提灯，余背负之而行。将至舟次[2]，几为逻者所执，幸老妪认芸为病女，余为婿，且得舟子皆华氏工人，闻声接应，相扶下船。解维[3]后，芸始放声痛哭。是行也，其母子已成永诀矣！

/注释/

1．啜（chuò）：吃。

2．舟次：停船之处，指码头。

3．维：绳子，这里指缆绳。

/译文/

快要到五更了，热点粥大家一起吃了。芸强颜欢笑道：“彼时因一碗粥而相聚，此时因一碗粥而分离，如果写成一部传奇，可命名为《吃粥记》。”逢森听到声音也起来了，呻吟着问：“妈妈你在做什么?”芸说：“要出门去看医生。”逢森又说：“为什么起这么早?”芸说：“因为路远。你和姐姐在家乖乖听话，不要讨祖母嫌。我和爸爸一起去，过几天就回来了。”鸡叫三声，芸含泪扶着老妇人打开后门要出去，逢森突然大声哭起来，说：“啊!我妈妈再也不会回来了!”青君怕他吵醒了别人，急忙捂住他的嘴安慰他。此时，我们夫妻二人已经肝肠寸断，只能阻止他不要哭，除此之外再说不出一句话。青君关了门之后，芸走出巷子十几步，就已经累得不能再走了，我让老妇人提着灯，自己背着芸走。快要到达船停靠的地方，我们差点被巡逻的人抓去。幸亏老妇人假称芸是她生病的女儿，我是她女婿，而且船夫都是华家的工人，听到声音过来接应，搀扶着下了船。解缆开船后，芸开始放声痛哭。此行，竟成了他们母子的永别!

/原文/

华名大成，居无锡之东高山，面山而居，躬耕为业，人极朴诚。其妻夏氏，即芸之盟姊也。是日午未之交[1]，始抵其家。华夫人已倚门而侍，率两小女至舟，相见甚欢。扶芸登岸，款待殷勤。四邻妇人孺子哄然入室，将芸环视，有相问讯者，有相怜惜者，交头接耳，满屋啾啾[2]。芸谓华夫人曰：“今日真如渔父入桃源矣[3]。”华曰：“妹莫笑，乡人少所见多所怪耳。”自此相安度岁。

/注释/

1. 午未之交：午时，十一时到十三时，未时，十三时至十五时。这里指十三时左右。

2. 啾（jiū）啾：象声词，本指鸟兽虫的鸣叫声，这里是形容屋子里声音嘈杂的样子。

3. 桃源：东晋陶渊明在《桃花源记》中描写了一个与世隔绝的世界，这里是借指避世隐居的地方。

/译文/

华氏名叫大成，住在无锡东边的高山脚下，面山居住，以种田为业，为人质朴真诚。他的妻子夏氏就是芸的结拜姐姐。当天中午一点左右才到华家，华夫人已经在门口等候了，领着两个小女儿到船边来接，双方见面特别高兴。扶着芸上了岸，热情款待。邻里妇幼老少都赶来了，围着芸上下打量，有问这问那的，有同情怜悯的，大家交头接耳，满屋子闹哄哄的。芸对华夫人说："今天真像是渔夫到了桃花源啊！"华夫人说："妹妹不要笑话，乡下人少见多怪罢了。"从此我们在这里安静地过着日子。

/原文/

至元宵，仅隔两旬而芸渐能起步。是夜观龙灯于打麦场中，神情态度，渐可复元。余乃心安，与之私议曰："我居此非计，欲他适，而短于资，奈何？"芸曰："妾亦筹之矣。君姊丈范惠来现于靖江[1]盐公堂司会计，十年前曾借君十金，适数不敷，妾典钗凑之，君忆之耶？"余曰："忘之矣。"芸曰："闻靖江去此不远，君盍一往？"余如其言。

/注释/

1. 靖江：县名，在江苏长江北岸，清属常州府。

/译文/

元宵节到了，我们才来这里二十多天，而芸已经能渐渐地走路了。当天晚上我们在打麦场上赏龙灯，芸的精神气色都慢慢恢复了。我这心才安定下来，和她私下里商量说："我住在这里不是长久之计，想去到别的地方，可是资金又匮乏，怎么办呢？"

芸说："我也正在计划着这件事。你的姐夫范惠来现在在靖江盐政衙门里做会计，十年前他曾借你十两银子，当时家里钱数不够，我典当了钗子凑足的，你还记得吗？"我说："忘记了。"芸说："听说靖江离这里不远，你为何不去一趟呢？"我就听了她的话。

/原文/

时天颇暖，织绒袍哔叽短褂，犹觉其热，此辛酉[1]正月十六日也。是夜宿锡山客旅，赁被而卧。晨起乘江阴航船，一路逆风，继以微雨。夜至江阴江口，春寒彻骨，沽酒御寒，囊为之罄[2]。踌躇终夜，拟卸衬衣，质钱而渡。十九日北风更烈，雪势犹浓，不禁惨然泪落。暗计房资渡费，不敢再饮。正心寒股栗间，忽见一老翁草鞋毡笠负黄包，入店，以目视余，似相识者。余曰："翁非泰州曹姓耶？"答曰："然。我非公，死填沟壑矣。今小女无恙，时诵公德。不意今日相逢，何逗留于此？"盖余幕泰州时有曹姓，本微贱，一女有姿色，已许婿家，有势力者放债谋其女，致涉讼。余从中调护，仍归所许，曹即投入公门为隶，叩首作谢，故识之。余告以投亲遇雪之由，曹曰："明日天晴，我当顺途相送。"出钱沽酒，备极款洽。

/注释/

1. 辛酉：嘉庆六年，即 1801 年。

2. 囊为之罄（qìng）：钱袋空空。罄：尽，用尽。

/译文/

当时天气比较暖和，穿着织绒袍哔叽短褂还觉得很热，那一天是辛酉年（1801 年）正月十六日。当天晚上我住在无锡的一家客栈，租了一床被子就躺下了。早晨起来乘船去江阴，一路上顶风冒雨前行。晚上到了江阴口，当时感觉春寒刺骨，喝了点酒御寒，腰包也因此空了，犹豫了一晚上，打算脱下衬衣，换点钱渡河。到了十九号北风刮得更猛烈，雪也越下越大，我不禁潸然泪下，暗自盘算着房钱和船费，也不敢再喝酒了。正在我冻得浑身发抖的时候，忽然看见一位穿着草鞋戴着毡笠的老人走进店里，他一直看着我，好像认识似的。我说："老大爷是不是姓曹，泰州人?"他回答说："是的！如果没有恩公你，我早就下黄泉了。如今小女安然无恙，经常感念您的大恩大德。没想到今日在此相逢，你为什么在这里呢?"原来我在泰州做幕僚时有户姓曹的人家，家境贫穷，地位低下，家里有一个女儿长得很漂亮，已经嫁人了，一个有势力的人就想要通过放债来强娶他家女儿，引起了一场官司。我从中调解，仍将曹家的女儿判给原来许配的人家。后来曹老伯便投身到县府公门当了差役，向我叩头致谢，这样我们就认识了。我把自己投靠亲戚中途遇雪的缘由都告诉他了。他说："明天天气转晴，我顺路送你一程。"然后他又出钱买酒，热情招待我。

/原文/

二十日晓钟初动，即闻江口唤渡声，余惊起，呼曹同济。曹曰："勿急，宜饱食登舟。"乃代偿房饭钱，拉余出沽。余以连日逗留，急欲赶渡，食不下咽，强啖麻饼两枚。及登舟，江风如箭，四肢发战。曹曰："闻江阴有人缢[1]于靖，其妻雇是舟而往，必俟雇者来始渡耳。"枵腹[2]忍寒，午始解缆。至靖，暮烟四合矣。曹曰："靖有公堂两处，所访者城内耶？城外耶?"余踉跄随其后，且行且对曰："实不知其内外也。"曹曰："然则且止宿，明日往访耳。"进旅店，鞋袜已为泥淤湿透，索火烘之，草草饮食，疲极酣睡。晨起，袜烧其半，曹又代偿房饭钱。访至城中，惠来尚未起，闻余至，披衣出，见余状惊曰："舅何狼狈至此?"

余曰："姑勿问，有银乞借二金，先遣送我者。"惠来以番饼[3]二圆授余，即以赠曹，曹力却，受一圆而去。余乃历述所遭，并言来意。惠来曰："郎舅至戚，即无宿逋[4]，亦应竭尽绵力。无如航海盐船新被盗，正当盘账之时，不能挪移丰赠，当勉措番银二十圆以偿旧欠，何如？"余本无奢望，遂诺之。留住两日，天已晴暖，即作归计。

/注释/

1．缢（yì）：上吊。

2．枵（xiāo）腹：空着肚子。枵：空虚。

3．番饼：这里指流入中国的外国银圆。

4．宿逋（bū）：过去欠下的债务。

/译文/

二十号早，晨钟刚刚敲响，就听见了江口有人喊换渡的声音，我惊慌地起来叫老人和我一起渡船。他却说："不要着急，应该吃饱了再上船。"于是又替我付了房钱和饭钱，拉着我出来喝酒。我因为连日在此逗留，急着赶渡，吃不下任何东西，勉强吃了两枚麻饼。等到上了船，江风凛冽，冻得人四肢发抖。曹老伯说："听说江阴有人在靖江上吊了，他的妻子雇这艘船去那，一定要等到雇主来了才开船。"我们饥寒交迫，等到了中午才解缆开船，到了靖江，已经是傍晚了。他还说："靖江有两处公堂，你要找的人是住在城内还是城外？"我踉踉跄跄地跟在他后面，边走边回答说："我实在不知道他是住在城内还是城外。"老伯说："既然这样那我们就停在这里住一晚上吧，明天再去拜访。"进了旅店，我们的鞋袜都已经被泥水浸湿了，要来火炉烘一下，简单地吃了点东西，累极了，倒头大睡。早晨起来的时候，袜子被烧了一半，曹老伯又替我付了房钱和饭钱。寻访到城中，惠来还没有起床，听说我来了，披上衣服就出来了，看到我后大吃一惊，说：“郎舅为什么如此狼狈?”我说：“你先不要问了，请借我二两银子，我去还给送我来的这位老人。”惠来拿出两个番银给我，我便拿去给那位曹老伯，他坚决不收，只拿了一个银圆离开了。于是我便向惠来细数我的遭遇，并说明了我此行的目的。惠来说：“郎舅是至亲之人，即使没有过去欠下的债，我也应该竭力相助。只是最近海上的盐船被盗了，正在盘查账目，不能挪赠太多，勉强凑够二十元番银来偿还旧债，怎么样?”我本来也没抱什么奢望，所以就答应了。我在惠来那里住了几天，见天气暖和了，我就回来了。

/原文/

二十五日仍回华宅。芸曰：“君遇雪乎?”余告以所苦。因惨然曰：“雪时，妾意君已抵靖，乃尚逗留江口。幸遇曹老，绝处逢生，亦可谓吉人天相矣。”

/译文/

二十五号我又回到了华家。芸说：“夫君遇到大雪了吧?”我把一路上的遭遇告诉她，她难过地说：“下雪的时候，我以为你已经到达靖江了，没想到还在江口。幸亏遇到那位曹老伯，真是绝处逢生，吉人天相啊。”

/原文/

越数日，得青君信，知逢森已为揖山荐引入店。荩臣请命于吾父，择正月二十四日将伊接去。儿女之事粗能了了。但分离至此，令人终觉惨伤耳!

/译文/

过了几天，我们收到了青君的来信，知道逢森已经被揖山介绍到店里去了，荩臣也向我的父亲提亲，选择正月二十四日将青君接过去。儿女们的事情就这样草草了事了，但是一家人分离至此，不免令人感到凄惨痛心啊！

/原文/

二月初，日暖风和，以靖江之项，薄备行装，访故人胡肯堂于邗江盐署。有贡局[1]众司事公延入局[2]，代司笔墨，身心稍定。至明年壬戌[3]八月，接芸书曰："病体全瘳[4]。惟寄食于非亲非友之家，终觉非久长之策，愿亦来邗，一睹平山之胜。"余乃赁屋于邗江先春门外，临河两椽。自至华氏，接芸同行。华夫人赠一小奚奴曰阿双，帮司炊爨[5]，并订他年结邻之约。

/注释/

1．贡局：管理盐政的衙门。

2．公延入局：公开招聘。

3．壬戌：嘉庆七年，即 1802 年。

4．瘳（chōu）：病愈。

5．炊爨（cuàn）：烧火做饭。

/译文/

二月初，风和日丽。我用在靖江惠来那带回来的钱简单置办了点行装，就去邗江盐署拜访老朋友胡肯堂了。有税务衙门的各位管事一起推举我到局里做事，代为写写公文，我的身心这才稍稍安定下来。到第二年，即壬戌年（1802 年）八月，我收到芸的来信说："病已痊愈，只是寄住在人家，非亲非故的，总觉得不是长久之计，也愿来邗江，一睹平山的美景。"于是我在邗江先春门外租了屋子，是临河的两间。我亲自到华家接芸过来。华夫人送给我们一个名叫阿双的小女奴，帮忙做做饭，并约定以后要毗邻而居。

/原文/

时已十月，平山凄冷，期以春游。深望散心调摄，徐图骨肉重圆。不满月，而贡局司事忽裁十有五人，余系友中之友，遂亦散闲。芸始犹百计代余筹画，强颜慰藉，未尝稍涉怨尤。至癸亥[1]仲春，血疾大发。余欲再至靖江，作将伯之呼[2]。芸曰："求亲不如求友。"余曰："此言虽是。奈友虽关切，现皆闲处，自顾不遑[3]。"芸曰："幸天时已暖，前途可无阻雪之虑。愿君速去速回，勿以病人为念。君或体有不安，妾罪更重矣。"

/注释/

1. 癸亥：嘉庆八年，即 1803 年。

2. 将伯之呼：寻求别人的帮助。典出《诗经·小雅·正月》："将伯助予。"《毛传》："将，请也。伯，长也。"

3. 自顾不遑（huáng）：连自己都顾不过来。

/译文/

当时已经是十月份了，平山堂凄清寒冷，我们只能等着春天到了再出去游玩。如今唯愿盼望能散心调养，然后再慢慢计划骨肉团圆。可是不到一个月，税务衙门忽然要裁员十五人，因为我是朋友的朋友推荐来的，所以也被裁掉了。芸开始千方百计地替我筹划，强颜欢笑来安慰我，从未有任何怨言。到了癸亥年仲春，芸血崩的毛病又复发了，我打算再去靖江向姐夫惠来求助。芸却说："求亲戚不如求朋友。"我说："话倒是这样说，奈何朋友虽然关切，可是都闲散在家，自顾不暇。"芸说："幸好此时天气已暖，路上不会担心被大雪阻挡，希望你早去早回，不要担心我，万一你身体有恙，我的罪过就更重了。"

/原文/

时已薪水不继，余佯为雇骡以安其心，实则囊饼徒步，且食且行。向东南，两渡叉河，约八九十里，四望扩村落。至更许，但见黄沙漠漠，明星闪闪。得一土地祠，高约五尺许，环以短墙，植以双柏，因向神叩首，祝曰："苏州沈某投亲失路至此，欲假神祠一宿，幸神怜佑。"于是移小石香炉于旁，以身探之，仅容半体，以风帽反戴掩面，坐半身于中，出膝于外，闭目静听，微风萧萧而已。足疲神倦，昏然睡去。及醒，东方已白。短墙外忽有步语声，急出探视，盖土人赶集经此也。问以途，曰："南行十里即泰兴县城，穿城向东南，十里一土墩，过八墩，即靖江，皆康庄也。"余乃反身，移炉于原位，叩首作谢而行。过泰兴，即有小车可附。申刻[1] 抵靖，投刺焉。良久，司阍者[2] 曰："范爷因公往常州去矣。"察其辞色，似有推托，余诘之曰："何日可归？"曰："不知也。"余曰："虽一年亦将待之。"阍者会余意，私问曰："公与范爷嫡郎舅耶？"余曰："苟非嫡者，不待其归矣。"阍者曰："公姑待之。"越三日，乃以回靖告，共挪二十五金。雇骡急返。

/注释/

1．申刻：午后三时至五时。

2．司阍（hūn）者：守门人。

/译文/

当时我的薪水已经停止发放了，我假装雇骡马出行，来让她安心，实际上只是背着干粮徒步而行，边走边吃。向东南行走，渡了两次叉河，大概走了八九十里地，四下远望都没有村落。到了夜里一更的时候，只看到黄沙漫天，明星闪烁。我走到一座土地祠，大约五尺高，周围矮墙环绕，种了两棵柏树，我于是向土地神叩头，祈祷道："苏州沈某去投靠亲戚，在这里迷路了，想借神祠住一晚，希望土地神保佑！"于是我把一个小石香炉移到旁边，用身体试探了一下，仅仅能容纳半个身子，我用帽子反盖在脸上，半个身子坐在中间，膝盖放到外边，闭上眼睛静静听着，只有风的萧萧声。因为过于劳累，我昏昏沉沉地睡下了。等到醒来的时候，东方已经发白，矮墙外忽然有脚步和说话的声音，我赶紧出去探视，原来是当地人赶集经过此地。我向他们问路，他们说："往南走十里就是泰兴县城了，穿过城向东南走十里有一个土墩，过了八个土墩就是靖江了，那里都是康庄大道。"我立即转身回来，把香炉移回原位，叩头致谢，继续前行。过了泰兴，就有小车可以搭。申时我便到达靖江了，我递上名帖求见惠来。过了很久，守门人来说："范爷去常州处理公事了。"我察言观色，发现他似乎是在推托，便追问道："什么时候回来呢？"他说："不知道。"我说："就算一年后回来我也会等他的。"守门人领会了我的意思，偷偷问我说："您是范爷的郎舅吗？"我说："如果不是郎舅，就不等他回来了。"守门人说："您先等一等。"过了三天，他才告诉我姐夫惠来已经回来了，共挪动了二十五两银子给我。我雇了骡马赶紧回来。

/原文/

芸正形容惨变，咻咻[1]涕泣。见余归，卒然曰："君知昨午阿双卷逃乎？倩人大索，今犹不得。失物小事；人系伊母临行再三交托，今若逃归，中有大江之阻，已觉堪虞。倘其父母匿子图诈，将奈之何？且有何颜见我盟姊！"余曰："请勿急，卿虑过深矣！匿子图诈，诈其富有也；我夫妇两肩担一口耳。况携来半载，授衣分食，从未稍加扑责，邻里咸知。此实小奴丧良，乘危窃逃。华家盟姊赠以匪人，彼无颜见卿；卿何反谓无颜见彼耶？今当一面呈县立案，以杜后患可也。"芸闻余言，意似稍释；然自此梦中呓语，时呼"阿双逃矣！"或呼"憨何负我！"病势日以增矣。

/注释/

1. 咻（xiū）咻：喘气吃力的样子。

/译文/

芸正形容凄惨，泣涕涟涟。看见我回来了，突然说："你知道昨天中午阿双卷东西逃跑了吗？我叫人去找她了，可是到现在还没有回来。东西丢了事小，可是人是她母亲临行前再三托付的，如今若是逃回家去了，路上有大江大河阻隔，已经够让人担心的了。倘若她的父母把她藏起来企图敲诈我们，那可怎么办啊？况且我又有什么颜面见我的结拜姐姐呢？"我说："你不要着急，你过虑了！藏起来企图敲诈，那也要敲诈有钱人，我们夫妻俩只有两只肩膀担着一张嘴了。况且带过来半年了，供她吃穿，从来未曾责备过她，邻居们都知道。这实在是小奴丧尽天良，趁着我们危难之际偷偷逃跑。华家姐姐送给我们这样行为不轨的人，是她没脸见你。你怎么反倒说没脸见她呢？如今就应该一面呈报县衙立案，以绝后患。"芸听了我的话，才稍稍放心了。然而从这以后说梦话常常会喊"阿双逃了！"或者喊"憨园为什么要辜负我？"病情也越来越重。

/原文/

余欲延医诊治，芸阻曰："妾病始因弟亡母丧，悲痛过甚；继为情感，后由忿激。而平素又多过虑，满望努力做一好媳妇，而不能得，以至头眩怔忡[1]，诸症毕备；所谓病入膏肓，良医束手，请勿为无益之费。忆妾唱随二十三年，蒙君错爱，百凡体恤[2]，不以顽劣见弃。知己如君，得婿如此，妾已此生无憾！若布衣暖，菜饭饱，一室雍雍[3]，优游泉石，如沧浪亭、萧爽楼之处境，真成烟火神仙矣。神仙几世才能修到，我辈何人，敢望神仙耶？强而求之，致干造物之忌，即有情魔之扰。总因君太多情，妾生薄命耳！”因又呜咽而言曰：“人生百年，终归一死。今中道相离，忽焉长别，不能终奉箕帚[4]，目睹逢森娶妇，此心实觉耿耿。”言已，泪落如豆。余勉强慰之曰：“卿病八年，恹恹[5]欲绝者屡矣，今何忽作断肠语耶？”芸曰：“连日梦我父母放舟来接，闭目即飘然上下，如行云雾中，殆魂离而躯壳存乎？”余曰：“此神不收舍，服以补剂，静心调养，自能安痊。”芸又唏嘘曰：“妾若稍有生机一线，断不敢惊君听闻。今冥路已近，苟再不言，言无日矣。君之不得亲心，流离颠沛，皆由妾故，妾死则亲心自可挽回，君亦可免牵挂。堂上春秋高矣，妾死君宜早归。如无力携妾骸骨归，不妨暂厝[6]于此，待君将来可耳。愿君另续德容兼备者，以奉双亲，抚我遗子，妾亦瞑目矣。”言至此，痛肠欲裂，不觉惨然大恸。余曰：“卿果中道相舍，断无再续之理。况‘曾经沧海难为水，除却巫山不是云[7]’耳。”芸乃执余手而更欲有言，仅断续叠言“来世”二字，忽发喘，口噤，两目瞪视，千呼万唤，已不能言。痛泪两行，涔涔[8]流溢。既而喘渐微，泪渐干，一灵缥缈，竟尔长逝！时嘉庆癸亥[9]三月三十日也。

/注释/

1. 怔（zhēng）忡（chōng）：一种疾病，常和惊悸合并称为心悸。

2. 体恤（xù）：替他人实际处境着想而怜悯、帮助。

3. 一室雍雍：一家人和睦相处，其乐融融。

4. 奉箕帚：服侍的意思。

5. 恹（yān）恹：无精打采的样子。

6. 厝（cuò）：把棺材暂时掩埋，等待以后迁移。

7. 曾经沧海难为水，除却巫山不是云：出自唐代诗人元稹

《离思》诗，意思是曾经到过沧海，看到别处的河流也就不足为顾了，看到传说中巫山神女变化的云，其他的云朵也就不足为奇了。用以表达对生命里最美好事物的怀念。

8．涔（cén）涔：泪流不止的样子。

9．癸亥：嘉庆八年，即1803年。

/译文/

我想请医生来诊治，芸阻拦道："我的病最初是因为弟弟出走和母亲去世而悲伤过度，接着是因为感情，后来又由于过度生气激动。而且平时还过于多虑，满心期望努力做一个好媳妇，终未能实现，以至于头晕目眩、心悸惊慌等各种症状都有了，正所谓病入膏肓，良医束手，请不要再花没用的钱了。想我伴随夫君二十三年，承蒙夫君错爱，对我百般关爱，没有因为我的顽劣而抛弃我。有这样知心知意的夫君相伴，我此生无憾了。如果我们能吃饱穿暖，家庭和睦，闲时能游赏山水，看一看像沧浪亭、萧爽楼那样的美景，那真的是神仙眷侣了。可是神仙要几世才能修得，我们凡人又怎敢奢望成仙呢？如果强求，就会触犯上天的禁忌，从而被情所困。总之是因为君太多情，而我此生命太薄啊！"然后又哭着说："人活一世，终有一死。如今你我半路分离，忽然就此永别，我不能够侍奉你而终，不能亲眼看见逢森娶妻生子了，对此我始终耿耿于怀，难以放下。"说完，泪如雨下。我勉强安慰她说："你已经病了八年了，好多次都恹恹欲绝，今天为什么忽然说这些让人肝肠寸断的话呢？"芸说："近日来我总梦见我的父母开船来接我，闭上眼睛就飘飘然如走在云雾中，大概是灵魂已经出窍了吧！"我说："这是你精神不济，服些补药，安心调养些日子就会痊愈了。"芸又哽咽着说："我如果还有一线生机，也绝不敢对你说这些惊心动魄的话。如今黄泉已近，如果再不说，恐怕就没机会再说了。夫君你不得父母亲的欢心，过这颠沛流离的生活，都是因我而起，我死后你自会挽回父母之心，也免再去牵挂他们。公婆年事已高，我死后你应该早点回去。如果无法带着我的骸骨回去，不妨就暂时埋在这里，等将来再带回去。希望夫君再娶一位德容兼备的人，侍奉双亲，抚育我的孩子，我也可以瞑目了。”说到这里，我们痛肠欲裂，不禁悲痛地大哭起来。我说：“你如果真的中途舍我而去，我也再无续弦之理。更何况‘曾经沧海难为水，除却巫山不是云’。”芸于是拉着我的手还想再说什么，可是却只能断断续续地重复着“来世”二字，突然紧闭嘴唇用力喘息，两眼空瞪着，我千呼万唤，可她却不能说话，只涔涔流出两行泪。然后喘息渐渐平息了，泪也渐渐流干了，一缕香魂缥缈而逝。时间是嘉庆癸亥年（1803 年）三月三十日。

/原文/

当是时，孤灯一盏，举目无亲，两手空拳，寸心欲碎。绵绵此恨，曷其有极！承吾友胡肯堂以十金为助，余尽室中所有，变卖一空，亲为成殓[1]。呜呼！芸一女流，具男子之襟怀才识。归吾门后，余日奔走衣食，中馈缺乏，芸能纤悉[2]不介意。及余家居，惟以文字相辨析而已。卒之疾病颠连，赍恨[3]以没，谁致之耶？余有负闺中良友，又何可胜道哉！奉劝世间夫妇，固不可彼此相仇，亦不可过于情笃。语云“恩爱夫妻不到头”，如余者，可作前车之鉴也。

/注释/

1. 成殓（liàn）：把尸体装进棺材。

2. 纤悉：一丝一毫。

3. 赍（jī）恨：怀着遗恨。

/译文/

当时，只有孤灯一盏，举目无亲，两手空空，寸心欲碎。绵绵不断的伤恸无穷无尽！多亏我的朋友胡肯堂拿出十两银子相助，我又变卖了家里所有的东西，亲自为芸下葬。啊！芸虽是一女子，却有男子的胸怀和才识，自从嫁给我后，我整日为吃穿奔波，其中仍不免缺衣少食，芸却丝毫不曾介意。等到我闲居在家时，只能相互辨析文字而已。芸死的时候疾病缠身，含恨而终，是谁造成的呢？是我有负于此闺中良友，又有什么可说的呢？奉劝世间的夫妇，固然不可彼此仇视，但也不要过于痴情，俗话说"恩爱夫妻不到头"，像我这样的，就是前车之鉴啊！

/原文/

回煞之期[1]，俗传是日魂必随煞而归，故房中铺设一如生前，且须铺生前旧衣于床上，置旧鞋于床下，以待魂归瞻顾，吴下相传谓之"收眼光"。延羽士[2]作法，先召于床而后遣之，谓之"接眚[3]"。邗江俗例，设酒肴于死者之室，一家尽出，调之"避眚"。以故有因避被窃者。芸娘眚期，房东因同居而出避，邻家嘱余亦设肴远避。众冀魂归一见，姑漫应之。同乡张禹门谏余曰："因邪入邪，宜信其有，勿尝试也。"余曰："所以不避而待之者，正信其有也。"张曰："回煞犯煞，不利生人。夫人即或魂归，业已阴阳有间，窃恐欲见者无形可接，应避者反犯其锋耳。"时余痴心不昧，强对曰："死生有命。君果关切，伴我何如？"张曰："我当于门外守之，君有异见，一呼即入可也。"余乃张灯入室，见铺设宛然，而音容已杳，不禁心伤泪涌。又恐泪眼模糊，失所欲见，忍泪睁目，坐床而待。抚其所遗旧服，香泽犹存，不觉柔肠寸断，冥然昏去。转念待魂而来，何遽睡耶？开目四视，见席上双烛青焰荧荧，缩光如豆，毛骨悚然，通体寒栗。因摩两手擦额，细瞩之，双焰渐起，高至尺许，纸裱顶格，几被所焚。余正得借光四顾间，光忽又缩如前。此时心舂股栗，欲呼守者进观，而转念，柔魂弱魄，恐为盛阳所逼，悄呼芸名而祝之，满室寂然，一无所见，既而烛焰复明，不复腾起矣。出告禹门，服余胆壮，不知余实一时情痴耳。

/注释/

1．回煞之期：古代迷信说法，人死后，灵魂回到家里。

2．羽士：会作法的道士，又称羽人。

3．接眚（shěng）：指术士招死者之魂还家，又称接煞。

/译文/

到了回煞之期，相传那一天死者的魂魄会随着凶煞回来，所以房子里的铺设和生前完全一样，并且需要把死者生前穿的旧衣物铺在床上，把旧鞋摆在床下，来等着灵魂回来瞻顾，吴地一代相传称之为“收眼光”。请道士作法，先把魂招回到床上然后再送走它，这叫作“接眚”。按照邗江的习俗，在死者的屋子里摆上酒菜，全家人都要出去，叫作“避眚”。以往还有因为出去“避眚”而家里被盗的。到了妻子的眚期，因为房东也和妻子住在一起，所以也要避出去，邻居们让我也摆上酒菜后出去避一下。我倒希望芸的魂灵回来见上一面呢，所以就没有答应下来。同乡的张禹门劝我说：“你要相信有因为碰见邪物而中邪这回事，不要轻易去尝试啊！”我说：“正因如此我才不避出去而在这等待她啊。”张禹门说：“凶煞回来会犯煞，对活着的人不利，就算你夫人的魂灵回来，也与你阴阳相隔了，恐怕想见的人没有形体可触，该避的人却冲犯了煞气。”当时我一片痴心，特别固执地坚持道：“生死有命，你如果真的关心我，就陪着我怎么样？”张禹门说：“我会在门外守着，如果你见有什么异常，一喊我就马上进来。”我便提着灯进了屋，看见家里的铺设一如芸生前，可是我却再无法看到她的音容笑貌，顿觉悲从中来，泪如雨下。又害怕泪水模糊双眼没办法看到她的魂灵，所以忍泪而瞪圆了双眼，坐在床上等待着。我抚摩着她的遗物，香泽尚在，不禁肝肠寸断，昏然睡去。转念缓过神来，我是在等待芸的魂回来，怎么突然睡着了呢？我睁开眼睛四下张望，看见桌上两只蜡烛光焰荧荧，烛光微弱如豆，我不觉毛骨悚然，全身发颤。于是搓着双手擦着额头，又仔细看一下，火焰渐渐地亮起来了，升到一尺多，用纸糊的顶格几乎要被烧毁了。我正在借着烛光环顾四周，火焰忽然又变得微弱如前了。此刻我心跳加速，浑身发抖，想要叫守在门外的人进来看看，可是转而又怕芸的魂魄太过柔弱，被阳气逼迫，所以小声地叫着芸的名字并默默祝祷，于是整个屋子都变得静悄悄的，什么都看不到了，接着烛光恢复正常，不再升起了。我出门把所见到的告诉张禹门，他佩服我胆子大，其实他不知道，我只是一时痴情啊！

/原文/

芸没后，忆和靖“妻梅子鹤[1]”语，自号梅逸，权葬芸于扬州西门外之金桂山，俗呼郝家宝塔。买一棺之地，从遗言寄于此。携木主[2]还乡，吾母亦为悲悼。青君、逢森归来，痛哭成服[3]。启堂进言曰：“严君怒犹未息，兄宜仍往扬州，俟严君归里，婉言劝解，再当专札相招。”余遂拜母别子女，痛哭一场，复至扬州，卖画度日。因得常哭于芸娘之墓，影单形只，备极凄凉，且偶经故居，伤心惨目。重阳日，邻冢皆黄，芸墓独青。守坟者曰：“此好穴场，故地气旺也。”余暗祝曰：“秋风已紧，身尚衣单，卿若有灵，佑我图得一馆，度此残年，以待家乡信息。”未几，江都幕客章驭庵先生欲回浙江葬亲，倩余代庖[4]三月，得备御寒之具。封篆出署[5]，张禹门招寓其家。张亦失馆，度岁艰难，商于余，即以余资二十金倾囊借之，且告曰："此本留为亡荆扶柩之费，一俟得有乡音，偿我可也。"

/注释/

1．妻梅子鹤：北宋诗人林逋，字君复，谥号和靖先生，隐居西湖孤山，终生不仕不娶，只喜欢植梅养鹤，人称"梅妻鹤子"。

2．木主：指木头做的牌位。

3．成服：指孝服。

4．代庖（páo）：越俎代庖，这里指代理。

5．封篆出署：清朝制度，春节前后一个月放假不办公。

/译文/

芸死后，我想起林和靖"梅妻鹤子"的话，自号梅逸，暂且把芸葬在扬州西门外的金桂山，俗称郝家宝塔。买了一块埋棺材的墓地，听从她的遗言把她暂时安葬在这里。我带着她的灵位回家了，母亲知道后也为她悲伤哀悼。青君、逢森回来，穿着丧服痛哭不已。启堂对我说："父亲的怒气还没消，哥哥应当还去扬州，等到父亲回来，我婉言劝劝他，再给你写信请你回来。"于是我拜过母亲辞别儿女，痛哭一场，又回到了扬州，以卖画度日。此后，我常在芸娘的坟墓前痛哭，形单影只，凄凉至极，偶尔经过她生前故居，更是伤心惨痛。重阳节到了，旁边的坟冢都是一片枯黄，只有芸的一片青绿。守坟人说："这是一块好墓地，所以地气旺盛。"我心里祈祷着："如今秋风凛冽，我还穿着单衣，你若在天有灵，保佑我谋得一差事，度过残年，以等待家里的来信。"过了不久，江都幕僚章驭庵先生要回浙江葬亲，请我顶替他三个月，我得以用这些薪水置办了御寒的衣物。三个月的代理期到了，我离开官府，张禹门又邀请我寄住在他家，他也失去了差事，艰难度日，找我商量，我就把仅有的二十两银子都借给他了，并且告诉他说："这是我留着为亡妻护送棺木回家的费用，一旦我收到家里的来信，再还给我就可以。"

/原文/

是年即寓张度岁。晨占夕卜，乡音殊杳。至甲子[1]三月，接青君信，知吾父有病，即欲归苏，又恐触旧忿。正趑趄[2]观望间，复接青君信，始痛悉吾父业已辞世。刺骨痛心，呼天莫及。无暇他计，即星夜驰归。触首灵前，哀号流血。呜呼！吾父一生辛苦，奔走于外。生余不肖，既少承欢膝下，又未侍药床前，不孝之罪，何可逭[3]哉！吾母见余哭，曰："汝何此日始归耶？"余曰："儿之归，幸得青君孙女信也。"吾母目余弟妇，遂嘿然。

/注释/

1．甲子：嘉庆九年，即1804年。

2．趑（zī）趄（jū）：脚步不稳，行走困难。

3．逭（huàn）：逃避。

/译文/

这一年就在张禹门家里度过了，每天翘首企盼，可是家里却毫无音讯。到了甲子年（1804年）三月，我收到青君的来信，知道父亲生病了，就想要回到苏州去，又害怕再触怒了他。正犹豫不决的时候，又收到青君的来信，才悲痛获悉父亲已经离世。顿感刺骨心痛，哭天抢地，追悔莫及。这时候我已经无暇顾及任何事，立即连夜赶回。跪在父亲灵前，哀号恸哭。啊！父亲一生奔波劳苦，生了我这个不肖子，既没有陪伴在旁，也没有侍药端汤，不孝之错怎能原谅！母亲见到我后便大哭说："你为什么现在才回来？"我说："我能回来，多亏收到了您青君孙女的信。"

母亲瞪着弟媳妇，默然无语。

/原文/

余入幕守灵，至七终，无一人以家事告，以丧事商者。余自问人子之道已缺，故亦无颜询问。一日，忽有向余索逋者，登门饶舌，余出应曰：“欠债不还，固应催索。然吾父骨肉未寒，乘凶[1]追呼，未免太甚。”中有一人私谓余曰：“我等皆有人招之使来。公且避出，当向招我者索偿也。”余曰：“我欠我偿，公等速退！”皆唯唯而去。余因呼启堂谕之曰：“兄虽不肖，并未作恶不端，若言出嗣降服[2]，从未得过纤毫嗣产，此次奔丧归来，本人子之道，岂为争产故耶？大丈夫贵乎自立，我既一身归，仍以一身去耳！”言已，返身入幕，不觉大恸。叩辞吾母，走告青君，行将出走深山，求赤松子[3]于世外矣。

/注释/

1. 凶：这里指丧事。

2. 出嗣降服：沈复已经过继给堂伯父，所以与生父关系降级，丧服也降一等。

3. 赤松子：古代神话传说中的上古仙人。相传为神农时雨师。

/译文/

我在家守灵，一直到“七七”结束，没有一个人告诉我家事，也没人和我商量丧事。我扪心自问，觉得愧为人子，所以也没有脸面再去询问。有一天，忽然有人来向我讨债，在家门口吵闹，我出门回应道：“欠钱不还，理应追讨，只是我父亲现在尸骨未寒，你们未免有点太过分了。”其中有一个人悄悄对我说：“我们都是有人招呼过来的，你先出去避避，我们向叫我们来的人去要。”我说：“我欠的钱我来偿还，你们赶紧回去吧！”他们都唯唯诺诺地离开了。我于是叫启堂来告诉他：“哥哥我虽然不成器，但是也从未作恶多端，如果说过继出去的子孙可以减少服丧的时间，那么我也从来没有得到过一点家产，这次回来奔丧，只是尽为人子之道，难道是为了与你争这点家产吗？大丈夫贵在自立，我既然是孤身归来，也定会孤身离去！”说完，转身回到屋里，不禁感觉异常难过。我叩拜了母亲，辞别了青君，打算要隐入深山，向赤松子求仙，飘然世外。

/原文/

青君正劝阻间，友人夏南熏（字淡安）、夏逢泰（字揖山）两昆季，寻踪而至，抗声谏余曰：“家庭若此，固堪动忿，但足下父死而母尚存，妻丧而子未立，乃竟飘然出世，于心安乎。”余曰：“然则如之何？”淡安曰：“奉屈暂居寒舍，闻石琢堂殿撰[1]有告假回籍之信，盍俟其归而往谒之，其必有以位置君也。”余曰：“凶丧未满百日，兄等有老亲在堂，恐多未便。”揖山曰：“愚兄弟之相邀，亦家君意也。足下如执以为不便，西邻有禅寺，方丈僧与余交最善，足下设榻于寺中，何如？”余诺之。青君曰：“祖父所遗房产，不下三四千金，既已分毫不取，岂自己行囊亦舍去耶？我往取之，径送禅寺父亲处可也。”因是于行囊之外，转得吾父所遗图书、砚墨、笔筒数件。

/注释/

1. 殿撰：明清时对状元的称呼。

/译文/

青君正在劝我的时候，朋友夏南熏（字淡安）和夏逢泰（字揖山）两兄弟跟随我的踪迹过来了，竭力规劝我说：“家庭到了这个地步，固然让人愤怒，但是你父亲虽然去世可母亲尚在，妻子虽然故去可子女还未长大，竟然就这样飘然隐世，你能心安吗?”我说:“不然还能怎样呢?”夏淡安说:“劝你还是暂时委屈住在我家,我听说状元石琢堂写信来说他要请假回来,你何不等他回来去拜访下他?他一定会给你谋个一官半职的。”我说:“父亲的服丧期还未满百天,兄长们还有双亲在家,恐怕多有不便。”夏揖山说:“我们兄弟邀请你去,就是我父亲的意思,如果你实在认为不方便,我家西边不远有座禅寺,那里的方丈和我关系非常要好,你可以住在寺中,怎么样?”我答应了。青君说:“祖父所留下的房产,至少几千两银子,父亲既然分毫不要,又怎么能连自己的行李都不要了呢?我这就去取,直接给您送到禅寺去。”于是除了自己的行李,我还得到父亲遗留下的图书、砚台、笔筒等东西。

/原文/

寺僧安置予于大悲阁。阁南向,向东设神像,隔西首一间,设月窗,紧对佛龛,本为作佛事者斋食之地,余即设榻其中。临门有关圣[1]提刀立像,极威武。院中有银杏一株,大三抱,荫覆满阁,夜静风声如吼。揖山常携酒果来对酌,曰:“足下一人独处,夜深不寐,得无畏怖耶?”余曰:“仆一生坦直,胸无秽念,何怖之有?”居未几,大雨倾盆,连宵达旦,三十余天,时虑银杏折枝,压梁倾屋,赖神默佑,竟得无恙。而外之墙坍屋倒者,不可胜计,近处田禾,俱被漂没。余则日与僧人作画,不见不闻。

/注释/

1. 关圣:即关羽。

/译文/

寺里的僧人把我安置在大悲阁中,此阁坐北朝南,东边有一座神像,西边隔着的第一间有一扇月窗,正对着佛龛,本来是礼佛的人用膳的地方，我就住在这里。门口立着一座关公提大刀的像，特别威武。院子里有一株银杏树，有三人合抱之粗，树荫可以遮蔽整个阁子，晚上的时候风声如吼。揖山时常带着酒菜瓜果来与我对饮，说：“你一个人在这里，晚上睡不着的时候不害怕吗?”我说：“我一生为人坦荡，心里没有杂念，有什么好怕的?”住了没多久，就下起倾盆大雨，通宵达旦下了三十多天，我时时担心银杏树会被折断压倒房屋，幸亏神仙保佑，安然无恙。而外面墙塌屋倒的不计其数，附近的田地都被淹了。我则每天和僧人一起画画，置若罔闻。

/原文/

七月初，天始霁，揖山尊人（号蓴芗）有交易赴崇明，偕余往，代笔书券得二十金。归，值吾父将安葬，启堂命逢森向余曰：“叔因葬事乏用，欲助一二十金。”余拟倾囊与之，揖山不允，分帮其半。余即携青君先至墓所，葬既毕，仍返大悲阁。九月杪，揖山有田在东海[1]永泰沙，又偕余往收其息。盘桓两月，归已残冬，移寓其家雪鸿草堂度岁。真异姓骨肉也。

/注释/

1. 东海：县名，在江苏北部。

/译文/

七月初，天开始晴了，揖山的父亲（号蓴芗）要去崇明做一笔交易，带着我一起去给他记账，赚了二十两银子。回来后，刚好赶上父亲下葬，启堂让逢森来找我说：“叔叔办理丧事资金不足，想让您资助个一二十两。”我打算倾囊相助，揖山不同意，帮我出了一半。我于是带着逢森先去墓地，安葬后又回到大悲阁。九月底，揖山在东海永泰沙有块地，又带着我去收租。在那里待了两个月，回来已是冬天。我又搬到他家的雪鸿草堂去。真是我的异姓兄弟啊！

/原文/

乙丑[1]七月，琢堂始自都门回籍。琢堂名韫玉，字执如，琢堂其号也，与余为总角交[2]。乾隆庚戌[3]殿元，出为四川重庆守[4]。白莲教[5]之乱，三年戎马，极著劳绩。及归，相见甚欢，旋于重九日，挈眷重赴四川重庆之任，邀余同往。余即叩别吾母于九妹倩[6]陆尚吾家，盖先君故居，已属他人矣。吾母嘱曰："汝弟不足恃，汝行须努力。重振家声，全望汝也！"逢森送余至半途，忽泪落不已，因嘱勿送而返。

/注释/

1．乙丑：嘉庆十年，即1805年。

2．总角交：从小玩到大的朋友。

3．庚戌：乾隆五十五年，即1790年。

4．守：太守，这里指知府。

5．白莲教：源于中国佛教净土宗的秘密宗教组织，元明清三代在民间流行。嘉庆元年（1796年）至九年（1804年），湖北、四川、陕西三省，爆发了大规模的白莲教起义。

6．妹倩：妹夫。

/译文/

乙丑年七月，石琢堂从京城回来了。琢堂名叫韫玉，字执如，琢堂是他的号，和我是儿时旧友。乾隆庚戌年的状元，出任四川重庆的太守。后来白莲教动乱的时候，他有过几年战场生涯，立下赫赫战功。等到回来的时候，见到我特别高兴，很快到了重阳节，他带着家属又回到重庆上任，邀请我一同前往。于是我就在九妹夫陆尚吾家拜别母亲，大概是父亲的故居已卖给别人了吧！母亲嘱咐我说："你弟弟是指不上了，你一定要努力，重振家风和声誉，就都靠你了！”逢森送我到半路，突然痛哭不止，于是我让他快回去，不要再送了。

/原文/

舟出京口[1]，琢堂有旧交王惕夫孝廉在淮扬盐署，绕道往晤，余与偕往，又得一顾芸娘之墓。返舟由长江溯流而上，一路游览名胜，至湖北之荆州，得升潼关观察[2]之信，遂留余与其嗣君[3]敦夫眷属等，暂寓荆州，琢堂轻骑减从至重庆度岁，遂由成都历栈道之任。丙寅[4]二月，川眷始由水路往，至樊城[5]登陆。途长费钜，车重人多，毙马折轮，备尝辛苦。抵潼关甫三月，琢堂又升山左廉访[6]，清风两袖，眷属不能偕行，暂借潼川书院作寓。十月杪[7]，始支山左廉俸，专人接眷，附有青君之书，骇悉逢森于四月间夭亡。始忆前之送余堕泪者，盖父子永诀也。呜呼！芸仅一子，不得延其嗣续耶？琢堂闻之，亦为之浩叹。赠余一妾，重入春梦。从此扰扰攘攘，又不知梦醒何时耳。

/注释/

1. 京口：故址在今江苏镇江。

2. 观察：清代道员的俗称。

3. 嗣君：对朋友儿子的礼貌称呼。

4. 丙寅：嘉庆十一年，即 1806 年。

5. 樊城：今湖北襄樊。

6. 山左廉访：山东巡按。

7. 杪（miǎo）：树枝的末梢，这里指月末。

/译文/

船出了京口，石琢堂有个老朋友王惕夫，是个举人，在淮扬盐署做官，要绕路去见他一面，我跟着一起过去了，又得以到芸娘的墓地看看。返回后船从长江逆流而上，一路上欣赏各地美景，到了湖北荆州，石琢堂接到了升任潼关观察官的命令，于是留下我和他的长子敦夫及其家眷暂时住在荆州，琢堂则轻装简从到了重庆，再由那里经过栈道去上任。丙寅年二月，家属才由水路过去，到襄樊再转陆路。路途遥远花费又大，车重人多，一路上马死轮折，大家尝尽苦头。到了潼关才三个月，琢堂又升为山东廉访，他两袖清风，家属又不能同行，就暂时寄住在潼关书院。到了十月底，他才用在山东得到的俸禄，派专人来接家属们过去。其中附有青君寄来的家书，我才惊骇获悉儿子逢森已经在四月份夭亡了，想起他送我时哭泣不止，竟然成了父子永别。唉！芸只有这一个儿子，不能够延续她的血脉了啊！琢堂知道后也为之感叹，他送给我一个小妾，让我重入春梦。从此我便活在这纷纷扰扰的人世间，不知梦醒是何时啊！

卷四　浪游记快

/原文/

余游幕三十年来，天下所未到者，蜀中、黔中与滇南耳。惜乎轮蹄征逐，处处随人，山水怡情，云烟过眼，不过领略其大概，不能探僻寻幽也。余凡事喜独出己见，不屑随人是非，即论诗品画，莫不存人珍我弃、人弃我取之意，故名胜所在，贵乎心得，有名胜而不觉其佳者，有非名胜而自以为妙者，聊以平生所历者记之。

/译文/

我三十年来都在外地做官，普天之下没有去过的地方，只有蜀中、黔中与滇南罢了。可惜我乘着车马四处应招随行，不能自主，山水陶冶性情，如同过眼云烟，只不过能领略它的大概，不能探寻它的幽静深僻的意境。我处事喜欢抒发自己的见解，不屑于随声附和。即便是谈论诗歌品评绘画，也没有一时不存在别人珍惜我舍弃、别人摄取而我采取的经历。因此，游览欣赏名胜的关键，在于内心体会而已。有虽为名胜但我不觉得它好的，有不是名胜但我觉得它好的，暂且以我平生经历过的记载下来。

/原文/

余年十五时，吾父稼夫公馆于山阴[1]赵明府[2]幕中。有赵省斋先生名传者，杭之宿儒[3]也，赵明府延教其子，吾父命余亦拜投门下。暇日出游，得至吼山[4]，离城约十余里，不通陆路。近山见一石洞，上有片石横裂欲堕，即从其下荡舟入。豁然空其中，四面皆峭壁，俗名之曰“水园”。临流建石阁五椽，对面石壁有“观鱼跃”三字，水深不测，相传有巨鳞潜伏，余投饵试之，仅见不盈尺者出而唼食[5]焉。阁后有道通旱园，拳石乱矗，有横阔如掌者，有柱石平其顶而上加大石者，凿痕犹在，一无可取。游览既毕，宴于水阁，命从者放爆竹，轰然一响，万山齐应，如闻霹雳声。此幼时快游之始。惜乎兰亭[6]、禹陵[7]未能一到，至今以为憾。

/注释/

1．山阴：今浙江绍兴。

2．明府：古代对太守、县令的尊称。

3．宿儒：知识渊博的文人。

4．吼山：在绍兴东，相传春秋时范蠡为复兴越国，在此养狗献给吴王，名曰狗山，后讹传为吼山。

5．唼（shà）食：吞食。

6．兰亭：在绍兴西南，东晋书法家王羲之曾与孙绰等文人在此雅集，作《兰亭集序》。

7．禹陵：夏禹的陵墓，在绍兴会稽山上。

/译文/

我十五岁的时候，我的父亲稼夫公在山阴赵县令的幕府之中就职。有位赵传赵省斋先生，是杭州一带知识渊博的大儒。赵县令聘请来教育他的儿子，父亲命令我也投奔他门下拜他为师。闲暇时出来游玩，到了离城十余里的吼山。不通向陆地上道路。靠近吼山时，看见一个石洞，上面有一片石头倾斜开裂，好像要坠落下来。便从它的下面驾船而入。里面空空如也，令人豁然开朗，四面都是悬崖峭壁，民间俗称“水园”。临近水流建了五间石楼，对面石壁上刻有“观鱼跃”三个字。水深不可测，相传有大鱼潜伏在那里。我把鱼饵试着投在水里，只看见不满一尺的鱼出来吃食。楼阁的后面有道路通向旱园，拳头大小的石头杂乱矗立在那里，有的横斜开阔如同手掌，有的石柱顶上平整上面有更大的石头，斧凿的痕迹依然还在，丝毫没有新鲜可取的地方。游览完毕后，在水阁边宴饮，命令仆人燃放爆竹，只听轰的一声巨响，万山中传来回声，好像听到霹雳一样。这是少年时快游的开始。可惜的是兰亭、禹陵没能到过，直到今天还引以为憾。

/原文/

至山阴之明年，先生以亲老不远游，设帐于家，余遂从至杭，西湖之胜因得畅游。结构之妙，予以龙井[1]为最，小有天园次之。石取天竺之飞来峰[2]，城隍山之瑞石古洞。水取玉泉[3]，以水清多鱼，有活泼趣也。大约至不堪者，葛岭[4]之玛瑙寺。其余湖心亭[5]、六一泉[6]诸景，各有妙处，不能尽述，然皆不脱脂粉气，反不如小静室之幽僻，雅近天然。

/注释/

1．龙井：在杭州西湖西南风篁岭上，以产茶而闻名。

2．飞来峰：又名灵鹫峰，相传有山峰飞来而得名。

3．玉泉：在西湖西北玉泉山麓。

4．葛岭：在西湖北面，相传晋代葛洪曾于此炼丹，因此得名。

5．湖心亭：在西湖中。

6．六一泉：在孤山下，因宋代欧阳修（号六一居士）曾在此居住而得名。

/译文/

到了山阴的第二年，先生因为双亲老迈不能远游，在家里设帐讲学。我于是到了杭州，也由此能够畅游名胜西湖。结构布局上的妙处，我以为以龙井为最，小的有天园仅仅次于它。石头之妙以天竺山的飞来峰、城隍山的瑞石古洞为佳，水之妙以玉泉为好，因为这里水清多鱼，有活泼的情趣。大约最不值得一看的，就是葛岭的玛瑙寺。其余像湖心亭、六一泉诸多景致，各有妙处，不能一一尽述。然而都没有脱掉脂粉气，反倒不如小静室幽静僻远，高雅而接近天然。

/原文/

苏小[1]墓在西泠桥[2]侧。土人指示，初仅半丘黄土而已，乾隆庚子[3]，圣驾南巡，曾一询及。甲辰[4]春，复举南巡盛典，则苏小墓已石筑其坟，作八角形，上立一碑，大书曰："钱塘苏小小之墓"。从此吊古骚人不须徘徊探访矣。余思古来烈魄忠魂堙没不传者，固不可胜数，即传而不久者亦不为少，小小一名妓耳，自南齐至今，尽人而知之，此殆灵气所钟，为湖山点缀耶？

/注释/

1．苏小：即苏小小，南齐钱塘著名歌妓。

2．西泠（líng）桥：位于西霞岭麓到孤山之间，是一座古色古香的环洞石拱桥，又名西林桥。

3．庚子：乾隆四十五年，即1780年。

4．甲辰：乾隆四十九年，即1784年。

/译文/

苏小小墓在西泠桥旁边。当地人告诉我，起初仅仅半丘黄土而已，后来乾隆庚子年圣驾南巡，曾经问及，甲辰春再次举办南巡盛典时，苏小小墓已经用石头砌筑，作八角形，上面立一碑，写着大字："钱塘苏小小之墓"。从此以后凭吊古人的文人不必再徘徊探访了。我想自古以来忠烈之士堙没不传的人，不可胜数，即便流传然而时间不长的也不在少数。苏小小不过是一个名妓罢了，从南齐直到今天。人人都知道她，这大概就是灵气所钟，作为湖山点缀的吗？

/原文/

桥北数武有崇文书院[1]，余曾与同学赵缉之投考其中。时值长夏，起极早，出钱塘门，过昭庆寺，上断桥[2]，坐石栏上。旭日将升，朝霞映于柳外，尽态极妍；白莲香裹，清风徐来，令人心骨皆清。

/注释/

1. 书院：古代私人或官府所办讲学之所。

2. 断桥：在西湖白堤上。

/译文/

桥北数步有崇文书院，我曾经与同学赵缉之在那里投考。当时恰好是夏天，起床很早，走出钱塘门，经过昭庆寺，走上断桥，坐在石头栏杆上。一轮旭日即将升起，朝霞照映在柳树外面，尽显她美好的姿态。此时，清风微微吹来，带着白莲的香气，令人心骨都变得清爽起来。

/原文/

步至书院，题犹未出也。午后交卷，偕缉之纳凉于紫云洞，大可容数十人，石窍上透日光。有人设短几矮凳，卖酒于此。解衣小酌，尝鹿脯甚妙，佐以鲜菱雪藕，微酣，出洞。缉之曰："上有朝阳台，颇高旷，盍往一游？"余亦兴发，奋勇登其巅，觉西湖如镜，杭城如丸，钱塘江如带，极目可数百里。此生平第一大观也。坐良久，阳乌将落，相携下山，南屏晚钟[1]动矣。韬光[2]、云栖[3]路远未到，其红门局[4]之梅花、姑姑庙之铁树，不过尔尔。紫阳洞予以为必可观，而访寻得之，洞口仅容一指，涓涓流水而已，相传中有洞天，恨不能抉门而入。

/注释/

1．南屏晚钟：西湖十景之一，南屏山在西湖南，有净慈寺。

2．韬光：在杭州灵隐寺西北，因唐代高僧韬光禅师在此修行而得名。

3．云栖：在杭州五云山以西，相传因有五色彩云集于此而得名。

4．红门局：西湖景点之一。

/译文/

步行走到书院，考题还没有出来。午后交卷以后，陪同赵缉之到紫云洞纳凉。紫云洞很大，可以容纳数十人，石头孔窍上面透下日光。有人摆放好短几矮凳，在这里卖酒。解开衣衫小饮，感觉鹿肉很好吃，和新鲜的菱、雪白的藕一起下酒，喝得微醉才出洞。缉之说："上面有朝阳台，颇为高旷，何不前往一游？"我也游兴大发，奋勇向前登上山巅，觉得西湖好像一面镜子，杭州城好像一个弹丸，钱塘江好像一个带子，纵目远眺可达数百里。这是生平第一美景。坐了很长时间，太阳要落山了，互相搀扶走下山来，南屏晚钟已经敲响。韬光寺和云栖因为路途遥远没有去，其他如红门局的梅花，姑姑庙的铁树，不过尔尔。紫阳洞我认为值得一看，然而访寻到了那里，洞口只能容下一个手指，只看见涓涓流水而已。相传里面别有洞天，遗憾的是不能撬门而入。

/原文/

清明日，先生春祭扫墓，挈余同游。墓在东岳，是乡多竹，坟丁掘未出土之毛笋，形如梨而尖，作羹供客。余甘之，尽其两碗。先生曰："噫！是虽味美而克心血，宜多食肉以解之。"余素不贪屠门之嚼[1]，至是饭量且因笋而减，归途觉烦躁，唇舌几裂。过石屋洞，不甚可观。水乐洞峭壁多藤萝，入洞如斗室，有泉流甚急，其声琅琅。池广仅三尺，深五寸许，不溢亦不竭。余俯流就饮，烦躁顿解。洞外二小亭，坐其中可听泉声。衲子[2]请观万年缸。缸在香积厨[3]，形甚巨，以竹引泉灌其内，听其满溢，年久结苔厚尺许，冬日不冰，故不损也。

/注释/

1. 屠门之嚼：指肉食。

2. 衲（nà）子：指和尚。

3. 香积厨：寺院的厨房。

/译文/

清明节，先生去祭祀扫墓，带着我一同前往。墓在东岳，这里盛产竹子，守墓人挖出没有出土的毛笋，形状像梨子却比梨子尖，做成羹汤给客人吃。我吃得很香，吃光了两碗。先生说："唉！这东西虽然味道鲜美然而消耗心血，应该多吃肉来排解它。"我向来不喜欢吃肉，到此饭量因为笋而减少，归来途中顿觉烦躁，嘴唇舌头几乎干裂。经过石屋洞，没有什么值得观看的。水乐洞山壁陡峭，长有许多藤萝，进入洞里就像斗室一般大小，有泉水流淌，很湍急，声音很响亮。水池长达三尺，深五寸多，不溢出也不枯竭。我弯下身子喝水，烦躁顿时全部消除。洞外有两个小亭，坐在里面也能听到泉水的声音。和尚请我们观看万年缸。缸在香积厨，体形很巨大，用竹子引泉水浇灌到它里面，任凭它满溢，时间长了结上一层一尺多厚的苔藓，冬天时不结冰，所以没有损坏。

/原文/

辛丑[1]秋八月，吾父病疟返里。寒索火，热索冰，余谏不听，竟转伤寒，病势日重。余侍奉汤药，昼夜不交睫者几一月。吾妇芸娘亦大病，恹恹在床。心境恶劣，莫可名状。吾父呼余嘱之曰："我病恐不起。汝守数本书，终非糊口计。我托汝于盟弟蒋思斋，仍继吾业可耳。"越日思斋来，即于榻前命拜为师。未几，得名医徐观莲先生诊治，父病渐痊。芸亦得徐力起床。而余则从此习幕矣。此非快事，何记于此？曰：此抛书浪游之始，故记之。

/注释/

1. 辛丑：乾隆四十六年，即 1781 年。

/译文/

乾隆辛丑年秋天，八月，我的父亲因患疟疾返回故里。觉得冷就索要烤火，觉得热就索要冰块，我劝谏他也不听，后来竟然转为伤寒，病情日渐加重。我侍奉在床边，喂他汤药，昼夜不睡觉，前后将近一个月。我的妻子芸娘也生了大病，精神萎靡卧倒在床。我的心情糟透了，有说不出来的滋味。我的父亲把我叫到床边嘱咐我说："我的病恐怕好不起来了，你死守着这几本书，终究不能养家糊口，我把你托付给我的结义兄弟蒋思斋，仍旧继承我的职业就可以了。"第二天，蒋思斋来了，父亲命令我在病榻前拜他为师。过了不久，寻得名医徐观莲先生诊治，父亲的病渐渐痊愈。芸也全赖徐先生的医术起床。而我从此以后开始了游幕的生涯。这本非快意之事，为何记在这里呢？我说："这是抛弃读书浪游四方的开始，所以记下它。"

/原文/

思斋先生名襄。是年冬，即相随习幕于奉贤[1]官舍。有同习幕者，顾姓名金鉴，字鸿干，号紫霞，亦苏州人也，为人慷慨刚毅，直谅不阿。长余一岁，呼之为兄。鸿干即毅然呼余为弟，倾心相友。此余第一知己交也。惜以二十二岁卒，余即落落寡交。今年且四十有六矣，茫茫沧海，不知此生再遇知己如鸿干者否？

/注释/

1．奉贤：地名，在今上海境内。

/译文/

蒋思斋先生，名襄，这年冬天，便跟随他到奉贤官舍的幕府中任职。有和我一起游幕的同僚，姓顾名金鉴，字鸿干，号紫霞，也是苏州人。他为人慷慨大方，刚强坚毅，正直诚信，刚正不阿，比我大一岁，我称他为兄长。鸿干便毫不犹豫地称我为弟，我们毫不保留地推心置腹，真诚交往。他是我一生中最要好的知己，可惜的是才二十二岁就英年早逝了。我便寂落而没有朋友了，我今年已经四十六岁了，茫茫人世间，不知道今生能否再遇见像鸿干这样的知己？

/原文/

忆与鸿干订交，襟怀高旷，时兴山居之想。重九日，余与鸿干俱在苏。有前辈王小侠与吾父稼夫公唤女伶演剧，宴客吾家。余患其扰，先一日约鸿干赴寒山[1]登高，借访他日结庐之地。芸为整理小酒榼。

/注释/

1．寒山：在苏州西，上有寒山寺。

/译文/

回忆当年与鸿干交往，胸襟高远，情怀清旷，经常兴起山居的想法。九月九日重阳节，我和鸿干都在苏州，有一位前辈王小侠和我父亲稼夫公唤来女伶演戏，在我家里宴请宾客。我担心他们会打扰我们，预先一天约好鸿干到寒山登高，趁机寻访以后修建房屋的地方。芸为我们整理好小酒榼。

/原文/

越日天将晓，鸿干已登门相邀，遂携榼出胥门[1]，入面肆，各饱食。渡胥江[2]，步至横塘枣市桥，雇一叶扁舟，到山日犹未午。舟子颇循良[3]，令其籴米煮饭。余两人上岸，先至中峰寺。寺在支硎[4]古刹之南，循道而上。寺藏深树，山门寂静，地僻僧闲，见余两人不衫不履，不甚接待。余等志不在此，未深入。

/注释/

1．胥（xū）门：苏州城西南门。

2．胥江：苏州西城墙外的河。

3．徇良：本分善良。

4．支硎（xíng）：晋高士支遁（号支硎）曾隐居于此，故名。因山上曾有报恩寺，一名报恩山。因报恩寺原为观音禅院，故又称观音山。

/译文/

第二天天要亮的时候，鸿干已经登门来邀请我。于是带着酒榼走出胥门，进入面馆，各自饱餐一顿。渡过胥江，步行到横塘枣市桥，雇了一条小船，到了寒山还没到中午。船夫颇为老实可靠，让他买米煮饭。我们两人登上岸边，先到了中峰寺。中峰寺坐落在支硎古刹的南边，沿着小道直上，寺院隐藏在幽深的树丛中，山门中非常寂静，土地僻远，和尚悠闲，看见我们两人衣衫不整，对我们不理不睬。我们游览的兴致不在这里，便没有进去。

/原文/

归舟，饭已熟。饭毕，舟子携榼[1]相随，嘱其子守船。由寒山至高义园之白云精舍。轩临峭壁，下凿小池，围以石栏，一泓秋水。崖悬薜荔，墙积莓苔。坐轩下，惟闻落叶萧萧，悄无人迹。出门有一亭，嘱舟子坐此相候。余两人从石罅中入，名“一线天”。循级盘旋，直造其巅，曰“上白云”。有庵已坍颓，存一危楼，仅可远眺。小憩片刻，即相扶而下。舟子曰：“登高忘携酒榼矣。”鸿干曰：“我等之游，欲觅偕隐地耳，非专为登高也。”舟子曰：“离此南行二三里，有上沙村，多人家，有隙地。我有表戚范姓居是村，盍往一游？”余喜曰：“此明末徐俟斋[2]先生隐居处也。有园闻极幽雅，从未一游。”

/注释/

1. 榼（kē）：古代盛酒的器具。

2. 徐俟（sì）斋：徐枋，字昭发，号俟斋，明末清初诗人。

/译文/

乘船归来时，饭已做好。吃过饭以后，船夫带着酒器跟随着我们，嘱咐他的儿子看守船只，由寒山出发要到高义园的白云精舍。轩窗面对着悬崖峭壁，下面开凿有小池，用石栏围住，一股秋水顺势而下，崖壁上倒悬着薜荔，墙面上堆积着莓苔。坐在小轩之下，只听见萧萧秋风吹拂落叶的声音，却没有人的踪迹。走出门外有一个亭子，嘱咐船夫坐在这里等候我们。我们两人从石头缝隙中进入，这里叫“一线天”，沿着台阶盘旋而上，一直到达顶峰，这里叫“上白云”，有个庵庙已经残破不堪，仅存一条高高的栈道，只能远眺而已。休息了片刻，便互相牵扶而下，船夫说：“登高忘记带酒器了。”鸿干说：“我们的游览，是想要寻觅归隐的地方，不是专门为了登高。”船夫说：“距离此处向南行走二三里，有个村庄叫上沙村，有很多人家，那里有空地，我有个姑表亲姓范的居住在那里，何不前往一游呢？”余高兴地说：“这是明朝末年徐俟斋先生隐居的地方，听闻有个园子极为幽静高雅，从来没有游览过呢！”

/原文/

于是舟子导往。村在两山夹道中。园依山而无石，老树多极纡回盘郁之势。亭榭窗栏尽从朴素，竹篱茆舍[1]，不愧隐者之居。中有皂荚亭，树大可两抱。余所历园亭，此为第一。园左有山，俗呼鸡笼山，山峰直竖，上加大石，如杭城之瑞石古洞，而不及其玲珑。旁一青石如榻，鸿干卧其上曰："此处仰观峰岭，俯视园亭，既旷且幽，可以开樽[2]矣。"因拉舟子同饮，或歌或啸，大畅胸怀。土人知余等觅地而来，误以为堪舆[3]，以某处有好风水相告。鸿干曰："但期合意，不论风水。"（岂意竟成谶语[4]！）酒瓶既罄，各采野菊插满两鬓。

/注释/

1．茆（máo）舍：茅草屋。

2．樽（zūn）：盛酒的器具。

3．堪舆（yú）：查看风水。

4．谶（chèn）语：将来会应验的话。因顾鸿干二十二岁而卒，故有此语。

/译文/

于是船夫做向导带我们前去。村庄坐落在两山的夹道当中。园子依山而建，没有假山，苍老的树木大多长得弯弯曲曲，充满纡回盘郁之势，亭子、水榭、窗子、栏杆，尽量以朴素为主，竹子的篱笆，茅草的屋舍，真不愧是隐士的居所啊！其中有个皂荚亭，皂荚树十分高大，需两人手挽手才能合抱。我所游历的园亭，这是最好的。园子的左边有座山，俗称鸡笼山。山峰耸直，上面有个巨大的石头，好像是杭州城的瑞石古洞，却不如瑞石古洞那般小巧玲珑。旁边一块大青石好像一张大床，鸿干躺在上面说："这里仰头可以望山峰山岭，低头可以看园子亭子，既空旷又幽静，可以开始喝酒了。”于是拉过船夫和我们一同喝酒，有的唱歌有的吹口哨，真是开怀畅饮。当地人知道我们为寻找好地方而来，误认为我们是来查勘风水的，于是告诉我们某处有好风水。鸿干说：“只求满意，风水如何并不重要。”（这句话最终竟成谶语！）酒瓶中的酒都喝光了，我们各自采摘野菊花插满两鬓。

/原文/

归舟，日已将没。更许抵家，客犹未散。芸私告余曰：“女伶中有兰官者，端庄可取。”余假传母命呼之入内，握其腕而睨之，果丰颐白腻。余顾芸曰：“美则美矣，终嫌名不称实。”芸曰：“肥者有福相。”余曰：“马嵬之祸[1]，玉环之福安在?”芸以他辞遣之出。谓余曰：“今日君又大醉耶?”余乃历述所游，芸亦神往者久之。

/注释/

1. 马嵬之祸：安史之乱爆发，玄宗仓皇而逃，行军至马嵬，士兵哗变，杨贵妃被缢死。杨贵妃体态丰腴，故有此语。

/译文/

船回来时，太阳快要落山了。到家时已经过了一更了，客人还没有散去。芸悄悄告诉我说：“女伶当中有个叫兰官的，长得十分端庄可爱。”我假传母亲之命让她进来，握着她的手腕看着她，果然长得白皙丰满。我回头对芸说：“美倒是美，总感觉没你说的那样美。”芸说：“只不过胖点嘛，但这可是大富大贵之相呢！”我说：“马嵬兵变，美人香消玉殒，杨玉环的福气又在哪里呢?”芸找个托词让她出去。对我说：“今天郎君你又喝得大醉了吗?”我于是把先前的游历一一向他述说，芸心驰神往了很久很久。

/原文/

癸卯[1]春，余从思斋先生就维扬[2]之聘，始见金、焦面目[3]。金山宜远观，焦山宜近视，惜余往来其间未尝登眺。渡江而北，渔洋所谓“绿杨城郭是扬州[4]”一语，已活现矣。平山堂[5]离城约三四里，行其途有八九里，虽全是人工，而奇思幻想，点缀天然，即阆苑瑶池[6]，琼楼玉宇，谅不过此。其妙处在十余家之园亭合而为一，联络至山，气势俱贯。其最难位置处，出城入景，有一里许紧沿城郭。夫城缀于旷远重山间，方可入画。园林有此，蠢笨绝伦。而观其或亭或台，或墙或石，或竹或树，半隐半露间，使游人不觉其触目，此非胸有丘壑者断难下手。

/注释/

1. 癸卯：乾隆四十八年，即 1783 年。

2. 维扬：扬州的别名。

3. 金、焦面目：金：指金山，在镇江西北，山上有金山寺。焦：指焦山，在镇江东北。

4. 绿杨城郭是扬州：王士祯，号渔洋山人，这句出自他的《浣溪沙》词。

5. 平山堂：位于扬州市西北郊蜀冈中峰大明寺内。始建于宋仁宗庆历八年（1048 年），当时任扬州太守的欧阳修，极赏这里的清幽古朴，于此筑堂。坐此堂上，江南诸山，历历在目，似与堂平，平山堂因此而得名。

6. 阆（làng）苑瑶池：都是传说中神仙居住的地方。

/译文/

乾隆癸卯年的春天，我跟随蒋思斋先生赴任扬州，才有幸看到金山、焦山的真面目。金山适合远观，焦山适合近看，可惜的是我来来往往经过那里却从来没有登高远眺。渡江向北，就是王士祯诗中所说“绿杨城郭是扬州”，他所描绘的美丽景物活灵活现地出现在你的面前！平山堂距离扬州城有三四里路，行走在平山堂的道路上有八九里，虽然全是人工打造，但却是一片奇思妙想，互相点缀宛若天然，即便是传说中的阆苑瑶池、琼楼玉宇，也不过如此罢了。它的妙处在于十多家的园亭合在一处，联络延伸到山边，这样就做到了气势贯通。它最难以布局经营的地方，是刚刚出城地方的景色，它的设计是有一里多的地方仅仅沿着城郭。城池点缀在空旷僻远的重山之间，才可以入画。园林若做这般处理，简直是蠢笨至极。然而观看这里有的地方是亭子有的地方是台阁、有的地方是院墙有的地方是石头、有的地方是竹子有的地方是树木，半隐半露之间，使游人感觉不到自己在看它，这若不是胸中藏有丘壑的人恐怕难以下手。

/原文/

城尽，以虹园为首。折面向北，有石梁，曰“虹桥”。不知园以桥名乎？桥以园名乎？荡舟过，曰“长堤春柳”。此景不缀城脚而缀于此，更见布置之妙。再折而西，垒土立庙，曰“小金山”。有此一挡便觉气势紧凑，亦非俗笔。闻此地本沙土，屡筑不成，用木排若干，层叠加土，费数万金乃成。若非商家，乌能如是。过此有胜概楼，年年观竞渡于此，河面较宽。南北跨一莲花桥。桥门通八面，桥面设五亭，扬人呼为“四盘一暖锅”。此思穷力竭之为，不甚可取。桥南有莲心寺，寺中突起喇嘛白塔，金顶缨络，高矗云霄，殿角红墙松柏掩映，钟磬时闻，此天下园亭所未有者。

/译文/

游完内城，从虹园出发折向北方，有个石梁叫“虹桥”，不知道园子用桥来命名的呢？还是桥用园子来命名的呢？驾船而过，这个地方叫“长堤春柳”，这个景致不点缀在城脚而点缀在这里，更见出布置的妙处。再转向西边，那里垒土立庙，叫“小金山”，有它作遮挡便顿觉气势紧凑，也不是俗笔所能做到的。听说此地原本是沙土，屡次建筑都没有成功，于是用若干木排，层层交叠加上沙土，耗费数万金才建成。如果不是商家的话，哪里能够如此呢？经过此处有胜概楼，这里年年都可以观看竞渡。河面较宽，横跨南北有一座莲花桥，桥门可通向八面，桥面上设置五个亭子，扬州人称为“四盘一暖锅”，这是思穷力竭的做法，不值得采取。桥南有莲心寺，寺中高高耸起的是喇嘛白塔，它有金色缨络的塔顶，高高矗立直达云霄，大殿四面是红墙围绕，旁边松树柏树掩映其间，时而可以听到钟磬声，这是天下园亭所没有的。

/原文/

过桥见三层高阁，画栋飞檐，五彩绚烂，叠以太湖石，围以白石栏，名曰“五云多处”，如作文中间之大结构也。过此名“蜀冈朝旭”，平坦无奇，且属附会。将及山，河面渐束，堆土植竹树，作四五曲。似已山穷水尽，而忽豁然开朗，平山之万松林已列于前矣。“平山堂”为欧阳文忠公所书。所谓淮东第五泉，真者在假山石洞中，不过一井耳，味与天泉同；其荷亭中之六孔铁井栏者，乃系假设，水不堪饮。九峰园另在南门幽静处，别饶天趣，余以为诸园之冠。康山未到，不识如何。此皆言其大概。其工巧处，精美处，不能尽述，大约宜以艳妆美人目之，不可作浣纱溪上观也[1]。余适恭逢南巡盛典[2]，各工告竣，敬演接驾点缀，因得畅其大观，亦人生难遇者也。

/注释/

1. 不可作浣纱溪上观也：这句意思是说，西湖和平山堂只是艳妆美人，不能与自然美的西施相比。浣纱溪，在浙江绍兴南若耶山下，据说西施曾于此浣纱。

2．南巡盛典：清高宗曾于乾隆四十九年（1784年）南巡。

/译文/

走过桥会看见三层高楼，画栋飞檐，五彩缤纷，用太湖石交叠，用白石栏围绕，取名叫“五云多处”，好像是写文章中间的大结构一样。走过这个地方叫“蜀冈朝阳”，平淡无奇，纯属牵强附会。将要到达山边，水面逐渐变得狭窄，堆上沙土种植竹子树木，制成四五个曲折的样子。似乎已经山穷水尽，然而却忽然豁然开朗，平山堂的万松林已经在自己的眼前了。“平山堂”三字为当年欧阳修所写。所谓淮东第五泉，真的在假山石洞当中，原来不过是一处水井罢了，味道和天然的山泉一样。荷亭当中的六孔铁井栏里的井水，不过是假的，水味道极差难以饮用。另有九峰园，在南门幽静的地方，别有一番天然的趣味，我认为是所有园子中最好的。没有去康山，不知道到底怎样。这里只不过都是说说它的大概，它的工巧之处、精美之处，不能一一道来。总体而言，感觉应该把它看作艳妆美人，而不可看作浣纱溪畔的浣纱女。我恰好遇上了南巡盛典，各处工程刚刚竣工，正在演练接驾仪式，所以能够有机会畅游，这也是人生难得的机遇啊！

/原文/

甲辰之春，余随侍吾父于吴江何明府幕中，与山阴章苹江、武林章映牧、苕溪顾霭泉诸公同事。恭办南斗圩行宫，得第二次瞻仰天颜。一日，天将晚矣，忽动归兴。有办差小快船，双橹两桨，于太湖飞棹疾驰，吴俗呼为“出水辔头”，转瞬已至吴门桥。即跨鹤腾空，无此神爽。抵家，晚餐未熟也。吾乡素尚繁华，至此日之争奇夺胜，较昔尤奢。灯彩眩眸，笙歌聒耳，古人所谓

"画栋雕甍[1]""珠帘绣幕""玉栏干""锦步障[2]"，不啻[3]过之。余为友人东拉西扯，助其插花结彩。闲则呼朋引类，剧饮狂歌，畅怀游览。少年豪兴，不倦不疲。苟生于盛世而仍居僻壤，安得此游观哉？

/注释/

1. 画栋雕甍（méng）：栋：支柱；雕：雕绘；甍：屋脊。指有彩绘装饰的十分华丽的房屋。

2. 锦步障：锦制的遮蔽视线的屏幕。

3. 不啻（chì）：不只。

/译文/

乾隆甲辰年的春天，我跟随父亲到吴江明府幕中，与绍兴章苹江、杭州章映牧、苕溪颐蔼泉诸位为同僚。大家一起筹备"南斗圩"行宫，因此能够有幸第二次瞻拜天子的容貌。一天，天快黑了，忽然兴起归家的念头。恰好搭乘办差的小快船，那快船双舻两桨，在太湖中飞桨疾驰，吴地俗称为"出水辔头"，转眼之间已经到了吴门桥。即便是跨鹤腾空，也比不上这般神清气爽。到家时，晚饭还没有做好呢！我的家乡向来崇尚繁华，到了这一天更是争奇夺胜，比过去更为奢华了。张灯结彩，炫人眼目，笙歌高奏，扰乱人耳，古人所说的"画栋雕甍""珠帘绣幕""玉栏干""锦步障"，也只不过如此罢了。我帮助好友东拉西扯，插花结彩，闲暇时则呼唤同道好友，开怀畅饮，疏狂高歌，尽兴游览，少年人血气方刚，感觉不到丝毫的疲倦。如果生在盛世却居住在穷乡僻壤，哪里能得到这样的游览观赏呢？

/原文/

是年，何明府因事被议，吾父即就海宁王明府之聘。嘉兴有刘蕙阶者，长斋佞佛，来拜吾父。其家在烟雨楼侧，一阁临河，曰“水月居”，其诵经处也，洁静如僧舍。烟雨楼在镜湖[1]之中，四岸皆绿杨，惜无多竹。有平台可远眺，渔舟星列，漠漠平波，似宜月夜。衲子备素斋甚佳。至海宁，与白门[2]史心月、山阴俞午桥同事。心月一子名烛衡，澄静缄默，彬彬儒雅，与余莫逆，此生平第二知心交也。惜萍水相逢，聚首无多日耳。游陈氏安澜园，地占百亩，重楼复阁，夹道回廊；池甚广，桥作六曲形；石满藤萝，凿痕全掩；古木千章，皆有参天之势；鸟啼花落，如入深山。此人工而归于天然者。余所历平地之假石园亭，此为第一。曾于桂花楼中张宴，诸味尽为花气所夺，惟酱姜味不变。姜桂之性老而愈辣，以喻忠节之臣，洵不虚也。

/注释/

1．镜湖：又名鉴湖，在浙江省绍兴市南。

2．白门：金陵别称，今南京。

/译文/

这一年，何明府因为犯事被参议，我的父亲于是应海宁王明府之聘，到那里去任职。嘉兴有个叫刘蕙阶的人，斋戒信佛，前来拜访我的父亲。他家居住在烟雨楼旁边，有一个楼阁面对河水，叫“水月居”，就是他平时念佛经的地方，那里非常洁净，好像和尚居住的房舍一般。烟雨楼坐落在镜湖之中，四岸都是碧绿的杨柳，可惜的是没有多少竹子。有一处平台可以远眺，只见渔火通明，宛如群星布列，而观看一片平静的水波，似乎在爽朗的月夜更为适合。和尚为我们准备了素斋，味道很好。到了海宁，和白门史心月、山阴俞午桥为同僚。史心月有个儿子叫烛衡，为人澄静沉默，彬彬有礼，儒雅风流，和我结为莫逆之交，这是我生平第二要好的朋友。可惜的是萍水相逢，在一起相聚的日子太少了啊！游览陈氏安澜园，占地面积多达上百亩，只见重重叠叠的楼阁，夹杂的道路，弯弯曲曲的长廊。水池很大，浮桥作六曲形。石头上爬满藤萝，完全遮掩住斧凿的痕迹。有上千棵古树，都有参天的气势。鸟鸣的声音，纷纷凋落的花朵，让人感觉好像进入深山一样。这就是人工打造然而却归于天然的好地方。我一生所游历的平地的假石园亭，这里是最好的。曾经在桂花楼中大摆宴席，各种味道都被花的芬芳所掩盖，只有酱与姜的味道不变。姜与桂越老越辣，以此来比喻忠节之臣，此言非虚啊！

/原文/

出南门，即大海，一日两潮，如万丈银堤破海而过。船有迎潮者，潮至，反棹相向。于船头设一木招，状如长柄大刀。招一捺，潮即分破，船即随招而入，俄顷始浮起，拨转船头随潮而去，顷刻百里。塘上有塔院，中秋夜曾随吾父观潮于此。循塘东约三十里，名尖山，一峰突起，扑入海中。山顶有阁，匾曰“海阔天空”，一望无际，但见怒涛接天而已。

/译文/

走出南门就是大海，一天之内两次潮起，好像是上万丈的银色大堤从海上自远至近而来。只见有的船只迎向大潮，潮水一到，马上掉转船桨反向行驶，在船头放置一个木制的标记，形状好像长柄大刀，一按它，潮水就被分开，船就随着标记劈浪而入，过了一会儿才漂浮而起，拨转船头跟随潮水而去，顷刻间已行驶上百里。塘上有塔院，我曾经与父亲在中秋节的夜晚在这里观看潮水。沿着水塘向东大约三十里，叫尖山，只见一座山峰突起，扑向海中，山顶有个楼阁，匾额题字“海阔天空”。向远处遥望，一望无际，只看见怒涛接天而已。

/原文/

余年二十有五，应徽州[1]绩溪克明府之招，由武林下“江山船”，过富春山[2]，登子陵钓台[3]。台在山腰，一峰突起，离水十余丈。岂汉时之水竟与峰齐耶？月夜泊界口[4]，有巡检[5]署，“山高月小，水落石出[6]”，此景宛然。黄山仅见其脚，惜未一瞻面目。绩溪城处于万山之中，弹丸小邑，民情淳朴。近城有石镜山。由山弯中曲折一里许，悬崖急湍，湿翠欲滴。渐高，至山腰，有一方石亭，四面皆陡壁。亭左石削如屏，青色光润，可鉴人形，俗传能照前生。黄巢[7]至此，照为猿猴形，纵火焚之，故不复现。

/注释/

1．徽州：在今安徽省境内。

2．富春山：在浙江桐庐县西。

3．子陵钓台：严光，字子陵，东汉名士。曾隐居富春山，在此垂钓，因此得名。

4．界口：浙江与安徽交接的地方。

5．巡检：负责地方治安。

6．山高月小，水落石出：出自苏轼《后赤壁赋》。

7．黄巢：晚唐农民起义领袖。

/译文/

我二十五岁的时候，应徽州绩溪克县令的延请，经由杭州下“江山船”，经过富春山，登上当年严光垂钓的地方。垂钓台在半山腰，一座山峰兀然突起，距离水面十余丈。难道汉朝时的水面竟能和山峰齐平吗？月夜停泊在界口，有巡检署，苏东坡笔下所写的“山高月小，水落石出”，这样的美景历历在目。黄山只看到它的山脚，可惜的是没有一览它的真面目。绩溪城坐落在万山之中，是一个弹丸小城，民风淳朴。靠近绩溪城有个石镜山，从山蜿蜒曲折的道路前行一里多，只见悬崖峭壁，湍急的水流飞泻而下，沾湿的树木青翠欲滴。逐渐登高到了半山腰，有一个方石亭，四面都是陡峭的石壁。亭子的左边石壁好像屏风一样平整，青色的光彩光滑润泽，可以照到人形，民间传说能够照出前生。相传黄巢到了这里，照成猿猴的形状，于是大怒放了一把火来烧，所以不能再照出前生了。

/原文/

离城十里有火云洞天，石纹盘结，凹凸巉岩，如黄鹤山樵[1]笔意，而杂乱无章，洞石皆深绛色。旁有一庵甚幽静。盐商程虚谷曾招游设宴于此。席中有肉馒头，小沙弥[2]眈眈旁视，授以四枚。临行以番银[3]二圆为酬，山僧不识，推不受。告以一枚可易青钱七百余文，僧以近无易处，仍不受。乃攒凑青蚨六百文付之，始欣然作谢。他日余邀同人携榼再往。老僧嘱曰："曩者小徒不知食何物而腹泻，今勿再与。"可知藜藿[4]之腹不受肉味，良可叹也。余谓同人曰："作和尚者，必用此等僻地，终身不见不闻，或可修真养静。若吾乡之虎丘山，终日目所见者妖童艳妓，耳所听者弦索笙歌，鼻所闻者佳肴美酒，安得身如枯木、心如死灰哉？"

/注释/

1. 黄鹤山樵：元代画家王蒙，字叔明，自号黄鹤山樵，善画山水。

2. 小沙弥：小和尚。

3. 番银：银圆最初从外国流入，所以偏僻之地的人不认识。

4. 藜（lí）藿（huò）：本是两种野菜的名字，这里是泛指粗劣的饭菜。

/译文/

距离绩溪城十里左右有个火云洞天，那里石头的纹理盘结交错，陡峭的山岩凹凸不平，好像元代画家王蒙笔下的绘画一样，但却杂乱无章，洞里的石头都是深绛色。旁边有一个庵十分幽静，盐商程虚谷曾经在这里设宴招待客人。宴席中有肉馒头，小和尚一直在旁边看着。我们便给了他四个。临行时用二圆番银作为报酬，山里的和尚不认识，不肯接受。告诉他们一枚番银可以换七百余文铜钱，和尚因为附近没有交换的地方，仍然不肯接受。于是我们凑够了六百文铜钱给他们，这才欣然接受，道谢不已。过了几天，我邀请同僚带着酒再去，老和尚说："前几天，不知道小徒吃了什么东西，腹泻了，请施主不要再给他了。"才知道吃习惯素食的人不能接受肉味，真是可叹啊！我对同僚说："做和尚的人，一定要用这样僻静的地方，终身不见不闻尘俗之事，才可以修真养静。如果是我的故乡虎丘山，整天眼睛看见的是打扮妖艳的男男女女，耳朵听到的是管弦弹奏的靡靡之音，鼻子闻到的是佳肴美酒的味道，哪里还能做到身如枯木、心如死灰呢？"

/原文/

又去城三十里，名曰仁里，有花果会，十二年一举，每举各出盆花为赛。余在绩溪适逢其会，欣然欲往，苦无轿马，乃教以断竹为杠，缚椅为轿，雇人肩之而去。同游者惟同事许策廷，见者无不讶笑。至其地，有庙，不知供何神。庙前旷处高搭戏台，画梁方柱极其巍焕，近视则纸扎彩画，抹以油漆者。锣声忽至，四人抬对烛大如断柱，八人抬一猪大若牯牛，盖公养十二年始宰以献神。策廷笑曰："猪固寿长，神亦齿利。我若为神，乌能享此。"余曰："亦足见其愚诚也。"入庙，殿廊轩院所设花果盆玩，并不剪枝拗节，尽以苍老古怪为佳，大半皆黄山松。既而开场演剧，人如潮涌而至，余与策廷遂避去。未两载，余与同事不合，拂衣归里。

/译文/

距离绩溪城三十里，有个地方名叫仁里。有花果会，十二年举办一次，举办时各自拿出盆花来竞赛。我在绩溪恰好赶上这个集会，高兴地想要前往，却苦于没有轿子与马车，于是让人断开竹子为杠子，捆绑椅子做轿子，雇人抬着前去。和我一同前去的只有同僚许策廷，一路上，看见的人无不吃惊失笑。到了地方，有座土地庙，不知道供奉的是什么神。庙前平旷的地方高高地搭起戏台，装饰华美的梁柱极其高大壮观，到近处一看原来是纸画的彩色图画，上面涂抹上了一层油漆。忽然一声锣声响起，四个人抬着一对蜡烛，蜡烛很大仿佛断开的柱子一般，八个人抬着一口猪，那猪有牯牛那般大小，原来是饲养了十二年才宰杀了献给神灵。许策廷笑着说："猪固然长寿，神的牙齿也很锋利。我如果是神的话，怎么能够享受这样的祭品呢？"我说："这也足以看出他们既虔诚又愚蠢啊！"进入土地庙，房屋、走廊、庭院所摆设的花果盆玩，并没有修剪枝条折断枝节，都是以一些苍老古怪的为上乘，大半都是黄山松。过了一会儿开始开场演戏，游人像大潮一样涌来，我和许策廷于是躲开了。不到两年，我与同僚不合，于是生气地返回故里。

/原文/

余自绩溪之游，见热闹场中卑鄙之状不堪入目，因易儒为贾。余有姑丈袁万九，在盘溪之仙人塘作酿酒生涯。余与施心耕附资合伙。袁酒本海贩，不一载，值台湾林爽文之乱[1]，海道阻隔，货积本折，不得已仍为冯妇[2]。馆江北四年，一无快游可记。

迨居萧爽楼，正作烟火神仙，有表妹倩[3]徐秀峰自粤东归，见余闲居，慨然曰：“足下待露而爨，笔耕而炊，终非久计。盍偕我作岭南游？当不仅获蝇头利也。”芸亦劝余曰：“乘此老亲尚健，子尚壮年，与其商柴计米而寻欢，不如一劳而永逸。”余乃商诸交游者，集资作本。芸亦自办绣货，及岭南所无之苏酒醉蟹等物。禀知堂上，于小春[4]十日，偕秀峰由东坝出芜湖口。

/注释/

1. 林爽文之乱：乾隆五十一年（1786 年），台湾各族人民为反对清朝统治者的压迫和剥削，在林爽文领导下掀起了大规模的农民起义。

2. 冯妇：典出《孟子·尽心上》，冯妇为春秋时人，善于搏虎，后来成为读书人，然而偶然遇到虎，又情不自禁地去打。后比喻重操旧业。

3. 表妹倩：表妹夫。

4. 小春：指农历十月。宋代陈元靓《岁时广记》卷三七引《初学记》：“冬月之阳，万物归之。以其温暖如春，故谓之小春，亦云小阳春。”

/译文/

我自从游览绩溪以后，看见尘世间种种卑鄙的情形不堪入目，所以弃文经商。我有个姑丈叫袁万九，在盘溪的仙人塘做酿酒生意，我和施心耕拿出资财来合伙。袁万九的酒是走海路贩卖的，不到一年，正好遇到台湾林爽文之乱，海路被阻隔，货物积压本钱亏损，迫不得已仍然重操旧业。在江北闲居了四年，没有任何快意的游览值得记载。到了闲居萧爽楼，正过着不食人间烟火的神仙般逍遥的日子，有个表妹夫徐秀峰从广东归来，看到我闲居，慨然说：“你这样每天等着露水来养家，靠卖文而糊口，终非长久之计，为何不和我一起到岭南一游？应当不仅仅获得蝇头小利呢！”芸也劝我说：“趁着现在双亲身体还健康，儿子还年轻，与其天天过着柴米油盐的悠闲日子，不如出去赚钱，一劳永逸。”我于是和各位朋友商量，大家集资作为本钱。芸也把一些自己的刺绣还有岭南所没有的苏酒醉蟹等物给我。禀告了父母双亲，在十月十日，和许秀峰从东坝出发，出了芜湖口。

/原文/

长江初历，大畅襟怀。每晚，舟泊后，必小酌船头。见捕鱼者罾幂[1]不满三尺，孔大约有四寸，铁箍四角，似取易沉。余笑曰：“圣人之教虽曰‘罟不用数’，而如此之大孔小罾，焉能有获？”秀峰曰：“此专为网鳊鱼设也。”见其系以长绠，忽起忽落，似探鱼之有无。未几，急挽出水，已有鳊鱼枷罾孔而起矣。余始喟然曰：“可知一己之见，未可测其奥妙。”一日，见江心中一峰突起，四无依倚。秀峰曰：“此小孤山[2]也。”霜林中，殿阁参差。乘风径过，惜未一游。至滕王阁[3]，犹吾苏府学之尊经阁移于胥门之大马头，王子安序[4]中所云不足信也。即于阁下换高尾昂首船，名“三板子”，由赣关[5]至南安登陆。值余三十诞辰，秀峰备面为寿。越日过大庾岭[6]，山巅一亭，匾曰“举头日近”，言其高也。山头分为二，两边峭壁，中留一道如石巷。口列两碑：一曰“急流勇退”，一曰“得意不可再往”。山顶有梅将军祠，未考为何朝人。所谓岭上梅花，并无一树，意者以梅将军得名梅岭耶？余所带送礼盆梅，至此将交腊月，已花落而叶黄矣。过岭出口，山川风物便觉顿殊。岭西一山，石窍玲珑，已忘其名，舆夫曰：“中有仙人床榻。”匆匆竟过，以未得游为怅。至南雄[7]，雇老龙船。过佛山镇[8]，见人家墙顶多列盆花，叶如冬青，花如牡丹，有大红、粉白、粉红三种，盖山茶花也。

/注释/

1. 罾（zēng）幂：渔网。

2. 小孤山：位于安徽省宿松县城东南六十公里长江中的独立山峰。形态特异，孤峰耸立。

3. 滕王阁：位于江西省南昌市西北部沿江路赣江东岸，始建于唐永徽四年（653 年），因滕王李元婴始建而得名。

4. 王子安序：唐高宗上元二年（675 年），王勃前往交趾看望父亲，路过南昌，时阎伯屿为洪州牧，在阁上设宴，王勃即席而作《滕王阁序》。

5. 赣（gàn）关：在江西赣县。

6. 大庾岭：大庾岭亦称庾岭、梅岭，位于江西与广东两省边境。

7. 南雄：县名，位于广东省东北部，大庾岭南麓，自古是岭南通往中原的要道。

8. 佛山镇：在今广东佛山，相传唐朝时在此发掘出佛像，因此得名。

/译文/

刚刚游览长江，就感觉襟怀极为舒畅。每天晚上将船靠岸后，一定要在船头饮酒。看见捕鱼人的渔网不到三尺，孔大约有四寸大小，用铁箍扣住四角，似乎是为了容易沉到水里。我笑着说："圣人的教化虽然说'罟不用数'，然而像这般小网而大孔，怎么能有所收获呢？"许秀峰说："这是专门为了网住鳊鱼而设计的啊！"看见它用长长的绳子系住，忽起忽落，好像是在探测有鱼还是没鱼。过了一会儿，急忙把它拉出水，已经有鳊鱼被渔网网住了。我叹着气说："可以知道自己的见解，却不可以测量它的奥妙啊！"有一天，看见江心中一座山峰突起，四边都没有一点依靠。许秀峰说：“这就是小孤山。”霜气浸染的树林中，远望大殿楼阁参差不齐。坐车疾驰而过，可惜没有进去游览。到了滕王阁，好像我们故乡学校的尊经阁移到了胥门的大马头，王勃《滕王阁序》中所说的并不足信。于是便在滕王阁下换了高尾昂首船，叫“三板子”，从赣关到南安登陆。恰逢我三十岁生日，许秀峰为我准备了长寿面。第二天，经过大庾岭，山巅有一个亭子，匾额题字“举头日近”，意思是说它的高耸。山头分为两峰，两边是悬崖峭壁，中间留着一道如石巷。入口处列着两个石碑，一个题字“急流勇退”，一个题字“得意不可再往”。山顶有个梅将军祠，不知道是哪个朝代的人。所谓岭上梅花，其实并没有一棵树，难道是因为梅将军而命名为梅岭的吗？我随身携带的礼品盆梅，此时将交腊月，已经花朵凋零树叶枯黄了。走过山岭出了山口，顿时觉得山川风物与刚刚看过的大不相同。岭西有一座山，石头洞小巧玲珑，已经忘记了它的名字，车夫说：“里面有仙人的床榻。”匆匆而过，因为没能游览而怅恨不已。到了南雄，雇了一只老龙船，经过佛山镇，看见人家墙顶上大多摆列着盆花，叶子如同冬青，花朵如同牡丹，有大红、粉白、粉红三种，原来是山茶花。

/原文/

腊月望[1]，始抵省城，寓靖海门[2]内，赁王姓临街楼屋三椽。秀峰货物皆销与当道，余亦随其开单拜客。即有配礼者络绎取货，不旬日而余物已尽。除夕蚊声如雷。岁朝贺节，有棉袍纱套者。不惟气候迥别，即土著人物，同一五官而神情迥异。

/注释/

1. 腊月望：阴历十二月十五日。

2. 靖海门：广州城门。

/译文/

腊月十五日，才抵达省城，寓居在靖海门内，租赁姓王的三间临街楼屋。许秀峰的货物都在当地销售，我也跟随他一起开单拜客，前来取货的人络绎不绝，不到十天我们的货物便卖光了。除夕夜蚊子的叫声如同打雷。初一拜新年，看见有穿着棉袍纱套的人。不只是气候迥别，就是当地的人物，同一五官的神情也不一样。

/原文/

正月既望，有署中同乡三友拉余游河观妓，名曰“打水围”，妓名“老举”。于是同出靖海门，下小艇（如剖分之半蛋而加篷焉），先至沙面[1]。妓船名“花艇”，皆对头分排，中留水巷以通小艇往来。每帮约一二十号，横木绑定，以防海风。两船之间钉以木桩，套以藤圈，以便随潮长落。鸨儿呼为“梳头婆”，头用银丝为架，高约四寸许，空其中而蟠发于外，以长耳挖插一朵花于鬓，身披元青短袄，著元青长裤，管拖脚背，腰束汗巾，或红或绿，赤足撒鞋，式如梨园旦脚。登其艇，即躬身笑迎，搴帏[2]入舱。旁列椅杌，中设大炕，一门通艄后。妇呼有客，即闻履声杂沓而出，有挽髻者，有盘辫者；傅粉如粉墙，搽脂如榴火；或红袄绿裤，或绿袄红裤；有著短袜而撮绣花蝴蝶履者，有赤足而套银脚镯者；或蹲于炕，或倚于门，双瞳闪闪，一言不发。余顾秀峰曰：“此何为者也？”秀峰曰：“目成之后，招之始相就耳。”余试招之，果即欢容至前，袖出槟榔[3]为敬。入口大嚼，涩不可耐，急吐之，以纸擦唇，其吐如血。合艇皆大笑。又至军工厂，妆束亦相等，惟长幼皆能琵琶而已。与之言，对曰“咪”，“咪”者，“何”也。余曰：“‘少不入广’者，以其销魂耳，若此野妆蛮语，谁为动心哉？”一友曰：“潮帮妆束如仙，可往一游。”

/注释/

1. 沙面：在今广州珠江边，清代为边防重镇。

2. 搴（qiān）帷：拉开帘幕。

3. 槟（bīng）榔（láng）：种植于海南、台湾等地区，果实长圆形或卵球形，橙黄色，中果皮厚。古代风俗，将槟榔作为男女相悦的信物。

/译文/

正月十六日，官署中三位老乡拉着我去河边游玩观看妓女，叫作“打水围”，妓女名字叫“老举”。于是我们一起走出靖海门，登上小艇（好像鸡蛋从中间剖开上面加上篷子一样），先到了沙面。妓女的船名叫“花艇”，都是对头分开排列，中间留出水道以便小艇往来。每帮有一二十号，用横木绑定，以防止海风。两船之间用木桩固定，用藤圈套牢，以便随着潮水起落。鸨儿称为“梳头婆”，头上用银丝制成架子，架子有四寸多高，中间是空的而把头发盘在外面，用长耳插一朵花在鬓角，身上披着青色的短袄，穿着青色的长裤，裤管托到脚背，腰间束着汗巾，有红色的有绿色的，光着脚穿着拖鞋，样式好像梨园中的旦角一样。登上她们的船只，便弯着身子微笑迎接，打开帐帷进入船舱。旁边排列着椅子，中间放置一个大炕，有一扇门通向艄后。鸨儿呼唤有客人来此，便听见脚步声杂沓而出，有绾着发髻的，有盘着辫子的，涂着胭脂水粉有的如粉墙，有的如榴火，有的穿着红袄绿裤，有的穿着绿袄红裤，有穿着短袜和绣着花蝴蝶的鞋的，有光着脚丫而脚上套着银镯的，有的蹲坐在炕上，有的倚在门旁，双眼闪闪，一言不发。我回头对许秀峰说：“这是什么意思呢？”许秀峰曰：“看好之后，招呼她就会过来了。”我尝试着招呼了一下，果然有人笑眯眯地过来了，从衣袖中拿出槟榔以表敬意。我把它放在嘴里大嚼，酸涩难以下咽，急忙吐出去，用纸擦拭嘴唇，吐出去的东西好像鲜血。整个船上的人都哄然大笑。又到了军工厂，装束打扮和船上的女子一样，只是不管年龄长幼都能弹奏琵琶而已。和她说话，回答说："㖡。""㖡"，是什么意思呢？我说："所谓少年人不宜去广东，是因为它非常快乐，若像这般野蛮的装扮与话语，谁又能为此动心呢？"一个朋友说："潮州的妓女装扮如同仙女，可以前往一游。"

/原文/

至其帮，排舟亦如沙面。有著名鸨儿素娘者，妆束如花鼓妇。其粉头衣皆长领，颈套项锁，前发齐眉，后发垂肩，中挽一鬏似丫髻，裹足者著裙，不裹足者短袜，亦著蝴蝶履，长拖裤管，语音可辨。而余终嫌为异服，兴趣索然。秀峰曰："靖海门对渡有扬帮，皆吴妆。君往，必有合意者。"一友曰："所谓扬帮者，仅一鸨儿，呼曰邵寡妇，携一媳曰大姑，系来自扬州，余皆湖广江西人也。"

/译文/

到了那里，排列的船只和沙面一样。有著名的鸨儿叫素娘的，装束好像敲花鼓的女子。穿着粉头衣的都是长领，脖子上套着项锁，头发前面与眉毛一齐，后面低垂到肩膀，中间绾起一个发鬏好像丫髻，裹足的穿着裙子，不裹足的穿着短袜，也穿着蝴蝶鞋，拖着长长的裤管，可以听懂她们说话的语音。而我还是嫌弃她们的奇装异服，没有什么兴趣。许秀峰说："靖海门对面的渡口有扬州妓女，留着吴地的装扮，你去的话，一定有让你满意的人。"一个朋友说："所谓扬州妓女，仅仅一个鸨儿而已，被称为邵寡妇，带着一个女子叫大姑，是来自扬州的，其他的都是湖广江西人罢了。"

/原文/

因至扬帮，对面两排仅十余艇。其中人物皆云鬟雾鬓，脂粉薄施，阔袖长裙，语音了了。所谓邵寡妇者，殷勤相接。遂有一友另唤酒船，大者曰“恒艛[1]”，小者曰“沙姑艇”，作东道相邀，请余择妓。余择一雏年者，身材状貌有类余妇芸娘，而足极尖细，名喜儿。秀峰唤一妓名翠姑。余皆各有旧交。放艇中流，开怀畅饮。至更许，余恐不能自持，坚欲回寓，而城已下钥久矣。盖海疆之城，日落即闭，余不知也。及终席，有卧而吃鸦片烟者，有拥妓而调笑者。伻头[2]各送衾枕至，行将连床开铺。余暗询喜儿：“汝本艇可卧否?”对曰：“有寮可居，未知有客否也。”（寮者，船顶之楼。）余曰：“姑往探之。”招小艇渡至邵船，但见合帮灯火相对如长廊，寮适无客。鸨儿笑迎，曰：“我知今日贵客来，故留寮以相待也。”余笑曰：“姥真荷叶下仙人哉!”遂有伻头移烛相引，由舱后，梯而登。宛如斗室，旁一长榻，几案俱备。揭帘再进，即在头舱之顶，床亦旁设，中间方窗嵌以玻璃，不火而光满一室，盖对船之灯光也。衾帐镜奁，颇极华美。喜儿曰：“从台可以望月。”即在梯门之上，叠开一窗，蛇行而出，即后梢之顶也。三面皆设短栏，一轮明月，水阔天空。纵横如乱叶浮水者，酒船也；闪烁如繁星列天者，酒船之灯也；更有小艇梳织往来，笙歌弦索之声杂以长潮之沸，令人情为之移。余曰：“‘少不入广’，当在斯矣!”惜余妇芸娘不能偕游至此。回顾喜儿，月下依稀相似，因挽之下台，息烛而卧。天将晓，秀峰等已哄然至。余披衣起迎，皆责以昨晚之逃。余曰：“无他，恐公等掀衾揭帐耳。”遂同归寓。

/注释/

1. 艛（lòu）：古代有楼的大船。

2. 伻（bēng）头：指仆人。

/译文/

于是我们到了扬州帮。对面两排仅仅有十余只船，里面的人物都云鬟雾鬓，涂抹着薄薄的脂粉，阔大的衣袖长长的裙子，语音清晰可辨，所说的邵寡妇在那里殷勤接待客人。于是有一位朋友召唤别的酒船，大的叫“恒艛”，小的叫“沙姑艇”，作为东家邀请大家，请我选择妓女。我选择了一个雏妓，身材和长相都和我的妻子芸娘很像，只不过脚极为尖细，名字叫喜儿。许秀峰招唤一个妓女叫翠姑。其余的人都各自有旧时相识。在水流中荡舟前行，开怀畅饮。过了一更，我恐怕自己不能喝酒，坚持不了，坚持要回到寓所，但是城下已经锁闭很长时间了。原来海疆之城，日落就关闭城门，我们不知道。到了终席的时候，只见有卧倒在一边吃鸦片烟的，有拥抱着妓女调笑的，使头把每个客人的被子和枕头送来，将要在成排连接的床上铺好床铺。我悄悄地问喜儿：“你原来的船有地方睡觉吗？”回答说：“船顶上有楼可以居住，只是不知道有没有客人啊！”（所谓“寮”，就是船顶上的阁楼。）我说：“暂且前去看看。”招唤小船渡水到了邵寡妇的船，只见整个船队的灯火相连宛如长廊，顶楼刚好没有客人。鸨儿笑着相迎说：“我就知道今天会有贵客来，所以特意留出顶楼来招待您！”我笑着说：“您可真是荷叶下的仙女下凡啊！”于是有使头出来手持灯烛带路，从船舱后面的梯子登楼。楼顶宛如斗室一般大小，旁边摆一张长榻，几案之类一应俱全。揭开帘幕再进，就在头舱的顶端，旁边放着床，中间用玻璃镶嵌在方形的窗子上，不点灯火而室内灯火通明，原来是对面船照射过来的灯光。被子、帐幕、镜子和梳妆台，都极为华美。喜儿说：“从台上可以望月。”便在梯门的上面打开一扇窗子，像蛇一样蜿蜒而出，到了船后梢的顶端。三面都是短短的围栏，只见一轮明月当空，水与天显得格外开阔。纵横交错好像杂乱的叶子漂浮在水上的，是酒船；好像漫天繁星闪烁的，是酒船上的灯光；更有小船来来往往，笙歌弦索音乐与潮水的声音交杂在一起，令人心神动摇。我说："少年人不宜到广东，应该就是这里啦！"可惜的是妻子芸娘不能一起游览至此，回头看看喜儿，月光之下竟与芸娘依稀相似，于是挽着她的手走下天台，灭掉灯烛躺下休息。天要亮的时候，许秀峰等已经哄然而至，卧披上衣衫起来迎接，大家都责怪我昨天晚上私自逃脱。我说："没有别的原因，就是害怕你们掀被揭帐啊！"于是与他们一同回到寓所。

/原文/

越数日，偕秀峰游海珠寺。寺在水中，围墙若城四周。离水五尺许，有洞，设大炮以防海寇，潮长潮落，随水浮沉，不觉炮门之或高或下，亦物理之不可测者。十三洋行[1]在幽兰门之西，结构与洋画同。对渡名花地，花木甚繁，广州卖花处也。余自以为无花不识，至此仅识十之六七，询其名有《群芳谱》[2]所未载者，或土音之不同欤？海幢寺规模极大。山门内植榕树，大可十余抱，阴浓如盖，秋冬不凋。柱槛窗栏皆以铁梨木为之。有菩提树，其叶似柿，浸水去皮，肉筋细如蝉翼纱，可裱小册写经。

/注释/

1. 十三洋行：鸦片战争前广州官府特许经营对外贸易的商行。

2.《群芳谱》：介绍栽培植物的著作，明代王象晋编撰。王象晋，字荩臣，又字子进，自称明农隐士。

/译文/

过了几天，和许秀峰同游海珠寺。寺院坐落在水中，围墙好像城池四周。距离水面五尺多的地方有洞口，摆放大炮来防御海寇，潮涨潮落，随着水而浮沉，不觉之间炮门也便或高或下了，这也是事物道理让人难以理解的地方。十三洋行坐落在幽兰门的西边，结构和洋画中所画一样。对面是名花之地，各种花卉非常繁多，是广州卖花的地方。我自以为无花不识，到了这里仅识十之六七，询问名字有的连《群芳谱》也没有记载，可能是方言与之记载不尽相同吧？海珠寺规模极大，山门之内种植榕树，大的有十余围，浓浓的树荫如车盖，历秋冬而不凋。柱子、窗子、栏杆等物都用铁梨木制成。有菩提树，叶子好像柿树，浸泡在水里去掉树皮，肉筋细腻好像蝉翼轻纱一样，可以装裱成小册子抄写经文。

/原文/

归途访喜儿于花艇，适翠、喜二妓俱无客。茶罢欲行，挽留再三。余所属意在寮，而其媳大姑已有酒客在上。因谓邵鸨儿曰：“若可同往寓中，则不妨一叙。”邵曰：“可。”秀峰先归，嘱从者整理酒肴。余携翠、喜至寓。正谈笑间，适郡署王懋老不期而来，挽之同饮。酒将沾唇，忽闻楼下人声嘈杂，似有上楼之势。盖房东一侄素无赖，知余招妓，故引人图诈耳。秀峰怨曰：“此皆三白一时高兴，不合我亦从之。”余曰：“事已至此，应速思退兵之计，非斗口时也。”懋老曰：“我当先下说之。”余即唤仆速雇两轿，先脱两妓，再图出城之策。闻懋老说之不退，亦不上楼。两轿已备，余仆手足颇捷，令其向前开路。秀挽翠姑继之，余挽喜儿于后，一哄而下。秀峰、翠姑得仆力，已出门去。喜儿为横手所拿。余急起腿，中其臂，手一松而喜儿脱去，余亦乘势脱身出。余仆犹守于门，以防追抢。急问之曰：“见喜儿否？”仆曰：“翠姑已乘轿去。喜娘但见其出，未见其乘轿也。”

余急燃炬，见空轿犹在路旁。急追至靖海门，见秀峰侍翠轿而立，又问之，对曰："或应投东，而反奔西矣。"急反身，过寓十余家，闻暗处有唤余者，烛之，喜儿也。遂纳之轿，肩而行。秀峰亦奔至，曰："幽兰门有水窦可出，已托人贿之启钥。翠姑去矣，喜儿速往！"余曰："君速回寓退兵，翠、喜交我！"

/译文/

归来途中到花船去拜访喜儿，恰好翠姑、喜儿两个妓女都没有客人。喝完茶后想要离开，她们挽留再三。我所在意的在楼顶，然而她的媳妇大姑已经有酒客在楼上，因此对邵鸨儿说："如果可以带着她们同往寓所，那么不妨一叙。"邵鸨儿说："可以。"许秀峰先回去，嘱咐下人整理酒席。我带着翠姑、喜儿到了寓所。正谈笑欢快的时候，恰逢官署王懋老不请自来，拉过他一同饮酒。酒刚刚要入口，忽然听到楼下人声嘈杂，好像要上楼的样子，原来是房东有个侄子向来无赖，知道我招妓女，所以引人来图谋欺诈。许秀峰抱怨说："这都是三白为图一时高兴，不合我意也只好听从他。"我说："事已至此，应该速思退兵之计，现在不是斗嘴争强的时候。"王懋老说："我先下去劝说他们。"我立即唤仆人快速雇佣两个轿子，先让两个妓女逃脱，再想出城的计策。听说王懋老劝说不退，他们也没有上楼。两个轿子已经准备好，我的仆人手脚颇为麻利，让他向前开路，许秀峰牵着翠姑跟着，我牵着喜儿在最后，一哄而下。秀峰、翠姑得到仆人的帮助已经逃出门去，喜儿被横手阻挡，我急忙抬起腿，踢中她的胳臂，一松手，喜儿逃脱而去，我也乘势脱身而出。仆人依旧守在门旁，以防止他们追抢。我赶紧问他："看见喜儿了吗？"仆人说："翠姑已经乘轿逃脱，喜娘只看见她出来了，没看见她坐轿子啊！"我赶忙点燃火把，看见空空的轿子还在路旁。急忙追赶到靖海门，看见秀峰站在翠姑乘坐的轿子旁边，又问他，回答说：“可能是应该向东方来，但她却逃向西方了吧！”急忙转身，经过十余家，听见暗处有人叫我，用灯烛一照，原来是喜儿，于是让她上轿，抬着轿子前行。许秀峰也跑着来了，说：“幽兰门那里有水门可以出去，已托人贿赂了管钥匙的人，翠姑已经离开了，喜儿快快前往！”我说：“您速速回到寓所退兵，翠姑、喜儿交给我！”

/原文/

至水窦[1]边，果已启钥，翠先在。余遂左掖喜，右挽翠，折腰鹤步，踉跄出窦。天适微雨，路滑如油。至河干沙面，笙歌正盛。小艇有识翠姑者，招呼登舟。始见喜儿首如飞蓬，钗环俱无有。余曰：“被抢去耶？”喜儿笑曰：“闻此皆赤金，阿母物也。妾于下楼时已除去，藏于囊中。若被抢去，累君赔偿耶。”余闻言，心甚德之，令其重整钗环，勿告阿母，托言寓所人杂，故仍归舟耳。翠姑如言告母，并曰：“酒菜已饱，备粥可也。”时寮上酒客已去，邵鸨儿命翠亦陪余登寮。见两对绣鞋泥污已透。三人共粥，聊以充饥。剪烛絮谈，始悉翠籍湖南，喜亦豫产，本姓欧阳，父亡母醮[2]，为恶叔所卖。翠姑告以迎新送旧之苦，心不欢必强笑，酒不胜必强饮，身不快必强陪，喉不爽必强歌。更有乖张其性者，稍不合意，即掷酒翻案，大声辱骂。假母[3]不察，反言接待不周。又有恶客彻夜蹂躏，不堪其扰。喜儿年轻初到，母犹惜之。不觉泪随言落。喜儿亦默然涕泣。余乃挽喜入怀，抚慰之。嘱翠姑卧于外榻，盖因秀峰交也。

/注释/

1. 水窦：水出口。

2. 母醮（jiào）：醮，古代婚嫁时用酒祭神的礼，这里是母亲改嫁的意思。

3．假母：本意指继母，这里指老鸨。

/译文/

到了水门旁边，果然已经开了锁，翠姑已经在那里。我于是左边牵着喜儿，右边挽着翠姑，弯腰作鹤步，踉踉跄跄走出水门。恰好碰到天降小雨，道路湿滑如同洒了油一样，到了河干沙岸，只听见一片笙歌热闹非凡。小船上有认识翠姑的，招呼她登船。我才看见喜儿头发乱得像飞蓬，钗环都不见了。我说：“被抢去了吗?”喜儿笑着说：“听说这些都是赤金，是阿母的东西，我在下楼时已经摘掉，藏在锦囊当中。如果被抢去的话，岂不是要牵累您赔偿吗?”听完这番话，我内心认为她真有道德，让她重新整理好钗环，不要告诉阿母，托言寓所人多繁杂，所以依旧返回船里。翠姑把话传给鸨母，并说：“酒菜已饱，准备些稀粥就可以了。”当时顶楼上酒客已经离开，邵鸨儿让翠姑也陪我登上顶楼。看见两双绣鞋已被污泥浸透。三人一起喝粥，暂且以此来充饥。剪下烛芯细谈，才知道翠姑原籍湖南，喜儿是河南人，本姓欧阳，父亲亡故母亲改嫁，被穷恶的叔叔所卖。翠姑告诉我迎新送旧的痛苦，心情不好也要强装笑颜，酒力不胜也要强行饮酒，身体不适也要强行陪客，喉咙不爽也要强行歌唱。更有性格乖张暴戾的人，稍稍不合其意，就扔酒杯翻桌案，大声辱骂。鸨母不察，反说接待不周到。又有恶客彻夜蹂躏，让人难以忍受。喜儿年轻刚到这里，鸨母还爱惜她。说到这里，泪水不觉随着话掉落。喜儿也哭了。我于是拥抱喜儿到怀里，抚慰她。告诉翠姑躺在外榻上，是因为与许秀峰的交情啊!

/原文/

自此或十日或五日，必遣人来招。喜或自放小艇，亲至河干迎接。余每去，必偕秀峰，不邀他客，不另放艇。一夕之欢，番银四圆而已。秀峰今翠明红，俗谓之跳槽，甚至一招两妓。余则惟喜儿一人。偶独往，或小酌于平台，或清谈于寮内，不令唱歌，不强多饮，温存体恤，一艇怡然，邻妓皆羡之。有空闲无客者，知余在寮，必来相访。合帮之妓无一不识，每上其艇，呼余声不绝。余亦左顾右盼，应接不暇，此虽挥霍万金所不能致者。余四月在彼处，共费百余金，得尝荔枝鲜果，亦生平快事。后鸨儿欲索五百金，强余纳喜，余患其扰，遂图归计。秀峰迷恋于此，因劝其购一妾，仍由原路返吴。明年，秀峰再往，吾父不准偕游，遂就青浦杨明府之聘。及秀峰归，述及喜儿因余不往，几寻短见。噫！“半年一觉扬帮梦，赢得花船薄幸名[1]”矣！

/注释/

1. 半年一觉扬帮梦，赢得花船薄幸名：化用杜牧《遣怀》：“十年一觉扬州梦，赢得青楼薄幸名。”

/译文/

从此以后有时十天有时五天，一定派人来召唤，喜儿有时自己乘着小船，亲自到河岸迎接我。我每次去都一定要邀请许秀峰，不邀请其他同僚，不另放船只。整整一夜的欢快，只不过花费四圆番银而已。秀峰今天翠的明天红的，俗称为跳槽，甚至一次召唤两个妓女。我只召唤喜儿一人，偶尔独自前往，有时在平台上小酌，有时在楼顶清谈，不让她唱歌，不强行让她多喝酒，温存体恤，整个船上怡然快乐，旁边的妓女都非常羡慕她。有空闲没有客人的，知道我在楼顶，一定要来访问我。于是整个扬州帮的妓女没有一个不相识的，每每登上她们的船只，呼唤我的声音不绝于耳。我也左顾右盼，应接不暇，这里即使挥霍万金也不能满足啊。我在那里前后四个月，共花费百余金，得以品尝到荔枝鲜果，也是生平一大快事。后来鸨儿想向我索要五百金让我纳喜儿为妾，我不胜其扰，于是图谋逃脱之计。秀峰迷恋在这烟花之地，鸨母劝说他购买一个妾，仍由原路返回吴地。第二年，秀峰再次前往，我的父亲不让我和他一同前去，于是应青浦杨明府的聘请。等到秀峰归来时，说到喜儿因为我没有去，几乎寻了短见。唉！这可真是“半年一觉扬帮梦，赢得花船薄幸名”啊！

/原文/

余自粤东归来，馆青浦两载，无快游可述。未几，芸、憨相遇，物议沸腾。芸以愤激致病。余与程墨安设一书画铺于家门之侧，聊佐汤药之需。

/译文/

我从广东归来，在青浦住了两年，没有快游可以记述。没多长时间，芸娘与憨园相遇，对我的作为议论纷纷，芸因为气愤而致病。我和程墨安在家门旁边摆设一个书画铺，暂且换钱来买汤药。

/原文/

中秋后二日，有吴云客偕毛忆香、王星烂邀余游西山小静室，余适腕底无闲，嘱其先往。吴曰：“子能出城，明午当在山前水踏桥之来鹤庵相候。”余诺之。

/译文/

中秋节的后两天，有吴云客带着毛忆香、王星烂邀请我同游西山小静室，我恰逢手头有事做没有闲暇，嘱咐他们先去。吴云客说：“你如果能出城的话，明天中午当在山前水踏桥的来鹤庵等候你。”我答应了他们。

/原文/

越日，留程守铺。余独步出阊门[1]，至山前，过水踏桥，循田塍[2]而西。见一庵南向，门带清流，剥啄[3]问之，应曰："客何来?"余告之。笑曰："此'得云'也，客不见匾额乎?'来鹤'已过矣!"余曰："自桥至此，未见有庵。"其人回指曰："客不见土墙中森森多竹者，即是也。"余乃返，至墙下。小门深闭，门隙窥之，短篱曲径，绿竹猗猗[4]，寂不闻人语声。叩之，亦无应者。一人过，曰："墙穴有石，敲门具也。"余试连击，果有小沙弥出应。余即循径入，过小石桥，向西一折，始见山门，悬黑漆额，粉书"来鹤"二字，后有长跋，不暇细观。入门经韦驮[5]殿，上下光洁，纤尘不染，知为好静室。忽见左廊又一小沙弥奉壶出。余大声呼问。即闻室内星烂笑曰："何如?我谓三白决不失信也。"旋见云客出迎，曰："候君早膳，何来之迟?"一僧继其后，向余稽首，问知为竹逸和尚。入其室，仅小屋三椽，额曰"桂轩"。庭中双桂盛开。星烂、忆香群起嚷曰："来迟罚三杯!"席上荤素精洁，酒则黄白俱备。余问曰："公等游几处矣?"云客曰："昨来已晚，今晨仅到得云、河亭耳。"欢饮良久。饭毕，仍自得云、河亭共游八九处，至华山而止。各有佳处，不能尽述。华山之顶有莲花峰，以时欲暮，期以后游。桂花之盛至此为最，就花下饮清茗一瓯，即乘山舆，径回来鹤。

/注释/

1. 阊（chāng）门：苏州城的西北门。

2. 田塍（chéng）：田间的小埂子。

3. 剥啄：本为象声词，指敲门声，这里是敲门的意思。

4. 绿竹猗猗（yī）：猗猗，美好盛大的样子。语出《诗经·卫风·淇奥》"瞻彼淇奥，绿竹猗猗。有匪君子，如切如磋"。

5. 韦驮（tuó）：佛的护法神，又称韦陀天。

/译文/

第二天，我留下程墨安看守铺子，我独自一人走出阊门，到山前经过水踏桥，沿着田埂向西而行。看见一个向南的寺院，门前一带清澈的水流，敲门而问，回答说：“客人从何而来？”我如实相告。笑着说：“这里是‘得云’，您没有看见匾额吗？‘来鹤’已经过去了啊！”我说：“从桥到这里，没看见有寺院啊！”他用手指着我走过的方向说：“您没有看见土墙中长有很多竹子的地方吗？那里就是啊！”我于是返回到墙下。小门紧闭，从门缝窥看，短短的篱笆弯曲的小路，绿竹茂盛，一片寂静听不到人说话的声音，敲门也没有应答的人。恰好一人经过，说：“墙的洞穴里有石头，就是敲门的工具。”我尝试着连连敲击，果然有小和尚出来回应。我便沿着小路而入，过小石桥，向西一拐，才看见山门，悬挂着黑漆的匾额，题写着粉色的“来鹤”二字，后面有长跋，没有时间细细观察。进门经过韦驮殿，上下光亮整洁，一尘不染，知道这里是非常好的静修之地。忽然看见左边走廊又一个小和尚捧着壶走出来，我大声呼问，便听见室内王星烂笑着说：“怎么样？我就说三白决不会失信吧！”马上看见吴云客出来迎接，说：“等待您一起吃早点，为何来得这样迟呢？”一个和尚跟在他们后面，向我稽首，一问才得知法号叫竹逸和尚。进入他的房间，只有三间小屋，匾额题字“桂轩”，庭院中两棵桂树盛开。王星烂、毛忆香一起起来喊着：“迟到了罚三杯酒！”只见席上不管荤菜还是素菜都精细干净，酒的话黄酒白酒都有。我问：“各位游览几处了？”吴云客说：“昨天来的时候已经晚了，今天早晨只到了得云、河亭啊！”一起欢快地喝酒，喝了很长时间。吃完饭，依旧从得云、河亭出发，一共游览了八九处，到了华山才停止。各有妙处，不能一一尽述。华山的山顶有座莲花峰，因为天要黑了，打算以后再来游览。桂花的盛景到此才算最好，在花下饮一盏清茶，便乘坐着山间的轿子，直接回到来鹤。

/原文/

桂轩之东，另有临洁小阁，已杯盘罗列。竹逸寡言静坐而好客善饮。始则折桂催花，继则每人一令，二鼓始罢。余曰："今夜月色甚佳，即此酣卧，未免有负清光，何处得高旷地，一玩月色，庶不虚此良夜也？"竹逸曰："放鹤亭可登也。"云客曰："星烂抱得琴来，未闻绝调，到彼一弹何如？"乃偕往。但见木犀香里，一路霜林，月下长空，万籁俱寂。星烂弹《梅花三弄》[1]，飘飘欲仙。忆香亦兴发，袖出铁笛，呜呜而吹之。云客曰："今夜石湖[2]看月者，谁能如吾辈之乐哉？"盖吾苏八月十八日石湖行春桥下，有看串月胜会[3]，游船排挤，彻夜笙歌，名虽看月，实则挟妓哄饮而已。未几，月落霜寒，兴阑归卧。

/注释/

1.《梅花三弄》：又名《梅花引》《梅花曲》，相传原本是晋朝桓伊所作的一首笛曲，后来改编为古琴曲。

2.石湖：苏州名胜，距离苏州城西南十八里。

3.串月胜会：苏州上方山东临石湖，湖中有行春桥，桥有五十三洞，月光映水，正对环洞，一环一月。旧时民俗在八月十八日登山观月，俗称串月。

/译文/

桂轩的东面另有临洁小阁，杯盘已经摆好。竹逸禅师沉静寡言却热情好客酒量很大。开始击鼓传花，鼓声停，花在谁手谁就饮酒，之后每个人出一个酒令，一直到二更天才结束。我说："今夜月色很美，在此酒酣而卧，未免辜负这美丽的月光，在哪里能找到一处高旷的地方，赏玩月色，才不虚度这美好的夜晚啊！”竹逸禅师说：“放鹤亭可以登游。”吴云客说：“星烂抱琴而来，还没有听到他的绝调，到那里弹奏一曲，怎么样？”于是大家一同前往。只看见木樨香里，一路上树林浸染寒霜，皎洁的月色普照广袤的夜空，万籁俱寂。王星烂弹奏《梅花三弄》，让人飘飘欲仙。毛忆香也兴致大发，从袖子里掏出铁笛，吹奏出呜呜的低沉之音。吴云客说：“今夜在石湖看月的人中，有谁能像我们这般快乐呢？”我们苏州八月十八日在石湖行春桥下，有赏月胜会，游船排列拥挤，笙歌声彻夜不断，名义上是赏月，实际上只不过是带着妓女饮酒而已。过了不久，月亮西沉霜气寒冷，兴尽而归，躺下睡觉。

/原文/

明晨，云客谓众曰：“此地有无隐庵，极幽僻，君等有到过者否？”咸对曰：“无论未到，并未尝闻也。”竹逸曰：“无隐四面皆山，其地甚僻，僧不能久居。向年曾一至，已坍废，自尺木彭居士[1]重修后，未尝往焉，今犹依稀识之。如欲往游，请为前导。”忆香曰：“枵腹去耶？”竹逸笑曰：“已备素面矣，再令道人携酒盒相从也。”面毕，步行而往。过高义园，云客欲往白云精舍，入门就坐。一僧徐步出，向云客拱手，曰：“违教两月，城中有何新闻？抚军[2]在辕否？”忆香忽起曰：“秃！”拂袖径出。余与星烂忍笑随之。云客、竹逸酬答数语，亦辞出。高义园即范文正公[3]墓。白云精舍在其旁。一轩面壁，上悬藤萝，下凿一潭，广丈许，一泓清碧，有金鳞游泳其中，名曰“钵盂泉”。竹炉茶灶，位置极幽。轩后于万绿丛中，可瞰范园之概。惜衲子俗，不堪久坐耳。是时由上沙村过鸡笼山，即余与鸿干登高处也。风物依然，鸿干已死，不胜今昔之感。

/注释/

1．尺木彭居士：清代学者彭绍升，号尺木居士。

2．抚军：指巡抚。

3．范文正公：范仲淹，北宋政治家、文学家，“文正”是他的谥号。

/译文/

第二天早晨，吴云客对众人说：“此地有座无隐庵，极为幽静僻远，诸位有去过的吗？”众人都说：“不要说到没到过，实在是听都没听过啊！”竹逸禅师说：“无隐庵四面都是山，那里十分偏僻，和尚不能久住。往年我曾经去过一次，已经坍塌成为废墟，自从彭尺木居士重修以后，还没有去过，现在还能依稀找到。如果想去的话，我愿意做前导。”毛忆香说：“难道要饥肠辘辘地去吗？”竹逸禅师笑着说：“已经准备好素面了，再让道人带着酒盒跟着大家。”吃完素面，步行前往。经过高义园，吴云客想要到白云精舍，进门坐下。一个和尚缓步走出，向吴云客拱手说：“两个月没有聆听您的教诲了，城中可有什么新闻？巡抚在官署吗？”毛忆香忽然站起来说：“秃！”和尚生气了，拂袖而出。我和王星烂忍住笑跟在后面，吴云客、竹逸禅师酬答了几句话，也辞别他走出来。高义园里就是范仲淹的陵墓，白云精舍在旁边。一扇窗子面对着墙壁，上面悬挂着藤萝，下面凿出一个水潭，宽一丈多，整个水潭清澈碧绿，有金鱼在里面游泳，名字叫“钵盂泉”。炉子茶灶，位置极为幽静偏僻。轩后的万绿丛中，在此可以俯瞰整个园子。可惜的是和尚俗气，不能在这里久坐。这个时候从上沙村经过鸡笼山，就是我和鸿干当初登高的地方。风景依然如旧，而鸿干已死，让人产生今不如昔的感慨。

/原文/

正惆怅间，忽流泉阻路不得进。有三五村童掘菌子于乱草中，探头而笑，似讶多人之至此者。询以无隐路，对曰：“前途水大不可行。请返数武，南有小径，度岭可达。”从其言。度岭南行里许，渐觉竹树丛杂，四山环绕，径满绿茵，已无人迹。竹逸徘徊四顾，曰：“似在斯，而径不可辨，奈何？”余乃蹲身细瞩，于千竿竹中隐隐见乱石墙舍，径拨丛竹间，横穿入觅之，始得一门，曰“无隐禅院，某年月日南园老人彭某重修”，众喜，曰：“非君则武陵源[1]矣！”山门紧闭，敲良久，无应者。忽旁开一门，呀然有声，一鹑衣[2]少年出，面有菜色，足无完履，问曰：“客何为者？”竹逸稽首曰：“慕此幽静，特来瞻仰。”少年曰：“如此穷山，僧散无人接待，请觅他游。”言已，闭门欲进。云客急止之，许以启门放游，必当酬谢。少年笑曰：“茶叶俱无，恐慢客耳，岂望酬耶？”山门一启，即见佛面，金光与绿阴相映，庭阶石础苔积如绣。殿后台级如墙，石栏绕之。循台而西，有石形如馒头，高二丈许，细竹环其趾。再西折北，由斜廊蹑级而登，客堂三卷楹紧对大石。石下凿一小月池，清泉一派，荇藻[3]交横。堂东即正殿，殿左西向为僧房厨灶。殿后临峭壁，树杂阴浓，仰不见天。星烂力疲，就池边小憩，余从之。将启盒小酌，忽闻忆香音在树杪，呼曰：“三白速来，此间有妙境！”仰而视之，不见其人，因与星烂循声觅之。由东厢出一小门，折北，有石磴如梯，约数十级，于竹坞中瞥见一楼。又梯而上，八窗洞然，额曰“飞云阁”。四山抱列如城，缺西南一角，遥见一水浸天，风帆隐隐，即太湖也。倚窗俯视，风动竹梢，如翻麦浪。忆香曰：“何如？”余曰：“此妙境也。”忽又闻云客于楼西呼曰：“忆香速来，此地更有妙境！”因又下楼，折而西，十余级，忽豁然开朗，平坦如台。度其地，已在殿后峭壁之上，残砖缺础尚存，盖亦昔日之殿基也。周望环山，较阁更畅。忆香对太湖长啸一声，则群山齐应。乃席地开樽，忽愁枵腹，少年欲烹焦饭代茶，随令改茶为粥，邀与同啖。询其何以冷落至此，曰："四无居邻，夜多暴客，积粮时来强窃，即植蔬果，亦半为樵子所有。此为崇宁寺下院，长厨中月送饭干一石、盐菜一坛而已。某为彭姓裔，暂居看守，行将归去，不久当无人迹矣。"云客谢以番银一圆。

/注释/

1. 非君则武陵源矣：东晋陶渊明在《桃花源记》中写武陵渔人迷路闯入桃花源的故事，此处即指迷路的意思。

2. 鹑（chún）衣：形容衣服残破。

3. 荇（xìng）藻：多年生草本植物，叶子略呈圆形，浮在水面，开黄花，可食，可入药。又名藻荇。

/译文/

正在惆怅不已，忽然流泉阻挡了道路不能前行，有三五个村童在乱草中采摘蘑菇，探头探脑地笑看我们，似乎惊奇于这么多人到了这里。问询他们去往无隐庵的路，回答说："前面水大不能通行，请返回数步，南边有小路，翻越山岭就到了。"听信了他们的话。翻越山岭向南行走了一里多，渐渐感觉竹子树木丛杂，四周山峰环绕，道路上铺满了绿茵，已经没有人的踪迹。竹逸禅师走来走去，向四周环视，说："好像就在这儿，但是道路已经认不出来了，怎么办？"我于是蹲下身来仔细远看，在千竿竹林中隐隐看见乱石砌成的院墙房舍，直接拨开丛竹，横着穿过去寻找它，才看见一扇门，写着"无隐禅院，某年月日南园老人彭某重修"，众人大喜，说："如果不是你的话我们都迷路了啊！"

山门紧紧关闭，敲了很长时间的门，也没人回应。忽然旁边打开一扇门，呀然一声，一位衣衫褴褛的少年走出来，脸上露出菜色，脚上没有完整的鞋子，问："客人们来此何为啊？"竹逸禅师稽首说："仰慕这里幽静，特意前来瞻拜景仰。"少年说："像这样的穷山恶水，和尚分散无人接待，请寻觅别的地方游览吧！"说完话，关闭房门要进去。吴云客急忙阻止他，承诺他如果打开门让我们进去游览，一定要酬谢他。少年笑着说："连茶叶都没有，恐怕会怠慢了客人啊！难道是奢望什么报酬吗？"山门一开，就看见了佛像，金光和绿荫交相辉映，庭院台阶石头地基苔藓堆积如同刺绣，殿后台阶一直到墙边，石头围栏环绕着它。沿着台阶向西而行，有石头像馒头一样的形状，有二丈多高，细细的竹子环绕着它。再向西之后折向北边，从斜廊沿着台阶向上登，有三大间客堂面对着大石头。石头下面开凿一个小月池，一派清泉，荇菜与水藻交横。堂东就是正殿，殿左边西边为僧房厨灶，殿后面临悬崖峭壁，杂书丛生，绿荫浓密，抬头看不见天空。王星烂筋疲力尽，便提议在水池边休息一会儿，我答应了。将要打开盒子饮酒，忽然听见毛忆香的声音从树间传来，呼唤我："三白快来，这里有妙境！"抬头看看，看不见人，于是和星烂顺着声音去寻找。从东厢走出一个小门，折向北方，有石阶如同梯子，有数十级，在竹坞中瞥见一座楼。又登着楼梯而上，八扇窗户敞开，匾额题字"飞云阁"。四周山峰环抱排列好像一座城，只是缺少西南一角，远看一条水流直到天边，风帆隐隐，就是太湖。倚着窗子俯视，微风吹动竹梢，好像翻动麦浪一般。毛忆香说："怎么样？"我说："果真是妙境啊！"忽然又听到吴云客在楼西边大喊："忆香快来，这里更有妙境！"于是又下楼，折向西边，走下十余个台阶，忽然感觉豁然开朗，平平坦坦如同平台。

走到那里，已经在殿后峭壁的上面，残缺的砖与地基尚存，原来就是过去大殿的地基。向四周远望环山，较楼阁之上更为宽敞舒畅。毛忆香对着太湖长啸一声，群山一齐呼应。于是席地而坐，准备喝酒，忽然听到饥肠辘辘的声音，少年想要烹制锅巴代替茶水，随即让他改茶水为米粥，邀请他一起吃。询问他这里为何会冷落到这般地步，回答说："四面没有邻居居住，夜晚的时候多有一些蛮横的强盗，经常来抢劫粮食。即便是栽种蔬菜水果，也大半被樵夫偷取。这里是崇宁寺下院，厨子每月送一石饭干、一坛盐菜而已。我为彭姓后裔，暂且居住在这里看守，即将归去，不久以后应当没有人迹了吧！"吴云客用一圆番银酬谢他。

/原文/

返至来鹤，买舟而归。余绘《无隐图》一幅，以赠竹逸，志快游也。

/译文/

回到来鹤，买船归来。我绘制了一幅《无隐图》，赠给竹逸，以此来记载这次快意的游览。

/原文/

是年冬，余为友人作中保所累，家庭失欢，寄居锡山华氏。明年春，将之维扬，而短于资，有故人韩春泉在上洋[1]幕府，因往访焉。衣敝履穿，不堪入署，投札约晤于郡庙园亭中。及出见，知余愁苦，慨助十金。园为洋商捐施而成，极为阔大，惜点缀各景，杂乱无章，后叠山石，亦无起伏照应。归途忽思虞山之胜，适有便舟附之。时当春仲，桃李争妍，逆旅行踪，苦无伴侣。乃怀青铜三百，信步至虞山书院。墙外仰瞩，见丛树交花，娇红稚绿，傍水依山，极饶幽趣。惜不得其门而入，问途以往，遇设篷瀹茗者，就之。烹碧罗春，饮之极佳。询虞山何处最胜，一游者曰："从此出西关，近剑门，亦虞山最佳处也。君欲往，请为前导。"余欣然从之。出西门，循山脚，高低约数里，渐见山峰屹立，石作横纹。至则一山中分，两壁凹凸，高数十仞。近而仰视，势将倾堕。其人曰："相传上有洞府[2]，多仙景，惜无径可登。"余兴发，挽袖卷衣，猿攀而上，直造其巅。所谓洞府者，深仅丈许，上有石罅，洞然见天。俯首下视，腿软欲堕。乃以腹面壁，依藤附蔓而下。其人叹曰："壮哉！游兴之豪，未见有如君者。"余口渴思饮，邀其人就野店沽饮三杯。阳乌将落，未得遍游，拾赭石[3]十余块，怀之归寓。负笈[4]搭夜航至苏，仍返锡山。此余愁苦中之快游也。

/注释/

1．上洋：上海。

2．洞府：指神仙居住的地方。

3．赭（zhě）石：红褐色的石头。

4．笈（jí）：多用竹、藤编织，用以放置书籍、衣巾、药物等。

/译文/

这年冬天，我给友人做保人受到牵累，家庭陷入困境，只好寄居在锡山华氏家里。第二年春天，想要去扬州却没有钱，有个老朋友叫韩春泉在上海幕府任职，所以去那里拜访他。我衣衫褴褛，不好意思到官府找他，于是写信约好在郡庙园亭中相见。等到看到我，知道我生活穷苦，慨然相助我十两银子。园子是洋商捐资建成，极为阔大，可惜的是点缀的各种景物，杂乱无章，后面层叠的山石，也没有起伏照应。返回途中忽然想起虞山胜景，恰好搭乘方便的船前去。当时恰好是仲春时节，桃李花开互相争艳，旅馆之中，苦于没有伴侣，于是怀揣三百青铜，信步走到虞山书院。从墙外抬头远看，只见一丛丛的树与花交杂排列，娇红嫩绿，依山傍水，极富幽静的趣味。可惜的是没有找到门进入，询问道路前去，遇到摆设篷子煮茶的，到了附近，烹制的是碧螺春，一喝味道很好。询问虞山哪里最好，一个游者说："从这里走出西关，靠近剑门，就是虞山最好的地方了，你要是想去，我可以做你的前导。"我高兴地听从了他。走出西门，沿着山脚，高低有数里，渐渐看见山峰屹立，石头上都是横纹，到了那里只见一座山从中间分开，两边山壁凹凸不平，有数十仞高，走到近处抬头仰视，好像要堕落下来一样。向导说："相传上面有洞府，多是仙景，可惜没有道路攀登。"我游兴大发，挽起袖子卷起衣衫，像猿猴一样攀登而上，一直登到山顶。所谓洞府，仅仅有一丈多深，上面有石头的缝隙，仰头可以看见天空。低头向下看，双腿松软要坠落。于是用肚子贴着山壁，抓着藤蔓下来。向导叹息着说："真豪壮啊！豪壮的游兴，从来没有见过像你这样的呢！"我口渴想喝酒，邀请向导在野外酒店喝了三杯酒。太阳要落山了，没能一一遍游，捡起十多块褐红色的石头，放到怀里回到寓所，背着行李搭乘夜航船到了苏州，依旧返回锡山。这是我愁苦中的快意游览。

/原文/

嘉庆甲子[1]春，痛遭先君之变，行将弃家远遁。友人夏揖山挽留其家。秋八月，邀余同往东海永泰沙勘收花息[2]。沙隶崇明[3]。出刘河口，航海百余里。新涨初辟，尚无街市。茫茫芦荻，绝少人烟，仅有同业丁氏仓库数十椽，四面掘沟河，筑堤栽柳绕于外。丁字实初，家于崇，为一沙之首户。司会计者姓王。俱豪爽好客，不拘礼节，与余乍见即同故交。宰猪为饷，倾瓮为饮。令则拇战，不知诗文；歌则号呶[4]，不讲音律。酒酣，挥工人舞拳相扑[5]为戏。蓄牯牛百余头，皆露宿堤上。养鹅为号，以防海贼。日则驱鹰犬猎于芦丛沙渚间，所获多飞禽。余亦从之驰逐，倦则卧。引至园田成熟处，每一字号圈筑高堤，以防潮汛。堤中通有水窦，用闸启闭。旱则长潮时启闸灌之，潦则落潮时开闸泄之。佃人皆散处如列星，一呼俱集，称业户曰“产主”，唯唯听命，朴诚可爱。而激之非义，则野横过于狼虎；幸一言公平，率然拜服。风雨晦明，恍同太古。卧床外瞩即睹洪涛，枕畔潮声如鸣金鼓。一夜，忽见数十里外有红灯大如栲栳[6]，浮于海中，又见红光烛天，势同失火。实初曰：“此处起现神灯神火，不久又将涨出沙田矣。”揖山兴致素豪，至此益放。余更肆无忌惮，牛背狂歌，沙头醉舞，随其兴之所至，真生平无拘之快游也。事竣，十月始归。

/注释/

1．甲子：嘉庆九年，即1804年。

2．花息：利息。

3．崇明：县名，在今上海北部崇明岛上。

4．号呶（náo）：喊叫。

5．相扑：一种类似摔跤的体育运动。

6．栲（kǎo）栳（lǎo）：用竹篾编成的器物。

/译文/

嘉庆甲子年春天，痛遭家父去世的变故，即将弃家远逃，好友夏揖山挽留寄居在他家。秋天，八月，邀请我一同前往东海永泰沙收利息。永泰沙隶属崇明。出了刘河口，航海百余里。这里刚刚开辟，还没有街道市场。到处是茫茫芦苇，荒无人烟，只有同业丁氏数十间仓库，四面挖掘沟河，在外面修筑堤坝栽种柳树。丁字实初，家在崇明，是永泰沙的首户。掌管会计的人姓王。二人都豪爽好客，不拘礼节，和我第一次相见就如同故交。他们杀猪盛情款待，把酒瓮里的酒都倒出来畅饮。酒令就用拇指比画，不知道诗文；唱歌就是用嗓子号叫，不讲究音律。酒醉了，让工人舞拳相扑来助兴。饲养了一百多头牯牛，都在堤岸上露宿。养鹅鸣叫为号，以预防海盗。白昼就驱赶着老鹰猎犬到芦苇丛沙洲间打猎，收获的多是飞禽。我也跟从他一起奔驰驱逐，疲倦就躺下休息。带着我到园田成熟的地方，每一字号都圈筑高高的堤坝，以防洪水。堤坝中通有水门，用闸来开启关闭，干旱的话就在涨潮时打开闸门灌溉，洪涝的话就在落潮时打开闸门放水。佃农都散处如同排列的群星，一喊马上聚集在一处，称呼业户为“产主”，唯唯听命，淳朴诚实，憨厚可爱。但是如果不讲信义激怒他们，就会比狼虎还要蛮横；如果说一句公道话，又会率然拜服。不管风雨阴天还是风和日丽，恍然如同远古的时候一样。躺在床上向外看就看到了洪水，枕边潮水的声音如同鸣金击鼓。一天晚上，忽然看见数十里之外有红灯像栲栳那般大小，浮在海中，又看见红光烛天，看样子好像是失火一般，丁实初说：“这里出现了神灯神火，不久之后又将涨出沙田了。”夏揖山兴致向来豪爽，到了这里更加放肆。我也更加肆无忌惮，骑在牛背上狂歌，在沙地上喝醉了舞蹈，任随它兴之所至，这真是生平无拘无束的快意游览啊！事情办完后，一直到十月才归来。

/原文/

吾苏虎丘之胜，余取后山之千顷云一处，次则剑池而已，余皆半借人工，且为脂粉所污，已失山林本相。即新起之白公祠[1]、塔影桥，不过留名雅耳。其冶坊滨，余戏改为“野芳滨”，更不过脂乡粉队，徒形其妖冶而已。其在城中最著名之狮子林，虽曰云林手笔，且石质玲珑，中多古木，然以大势观之，竟同乱堆煤渣，积以苔藓，穿以蚁灾，全无山林气势。以余管窥[2]所及，不知其妙。灵岩山，为吴王馆娃宫[3]故址，上有西施洞、响屧廊[4]、采香径诸胜，而其势散漫，旷无收束，不及天平[5]支硎之别饶幽趣。

/注释/

1. 白公祠：白居易曾任苏州刺史，后人建立祠庙，称白公祠。

2. 管窥：从管中窥看物体，比喻目光短浅，见识有限。

3. 馆娃宫：吴王夫差为西施在苏州灵隐山上所建宫殿。

4. 响屧（xiè）廊：在吴王宫中，因为木屐过廊留声而得名。

5. 天平：即天平山，古称白云山，位于江苏省苏州市西郊，山势峭峻奇险，以“红枫、奇石、清泉”三绝著称，有“吴中第一山”之美誉。

/译文/

我们苏州虎丘山的最佳处，我认为是后山的千顷云，其次是剑池，其余的都是多半借助人工，并且被外在的装饰所污染，已经失去了山林本来的面目。即便是刚刚建成的白公祠、塔影桥，不过是徒留雅名罢了。冶坊滨，我戏改为“野芳滨”，更是像完全借助胭脂水粉的女子，徒具妖艳的外表而已。在城中最著名的要数狮子林，虽然是云林手笔，而且石头小巧玲珑，中间多有古树，然而以大势看它，竟如同乱堆中的煤渣，上面是一层苔藓，贯穿的是蚂蚁的洞穴，一点没有山林的气势。以我的目光短浅视野所及，真不知道它的妙处。灵岩山，就是吴王馆娃宫的旧址，上面有西施洞、响屧廊、采香径诸多名胜，然而它的气势散漫，空旷而没有收束，不及天平、支硎那里多有幽趣。

/原文/

邓尉山[1]一名元墓，西背太湖，东对锦峰，丹崖翠阁，望如图画，居人种梅为业，花开数十里，一望如积雪，故名“香雪海”。山之左有古柏四树，名之曰“清、奇、古、怪”：清者，一株挺直，茂如翠盖；奇者，卧地三曲，形同“之”字；古者，秃顶扁阔，半朽如掌；怪者，体似旋螺，枝干皆然。相传汉以前物也。

/注释/

1. 邓尉山：在苏州西南，因汉代邓尉隐居于此，故称。

/译文/

邓尉山又叫元墓，向西背对着太湖，向东面对着锦峰，红色的山崖翠绿的楼阁，远望如同图画一般，当地人以种植梅花为业，花开数十里，远远望去好像积雪一样，所以叫“香雪海”。山的左边有四棵古柏，取名叫作“清、奇、古、怪”。所谓清，就是整棵树挺拔耸直，茂盛得好像翠绿的车盖；所谓奇，就是倒在地上有三个弯曲，呈“之”字形；所谓古，就是树顶光秃呈又扁又宽之形，已经半是枯朽，好像老人的手掌；所谓怪，就是树干好像旋螺，树枝也是这样。相传是汉代以前的东西。

/原文/

乙丑[1]孟春，揖山尊人莼芗先生偕其弟介石，率子侄四人，往幞山家祠春祭，兼扫祖墓，招余同往。顺道先至灵岩山，出虎山桥，由费家河进香雪海观梅。幞山祠宇即藏于香雪海中。时花正盛，咳吐俱香。余曾为介石画《幞山风木图》十二册。是年九月，余从石琢堂殿撰赴四川重庆府之任。溯长江而上，舟抵皖城。皖山[2]之麓，有元季忠臣余公[3]之墓。墓侧有堂三楹，名曰“大观亭”。面临南湖，背倚潜山。亭在山脊，眺远颇畅。旁有深廊，北窗洞开。时值霜时初红，烂如桃李。同游者为蒋寿朋、蔡子琴。南城外又有王氏园，其地长于东西，短于南北，盖北紧背城，南则临湖故也。既限于地，颇难位置，而观其结构，作重台叠馆之法。重台者，屋上作月台为庭院，叠石栽花于上，使游人不知脚下有屋。盖上叠石者则下实，上庭院者则下虚，故花木仍得地气而生也。叠馆者，楼上作轩，轩上再作平台。上下盘折，重叠四层，且有小池，水不漏泄，竟莫测其何虚何实。其立脚全用砖石为之，承重处仿照西洋立柱法。幸面对南湖，目无所阻，骋怀游览，胜于平园。真人工之奇绝者也。

/注释/

1．乙丑：嘉庆十年，即 1805 年。

2．皖（wǎn）山：位于安庆市潜山县西部，又名潜山、天柱山。

3．余公：即余阙，字廷心，一字天心，元末官吏，曾坚守安庆数年，至正十八年（1358 年）城破自刎。谥忠宣。

/译文/

乾隆乙丑年的孟春时节，揖山尊人莼芗先生带着他的弟弟介石，率领儿子侄子四人，前往幞山家祠祭祀，扫祖墓，招呼我一同前往。顺道先到了灵岩山，走出虎山桥，从费家河进入香雪海观看梅花。幞山祠宇就藏在香雪海中，当时恰好梅花开得正盛，仿佛说话时都带着香气，我曾经为介石画了十二册《幞山风木图》。这一年的九月，我从石琢堂殿撰赴四川重庆府之任，沿着长江而上，乘船抵达皖城。皖山的山脚，有元代忠臣余公的陵墓，墓旁有三间房屋，名字叫“大观亭”，面对着南湖，背靠着潜山。亭子坐落在山脊上，向远处遥望视野十分开阔。旁边有长廊，北窗敞开，当时被霜气打过的树叶刚刚变红，灿烂夺目宛若桃李花开一般。和我一起同游的有蒋寿朋、蔡子琴。南城外又有王氏园，这个地方东西长，南北短，原来是北面紧靠着城、南面面对着湖的原因。既然限于地理环境，很难布局，然而观看它的结构，用了重台叠馆的设计方法。所谓重台，就是房屋上面作月台成为庭院，层叠石头在上面栽种花卉，使游人不知道脚下有房屋。原来是上面层叠石头下面是实的，上面是庭院的下面是虚的，所以花木依旧能够得到地气而生长。所谓叠馆，楼上搭建小屋，小屋上面再建平台。上下盘折，重叠四层，并且有小池，水不漏泄，竟然难以知道何者为虚何者为实。立脚的地方都用砖石，承重的地方则仿照西洋立柱的方法。多亏面对南湖，目光没有阻碍，敞开胸怀游览，感觉比平园好。真是人工当中的奇绝之物啊！

/原文/

武昌黄鹤楼[1]在黄鹄矶上，后拖黄鹄山，俗呼为蛇山。楼有三层，画栋飞檐，倚城屹峙，面临汉江，与汉阳晴川阁[2]相对。余与琢堂冒雪登焉。仰视长空，琼花风舞，遥指银山玉树，恍如身在瑶台。江中往来小艇，纵横掀播，如浪卷残叶，名利之心，至此一冷。壁间题咏甚多，不能记忆，但记楹对有云：

何时黄鹤重来，且共倒金樽，浇洲渚千年芳草；
但见白云飞去，更谁吹玉笛，落江城五月梅花。

/注释/

1. 黄鹤楼：位于湖北省武昌蛇山之巅，享有“天下江山第一楼”之美誉。

2. 晴川阁：位于湖北省汉阳龟山东麓禹功矶上，始建于明代嘉靖年间，得名于唐朝诗人崔颢“晴川历历汉阳树，芳草萋萋鹦鹉洲”诗句。

/译文/

武昌黄鹤楼坐落在黄鹄矶上，后面与黄鹄山绵延相接，俗称蛇山。楼有三层，画栋飞檐，靠着城高耸相对，面临汉江，与汉阳晴川阁相对。我和琢堂冒着雪登上那里，仰视长空，雪花飞舞，指着远方的银山玉树，恍然之间感觉自己身在瑶台之上。长江中来来往往的小船，横七竖八地在水中起伏，如同巨浪卷动着残败的树叶，此时，争名逐利之心顿时都消失了。墙壁上的题咏很多，具体已经记不清了，只是记得楹联楹对有云：

何时黄鹤重来，且共倒金樽，浇洲渚千年芳草；
但见白云飞去，更谁吹玉笛，落江城五月梅花。

/原文/

黄州赤壁在府城汉川门外，屹立江滨，截然如壁。石皆绛色，故名焉。《水经》[1]谓之赤鼻山，东坡游此作二赋，指为吴魏交兵处，则非也。壁下已成陆地，上有二赋亭。

/注释/

1.《水经》：中国第一部记述水系的专著，因记载过于简略，被郦道元改编为《水经注》。

/译文/

黄州赤壁在府城汉川门外，屹立在江边，与周边环境界限分明，如同墙壁一样。石头都是绛色，所以才命名赤壁。《水经注》里称为赤鼻山，苏东坡游览这里写了两篇赋，说是历史上吴国魏国交兵的地方，是不对的。赤壁下面已经变成陆地，上面有二赋亭。

/原文/

是年仲冬抵荆州[1]。琢堂得升潼关观察之信，留余住荆州。余以未得见蜀中山水为怅。时琢堂入川，而哲嗣[2]敦夫眷属及蔡子琴、席芝堂俱留于荆州。居刘氏废园[3]，余记其厅额曰“紫藤红树山房”。庭阶围以石栏，凿方池一亩。池中建一亭，有石桥通焉。亭后筑土垒石，杂树丛生。余多旷地，楼阁俱倾颓矣。客中无事，或吟或啸，或出游，或聚谈。岁暮虽资斧不继，而上下雍雍，典衣沽酒，且置锣鼓敲之。每夜必酌，每酌必令。窘则四两烧刀，亦必大施觞政。遇同乡蔡姓者，蔡子琴与叙宗系，乃其族子也。倩其导游名胜，至府学前之曲江楼。昔张九龄[4]为长史时，赋诗其上。朱子[5]亦有诗曰：“相思欲回首，但上曲江楼。”城上又有雄楚楼，五代时高氏所建，规模雄峻，极目可数百里。绕城傍水，尽植垂杨，小舟荡桨往来，颇有画意。荆州府署即关壮缪[6]帅府，仪门内有青石断马槽，相传即赤兔马食槽也。访罗含[7]宅于城西小湖上，不遇。又访宋玉[8]故宅于城北。昔庾信[9]遇侯景之乱[10]，遁归江陵，居宋玉故宅，继改为酒家，今则不可复识矣。

/注释/

1．荆州：今湖北江陵。

2．哲嗣：对别人之子的称呼。

3．刘氏废园：东汉末年，刘表为荆州牧，后来为刘备所得，这里是指其遗址。

4．张九龄：盛唐诗人，官至宰相，曾任荆州长史。

5．朱子：即朱熹，南宋理学家、教育家、文学家。

6．关壮缪（miù）：关羽，字云长，三国时蜀汉大将，卒谥“壮缪”。曾镇守荆州。

7. 罗含：东晋时人，致仕后在荆州城西建屋居住，阶前遍植兰菊。

8. 宋玉：战国时期楚国人，善写辞赋，代表作为《九辩》《高唐赋》《神女赋》等。

9. 庾（yǔ）信：字子山，南北朝时期文学家。自幼随父亲庾肩吾出入于萧纲的宫廷。侯景叛乱时，庾信逃往江陵，辅佐梁元帝。

10. 侯景之乱：指南北朝时期梁朝侯景发动的武装叛乱事件。侯景本为东魏叛将，被梁武帝萧衍所收留，因对梁朝与东魏通好心怀不满，遂起兵叛乱，攻占都城建康，掌控梁朝军政大权。后被部下杀死。

/译文/

这一年的仲冬抵达荆州。琢堂收到升迁潼关观察的信件，留我居住在荆州，我因为没有见到蜀中山水而怅恨不已。当时琢堂到了四川，而他的儿子敦夫、家属以及蔡子琴、席芝堂都留在了荆州，居住在刘氏的废园里。我记得他的厅堂题额是“紫藤红树山房”。庭院台阶用石栏围住，开凿一亩方池。池中建造一个亭子，有一座石桥通向那里。亭子后面筑土垒石，杂树丛生。其他的都是一些空地，楼阁都倾塌了。客中无事，有时吟诗作赋，有时出游闲玩，有时相聚闲谈。年底的时候虽然资财不足，然而上下和和美美，典卖衣衫买酒，并且准备好锣鼓敲打。每天夜晚都要喝酒，每次喝酒都要行酒令。窘迫时就买四两烧酒，也一定要大行酒令。遇到同乡姓蔡的人，蔡子琴和他叙宗系，原来是他同族的儿子，于是让他做导游带着我们游览名胜。到了府学前面的曲江楼，当年张九龄做荆州长史时，曾在上面赋诗，朱熹也有诗句说：“相思欲回首，但上曲江楼。”城上又有雄楚楼，五代时高氏所建。规模雄峻，极目远眺可望数百里。围绕着城流淌的水旁，种植的都是垂柳，有人划着船桨来来往往，颇有一番画意。荆州府署就是关壮缪帅府，仪门内有青石断马槽，相传就是赤兔马的食槽。在城西小湖上拜访罗含宅，没有找到。又到城北去拜访宋玉故宅。当年庾信遭遇侯景之乱，逃归到江陵，居住在宋玉故宅，继而改为酒家，现在已经无法辨识了。

/原文/

是年大除，雪后极寒。献岁发春，无贺年之扰。日惟燃纸炮、放纸鸢、扎纸灯以为乐。既而风传花信，雨濯春尘。琢堂诸姬携其少女幼子顺川流而下。敦夫乃重整行装，合帮而走。由樊城登陆，直赴潼关。

/译文/

这一年的除夕，雪后极为寒冷。步入新年春气发动，没有贺年的烦扰。每天只是放鞭炮、放风筝、扎纸灯为乐。过了不久，春风吹拂着花朵盛开，春雨浇濯着尘土，琢堂的妻妾带着孩子顺着川流而下，敦夫于是重整行装，一起离开了。从樊城登陆，直赴潼关。

/原文/

由山南阌乡县[1]西出函谷关，有“紫气东来[2]”四字，即老子乘青牛所过之地。两山夹道，仅容二马并行。约十里即潼关，左背峭壁，右临黄河。关在山河之间，扼喉而起，重楼垒垛，极其雄峻。而车马寂然，人烟亦稀。昌黎诗曰：“日照潼关四扇开[3]”，殆亦言其冷落耶？

/注释/

1. 阌（wén）乡县：在河南西部，今属灵宝县。

2. 紫气东来：传说老子过函谷关之前，关令尹喜子见有紫气从东而来，知道将有圣人经过。果然老子骑着青牛而来。后来就用紫气东来比喻吉祥的征兆。

3．日照潼关四扇开：语出韩愈《次潼关先寄张十二阁老使君》，“日照”，又作“日出”，“扇”又作“面”。原诗为韩愈在淮西凯旋途中所作，节奏明快，语意豪爽，无冷落之意。

/译文/

从山南阌乡县西边走出函谷关，有“紫气东来”四字，就是当年老子乘青牛所经过的地方。两山中间的夹道，只能容纳两匹马并驾前行。前行大约十里就是潼关，左边背对峭壁，右边面临黄河，潼关在山河之间扼咽喉而起，楼阁垛堞重重叠叠，极其雄伟险峻。然而没有车马之声，人烟也十分稀少。韩愈诗曰：“日照潼关四扇开”，大概也是说它的冷落吧？

/原文/

城中观察之下，仅一别驾[1]。道署[2]紧靠北城，后有园圃，横长约三亩。东西凿两池，水从西南墙外而入，东流至两池间，支分三道：一向南，至大厨房，以供日用；一向东入东池；一向北折西，由石螭[3]口中喷入西池，绕至西北，设闸泄泻，由城脚转北，穿窦而出，直下黄河。日夜环流，殊清人耳。竹树阴浓，仰不见天。西池中有亭，藕花绕左右。东有面南书室三间，庭有葡萄架，下设方石，可弈可饮，以外皆菊畦。西有面东轩屋三间，坐其中可听流水声。轩南有小门可通内室。轩北窗下另凿小池，池之北有小庙，祀花神。园正中筑三层楼一座，紧靠北城，高与城齐，俯视城外即黄河也。河之北，山如屏列，已属山西界。真洋洋大观也。余居园南，屋如舟式，庭有土山，上有小亭，登之可览园中之概。绿阴四合，夏无暑气。琢堂为余颜其斋曰“不系之舟”。此余幕游以来，第一好居室也。土山之间，艺菊数十种，惜未及含葩，而琢堂调山左廉访矣。眷属移寓潼川[4]书院，余亦随往院中居焉。

/注释/

1. 别驾：官职名，州刺史的佐吏。

2. 道署：道台官署。

3. 螭（chī）：无角的龙。

4. 潼川：今四川梓潼县。

/译文/

城中观察之下，只有一个别驾。道台的官衙紧靠北城，后面有园圃，大小大约有三亩。东边西边开凿了两处池塘，水从西南墙外面进入，向东流淌到两池之间，分流为三个分支：一处向南到大厨房，以供日常使用；一处向东流入东池；一处向北再折向西，从石螭口中喷入西池，绕到西北，设闸门泄泻。从城脚转向北方，穿洞而出，直接流入黄河。日夜不停地环绕流淌，让人的耳朵感到很清爽。竹子树木的绿荫很浓，抬头看不见天空。西边池塘中有亭子，莲花围绕在它的左右。东边有面向南方的三间书房，庭院中有葡萄架，下面放置方石，可以弈棋，也可以饮酒，除此之外都是栽种菊花的园地。边西有朝向东方的三间屋子，坐在里面可以听到流水的声音。屋子南边有一扇小门可以通向内室。屋子北边窗下另开凿了小池，小池的北边有小庙，是祭祀花神的。园子正中建筑一座三层楼，紧靠北城，与城一般高，俯视城外就是黄河。黄河的北面，群山如屏风排列，已经属于山西地界。真是洋洋大观啊！我居住在园子南边，房屋好像船一样的样式，庭院中有土山，上面有小亭子，登到上面可以观览园中的大概，四周绿树成荫，夏天也没有暑气。琢堂为我取斋名叫“不系之舟”。这是我幕游以来第一好的居室。土山之间，栽种菊花数十种，可惜的是还没有含苞待放，琢堂就被调任山左廉访了。家属移居到潼川书院，我也跟随着前往院中居住。

/原文/

琢堂先赴任，余与子琴、芝堂等无事，辄出游。乘骑至华阴[1]庙。过华封里，即尧时三祝[2]处。庙内多秦槐汉柏，大皆三四抱，有槐中抱柏而生者，柏中抱槐而生者。殿廷古碑甚多。内有陈希夷[3]书“福”“寿”字。华山之脚有玉泉院，即希夷先生化形骨蜕处。有石洞如斗室，塑先生卧像于石床。其地水净沙明，草多绛色，泉流甚急，修竹绕之。洞外一方亭，额曰“无忧亭”。旁有古树三株，纹如裂炭，叶似槐而色深，不知其名。土人即呼曰“无忧树”。太华[4]之高不知几千仞，惜未能裹粮往登焉。归途见林柿正黄，就马上摘食之。土人呼止弗听，嚼之涩甚，急吐去。下骑觅泉漱口，始能言，土人大笑。盖柿须摘下，煮一沸，始去其涩，余不知也。

/注释/

1. 华阴：县名，在陕西省东部。

2. 尧时三祝：传说唐尧游于华州时，封疆之人祝其长寿、富有和多男。后世便用“尧时三祝”指祝颂之词。

3. 陈希夷：陈抟，五代时道士，曾隐居华山，宋太宗赐号希夷先生。

4. 太华：即华山。

/译文/

琢堂先赴任，我和子琴、芝堂等闲来无事，就外出游览。乘着马车到了华阴庙。走过华封里，就是传说中尧时三祝的地方。庙内多是秦汉时期的古槐、古柏，都有三四抱那样粗，有槐树当中抱着柏树生长的，也有柏树当中抱着槐树生长的。大殿上有很多古碑，里面有陈抟所写的“福”字、“寿”字。华山山脚有玉泉院，就是传说中陈抟老祖羽化登仙的地方。有个石洞如斗室大小，在石床上有陈抟老祖的卧像。这里水流清澈能看见水底的沙子，草多为绛色，泉水流淌很湍急，高高的竹子环绕着它。洞外有一个方亭，题额曰“无忧亭”。旁边有三棵古树，纹理好像裂开的炭，叶子像槐树却比槐树颜色深，不知道它的名字，当地人称它“无忧树”。太华山不知道有几千仞高，可惜的是没有带着粮食前往登览。回来路上看见树上的柿子是橙黄的颜色，在马上摘取来吃，当地人喊着阻止，我也没听，一嚼，十分苦涩，赶忙吐掉，下马寻找泉水漱口，才能说话，当地人大笑。原来柿子须摘下来用沸水煮一下，才能去除掉它的涩味，我不知道啊。

/原文/

十月初，琢堂自山东专人来接眷属，遂出潼关，由河南入鲁。山东济南府城内，西有大明湖。其中有历下亭、水香亭诸胜。夏月柳阴浓处，菡萏[1]香来，载酒泛舟，极有幽趣。余冬日往视，但见衰柳寒烟，一水茫茫而已。趵突泉[2]为济南七十二泉之冠，泉分三眼，从地底怒涌突起，势如腾沸。凡泉皆从上而下，此独从下而上，亦一奇也。池上有楼，供吕祖[3]像，游者多于此品茶焉。明年二月，余就馆莱阳[4]。至丁卯[5]秋，琢堂降官翰林，余亦入都。所谓登州海市[6]，竟无从一见。

/注释/

1．菡（hán）萏（dàn）：荷花。

2．趵（bào）突泉：趵突泉位于济南市历下区，与济南千佛山、大明湖并称为济南三大名胜。被誉为“天下第一泉”。

3．吕祖：即吕洞宾，八仙之一。

4．莱阳：县名，位于山东省东部，以盛产梨而闻名，有梨乡之称。

5. 丁卯：嘉庆十二年，即 1807 年。

6. 登州海市：登州，在今山东蓬莱一带，在此地可以看见海市蜃楼。

/译文/

十月初，琢堂从山东专门来接家属，于是出潼关，从河南进入山东。山东济南府城内，西有大明湖，其中有历下亭、水香亭诸多名胜。夏天，柳荫浓浓的地方，微风吹来荷花的香气，划着船带着酒，极富幽雅的情趣。我在冬天的时候去看，只看见衰败的柳树寒冷的烟雾，整个水面一片茫茫而已。趵突泉是济南七十二泉之冠，泉水分三眼，从地底怒涌突起，气势如同水沸腾一样。凡是泉水都是从上而下，只有它从下而上，也是人间一奇。池水上面有楼阁，供奉着吕祖像，游览的人大多在这里品茶。第二年二月，我到莱阳做幕僚。到了丁卯年秋天，琢堂贬官翰林，我也跟随到了京都。所谓登州的海市蜃楼，竟然没有机缘见到。

卷五 中山记历

/原文/

嘉庆四年[1]，岁在己未，琉球国[2]中山王尚穆薨[3]。世子尚哲先七年卒，世孙尚温表请袭封。中朝怀柔远藩，锡以恩命，临轩召对，特简儒臣。

/注释/

1．嘉庆四年：即1799年。

2．琉球国：曾存在于琉球群岛的封建政权名，现已灭亡。中国与琉球王国的宗藩关系有五百多年之久。自明初以来，琉球不断向中国进贡，一直延续到清代。

3．薨（hōng）：古代称诸侯或有爵位的大官死去。

/原文/

于是，赵介山先生，名文楷，太湖人，官翰林院修撰，充正使。李和叔先生，名鼎元，绵州人，官内阁中书，副焉。介山驰书约余偕行，余以高堂垂老，惮[1]于远游。继思游幕二十年，遍窥两戒，然而尚囿[2]方隅之见，未观域外，更历瀴溟[3]之胜，庶广异闻。禀商吾父，允以随往。从客凡五人：王君文诰，秦君元钧，缪君颂，杨君华才，其一即余也。

/注释/

1．惮（dàn）：怕，畏惧。

2．囿（yòu）：拘泥。

3．瀴（yīng）溟（míng）：指水的悠远缥缈。

/原文/

五年五月朔日，随荡节以行，祥飙[1]送风，神鱼扶舳[2]，计六昼夜，径达所届。

/注释/

1．祥飙（biāo）：大风。

2．舳（zhú）：指船。

/原文/

凡所目击，咸登掌录。志山水之丽崎，记物产之瑰怪，载官司之典章，嘉士女之风节。文不矜奇，事皆证实。自惭谫陋[1]，甘贻测海之嗤；要堪传言，或胜凿空之说云尔。

/注释/

1．谫（jiǎn）陋：浅薄之意。

/原文/

五月朔日[1]，恰逢夏至，祓被[2]登舟。向来封中山王，去以夏至，乘西南风，归以冬至，乘东北风，风有信也。舟二，正使与副使共乘其一，舟身长七尺，首尾虚艄三丈，深一丈三尺，宽二丈二尺，较历来封舟，儿小一半。前后各一桅，长六丈有奇，围三尺；中舱前一桅，长十丈有奇，围六尺，以番木为之。通计二十四舱，舱底贮石，载货十一万斤有奇，龙口置大炮一，左右各置大炮二，兵器贮舱内。大桅下，横大木为辘轳[3]，移炮升篷皆仗之。挚以数十人，舱面为战台，尾楼为将台，立帜列藤牌[4]，为使臣厅事。下即舵楼，舵前有小舱，实以沙布针盘。中舱梯而下，高可六尺，为使臣会食地。前舱贮火药贮米，后以居兵。稍后为水舱，凡四井。二号船称是。每船约二百六十余人，船小人多，无立锥处。风信已届，如欲易舟，恐延时日也。

/注释/

1. 朔日：农历每月的第一天。

2. 袱（fú）被：用藤条做成的盾牌。

3. 辘（lù）轳（lu）：古代提水设施，流行于北方地区。由辘轳头、支架、井绳、水斗等部分构成。

4. 藤牌：藤条制成的盾牌。

/原文/

初二日，午刻[1]，移泊鳌门。申刻[2]，庆云见于西方，五色轮囷，适与楼船旗帜，上下辉映，观者莫不叹为奇瑞。或如玄圭，或如白珂，或如灵芝，或如玉禾，或如绛绡，或如紫纶，或如文杏之叶，或如含桃之颗，或如秋原之草，或如春湘之波。向读屠长卿[3]赋，今始知其形容之妙也。

/注释/

1. 午刻：即午时，十一点到十三点。

2. 申刻：即申时，十五点到十七点。

3. 屠长卿：屠隆，字长卿，号赤水，明代文学家、戏曲家。

/原文/

画士施生，为《航海行乐图》，甚工。余见兹图，遂乃搁笔。香崖虽善画，亦不能为此。

初四日，亥刻起碇，乘潮至罗星塔[1]。海阔天空，一望无际。余妇芸娘，昔游太湖，谓得天地之宽，不虚此生，使观于海，其愉快又当何如？

/注释/

1. 罗星塔：闽江下游三水汇合处的福州马尾港，有罗星山，位在江心，山顶屹立一塔，便是罗星塔。有“中国塔”之誉。

/原文/

初九日，卯刻[1]，见彭家山，列三峰，东高而西下。申刻，见钓鱼台，三峰离立，如笔架，皆石骨。惟时水天一色，舟平而驶，有白鸟无数，绕船而送，不知所自来。

/注释/

1. 卯刻：即卯时，指上午五点到七点。

/原文/

入夜，星影横斜，月光破碎，海面尽作火焰，浮沉出没，木华[1]《海赋》所谓“阴火潜然”者也。

/注释/

1. 木华：西晋辞赋家，字玄虚，今存《海赋》一篇，描写大海气势浩瀚，物产丰富，多神怪精灵，写得壮丽多姿。

/原文/

初十日，辰正，见赤尾屿[1]。屿方而赤，东西凸而中凹，凹中又有小峰二。船从山北过，有大鱼二，夹舟行，不见首尾，脊黑而微绿，如十围枯木，附于舟侧。舟人以为风暴将起，鱼先来护。午刻，大雷雨以震，风转东北。舵无主，舟转侧甚危。幸而大鱼附舟，尚未去。忽闻霹雳一声，风雨顿止。申刻，风转西南且大，合舟之人，举手加额，咸以为有神助。得二诗以志之。诗云：“平生浪迹遍齐州，又附星槎[2]作远游。鱼解扶危风转顺，海云红处是琉球。”“白浪滔滔撼大荒，海天东望正茫茫。此行足壮书生胆，手挟风雷意激昂。”自谓颇能写出尔时光景。

/注释/

1. 赤尾屿：位于台湾附属岛屿之钓鱼岛列屿的最东端，为古代中原王朝自海上入琉球国的必经之地。清代册封琉球使李鼎元在《使琉球记》中记载：“赤尾屿，屿方而赤，东西凸而中凹，凹中又有一峰。”

2．星槎（chá）：往来于天河的木筏。传说古代天河与海相通，曾有人从海边乘槎到天河，遇见牛郎织女。

/原文/

十一日，午刻，见姑米山[1]。山共八岭，岭各一二峰，或断或续。未刻，大风暴雨如注，然雨虽暴而风顺。酉刻，舟已近山。琉球人以姑米多礁，黑夜不敢进，待明而行，亦不下碇，但将篷收回，顺风而立，则舟荡漾而不能退。戌刻，舟中举号火，姑米山有火应之。询知为球人暗令，日则放炮，夜则举火，仪注所谓得信者，此也。

/注释/

1．姑米山：久米岛，古称姑米山、古米山，为琉球列岛冲绳群岛的岛屿。

/原文/

十二日，辰刻，过马齿山[1]。山如犬羊相错，四峰离立，若马行空。计又行七更，船再用甲寅针[2]，取那霸港，回望见迎封船在后，共相庆幸。历来针路所见，尚有小琉球、鸡笼山、黄麻屿，此行俱未见。问知琉球伙长，年已六十，往来海面八次，每度细审，得其准的，以为不出辰卯二位，而乙卯位单，乙针尤多，故此次最为简捷，而所见亦仅三山，即至姑米。针则开洋用单辰，行七更后，用乙辰，自后尽用乙。过姑米，乃用乙卯，惟记更以香，殊难凭准。念五虎门至官塘，里有定数，因就时辰表按时计里，每时约行百有十里。自初八日未时开洋，讫十二日辰时，计共五十八时。初十日暴风停两时，十一日夜畏触礁停三时，实行五十三时，计程应得五千八百三十里。计到那霸港，实洋面六千里有奇。据琉球伙长云：海上行舟，风小固不能驶，风过大亦不能驶。风大则浪大，浪大力能壅船，进尺仍退二寸。惟风七分，浪五分，最宜驾驶，此次是也。从来渡海，未有平稳而驶如此者。于时球人驾独木船数十，以纤挽舟而行，迎封三接如仪。辰刻，进那霸港。先是，二号船于初十日望不见，至是乃先至，迎封船亦随后至，齐泊临海寺前。伙长云：从未有三舟齐到者。

/注释/

1. 马齿山：属琉球国境。

2. 甲寅针：古代航海时所用的罗盘。

/原文/

午刻登岸，倾国人士，聚观于路，世孙率百官迎诏如仪。世孙年十七，白皙而丰颐，仪度雍容，善书，颇得松雪[1]笔意。按《中山世鉴》[2]：隋使羽骑尉朱宽至国，于万涛间见地形如虬龙浮水，始曰"流虬"。而《隋书》又作"流求"，《新唐书》作"流鬼"，《元史》又作"瑠求"，明复作"琉球"。《世鉴》又载：元延祐元年，国分为三大里，凡十八国，或称山南王，或称山北王。余于中山南山游历几遍，大村不及二里，而即谓之国，得勿夸大乎？琉人每言大风，必曰台飓。按韩昌黎诗："雷霆逼飓䬁。"是与飓同称者为䬁。《玉篇》："䬁，大风也，于笔切。"《唐书·百官志》："有䬁海道。"或系球人误书。《隋书》称琉球有虎、狼、熊、罴，今实无之。又云：无牛羊驴马，驴诚无，而六畜无不备，乃知书不可尽信也。

/注释/

1. 松雪：即赵孟頫，元代书法家，号松雪。

2. 《中山世鉴》：全称《琉球国中山世鉴》，六卷。该书是琉球王国国史，为琉球国按司向象贤所撰。

/原文/

天使馆西向，仿中华廨署，有旗杆二，上悬册封黄旗。有照墙，有东西辕门，左右有鼓亭，有班房。大门署曰“天使馆”，门内廊房各四楹。仪门署曰“天泽门”，万历中使臣夏子阳题，年久失去，前使徐葆光补出。门内左右各十一间，中有甬道。道西榕树一株，大可十围，徐公手植。最西者为厨房，大堂五楹，署曰“敷命堂”，前使汪楫题。稍北葆光额曰“皇纶三锡”。堂后有穿堂，直达二堂，堂五楹，中为正副使会食之地，前使周公署曰“声教东渐”。左右即寝室。堂后南北各一楼，南楼为正使所居，汪楫额曰“长风阁”，北楼为副使所居，前使林麟焻额曰“停云楼”，额北有诗碑，乃海山先生所题也。周砺礁石为垣，望同百雉。垣上悉植火凤，干方，无花有刺，似霸王鞭，叶似慎火草，俗谓能避火，名吉姑罗。南院有水井。楼皆上覆瓦，下砌方砖。院中平似沙，桌椅床帐，悉仿中国式。寄尘得诗四首，有句云：“相看楼阁云中出，即是蓬莱岛上居。”又有句云：“一舟剪径凭风信，五日飞帆驻月楂。”皆真情真境也。

孔子庙在久米村，堂三楹，中为神座，如王者垂旒[1]搢圭，而署其主曰“至圣先师孔子神位”。左右两龛[2]，龛二人立侍，各手一经，标曰“《易》《书》《诗》《春秋》”，即所谓四配也。堂外为台，台东西拾级以登，栅如棂[3]星门。中仿戟门，半树塞以止行者。其外临水为屏墙。堂之东为明伦堂，堂北祀启圣。久米士之秀者，皆肄业其中，择文理精通者为之师，岁有廪给，丁祭一如中国仪。敬题一诗云：“洋溢声名四海驰，岛邦也解拜先师。庙堂肃穆垂旒贵，圣教如今治九夷。”

/注释/

1. 旒（liú）：古代皇帝礼帽前后的玉串。

2．龛（kān）：供奉佛像、神位等的小阁子。

3．棂（líng）：古代窗户上的窗格子。

/原文/

用伸仰止之忱。

国中诸寺，以圆觉为大。渡观莲塘桥，亭供辨才天女，云即斗姥[1]。将入门，有池曰圆鉴，荇藻交横，芰荷[2]半倒。门高敞，有楼翼然。左右金刚四，规格略仿中国。佛殿七楹。更进，大殿亦七楹，名龙渊殿。中为佛堂，左右奉木主，亦祀先王神位，兼祀祧主。左序为方丈，右序为客座，皆设席，周缘以布，下衬极平而净，名曰踏脚绵。方丈前为蓬莱庭。左为香积厨，侧有井，名不冷泉。客座右为古松岭，异石错舛[3]，列于松间。左厢为僧寮，右厢为狮子窟。僧寮南有乐楼，楼南有园，饶花木，此乃圆觉寺之胜概也。

/注释/

1．斗姥：古代传说中的神仙，又称斗姆、斗母，为北斗众星之母。

2．芰（jì）荷：指菱叶与荷叶。

3．错舛（chuǎn）：错乱，不正常。

/原文/

又有护国寺，为国王祷雨之所。龛内有神，黑而裸，手剑立，状甚狰狞。有钟，为前明景泰七年铸。寺后多凤尾蕉，一名铁树。又有天王寺，有钟，亦为景泰七年铸。又有定海寺，有钟，为前明天顺三年铸。至于龙渡寺、善兴寺、和光寺，荒废无可述者。

此邦海味，颇多特产，为中国之所罕见。一石鉅，似墨鱼而大，腹圆如蜘蛛，双须八手，攒生两肩，有刺，类海参，无足无鳞介，如鲍鱼。登莱有所谓八带鱼者，以形考之，殆是石鉅，或即乌贼之别种欤？一海蛇，长三尺，僵直如朽索，色黑，状狰狞，土人云能杀虫、疗痼、已疬，殆永州异蛇类，土俗甚重之，以为贵品。一海胆，如蝟，剥皮去肉，捣成泥，盛以小瓶，可供馔。一寄生螺，大小不一，长圆各异，皆负壳而行。螺中有蟹，两螯八跪，跪四大四小，以大跪行，螯一大一小，小者常隐，大者以取食，触之则大跪尽缩，以一大螯拒户，蟹也而有螺性。《海赋》所云“璅蛣腹蟹”，岂其类欤？《太平广记》[1]谓蟹入螺中，似先有蟹。然取置碗中以观其求脱之势，力猛壳脱，顷刻死，则又与壳相依为命。造物不测，难以臆度也。一沙蟹，阔而薄，两螯大于身，甲小而缺其前，缩两螯以补之，若无缝，八跪特短，脐无甲，尖团莫辨，见人则凹双睛，噀水高寸许，似善怒。养以沙水，经十余日，不食亦不死。一蚶，径二尺以上，围五尺许，古人所谓屋瓦子，以壳形凹凸，像瓦屋也。一海马肉，薄片回屈如刨花，色如片茯苓，品之最贵者，不易得，得则先以献王。其状鱼身马首，无毛而有足，皮如江豚。此皆海味之特产也。

/注释/

1.《太平广记》：古代文言小说的第一部总集。宋代李昉、徐铉等人奉宋太宗之命编纂。因成书于宋太平兴国年间，故名。

/原文/

此邦果实，亦有与中国不同者。蕉实状如手指，色黄，味甘，瓣如柚，亦名甘露。初熟色青，以糖覆之则黄，其花红，一穗数尺。瓤须五六出，岁实为常，实如其须之数。中国亦有蕉，不闻岁结实，亦无有抽其丝作布者，或其性殊欤？

布之原料，与制布之法，亦有与中国异者。一曰蕉布，米色，宽一尺，乃芭蕉沤抽其丝织成，轻密如罗。一曰苎布[1]，白而细，宽尺二寸，可敌棉布。一曰丝布，白而棉软，苎经而丝纬，品之最尚者。《汉书》所谓蕉、筒、荃、葛，即此类也。一曰麻布，米色而粗，品最下矣。国人善印花，花样不一，皆剪纸为范，加范于布，涂灰焉，灰干去范，乃着色，干而浣之，灰去而花出，愈浣而愈鲜，衣敝而色不退。此必别有制法，秘不语人，故东洋花布，特重于闽也。

/注释/

1. 苎（zhù）布：用苎麻的茎皮纤维作原料织成的布帛。

/原文/

此邦草木，多与中国异称，惜未携《群芳谱》来，一一辨证之耳。“罗汉松”谓之樫木，“冬青”谓之福木，“万寿菊”谓之禅菊。“铁树”谓之凤尾蕉，以叶对出形似也；亦谓之海棕榈，以叶盖头形似也。有携至中华以为盆玩者，则谓之万年棕云。凤梨开花者谓之男木，白瓣若莲，颇香烈，不实。无花者谓之女木，而实大，如瓜可食。或云即波罗蜜别种，球人又谓之阿旦呢。月橘，谓之十里香，叶如枣，小白花，甚芳烈，实如天竹子，稍大。闻二月中红，累累满树，若火齐然。惜余未及见也。球阳地气多暖，时届深秋，花草不杀，蚊雷不收，荻花盛开。野牡丹二三月开，至八月复花累累如铃铎，素瓣，紫晕，檀心，圆而大，颇芳烈。佛桑四季皆花，有白色，有深红、粉红二色。因得一诗，诗云：“偶随使节泛仙槎，日日春游玩物毕。天气常如二三月，山林不断四时花。”亦真情真景也。球人嗜兰，谓之孔子花，陈宅尤多异产。有风兰，叶较兰稍长，篾竹为盆，挂风前，即蕃衍。有名护兰，叶类桂而厚，稍长如指，花一箭八九出，以四月开，香胜于兰，出名护岳岩石间，不假水土，或寄树桠，或裹以棕而悬之，无不茂。有粟兰，一名芷兰，叶如凤尾花，作珍珠状。有棒兰，绿色，茎如珊瑚，无叶，花出桠间，如兰而小，亦寄树活。又有西表松兰、竹兰之目，或致自外岛，或取之岩间，香皆不减兰也。因得一诗，诗云："移根绝岛最堪夸，道是森森阙里花。不比寻常凡草木，春风一到即繁华。"题诗既毕，并为写生，愧无黄筌[1]之妙笔耳。

/注释/

1．黄筌：字要叔，五代时西蜀宫廷画家，擅画花鸟、墨竹。

/原文/

沿海多浮石，嵌空玲珑，水击之，声作钟磬，此与中国彭蠡之口石钟山[1]相似。

/注释/

1．石钟山：位于江西省九江市湖口县境内，长江与鄱阳湖交汇处。因山石多隙，水石相搏，击出如钟鸣之声而得名。北宋大文学家苏轼曾夜泊山下，撰写《石钟山记》。

/原文/

闲居无可消遣，与施生弈，用琉球棋子。白者磨螺之封口石为之，内地小螺拒户有圆壳，海蝼大者，其拒户之壳，厚五六分，径二寸许，圆白如砗磲[1]，土人名曰封口石。黑者磨苍石为之，子径六分许，围二寸许，中凹而四周削，无正背面，不类云南子式。棋盘以木为之，厚八寸，四足，足高四寸，面刻棋路。其俗好弈，举棋无不定之说，颇亦有国手，局终数空眼多少，不数实子，数正同。相传国中供奉棋神，画女相如仙子，不令人见，乃国中雅尚也。

/注释/

1．砗（chē）磲（qú）：软体海洋动物，是海洋中最大的双

壳贝类，被称为“贝王”。

/原文/

六月初八日辰刻，正副使恭奉谕祭文及祭银焚帛，安放龙彩亭内，出天使馆东行，过久米林，泊村，至安里桥，即真玉桥，世孙跪接如仪，即导引入庙。礼毕，引观先王庙。正庙七楹，正中向外，通为一龛，安奉诸王神位。左昭自舜马至尚穆，共十六位，右穆自义本至尚敬，共十五位。是日球人观者，弥山匝地，男子跪于道左，女子聚立远观。亦有施帷挂竹帘者，土人云系贵官眷属。女皆黥首，指节为饰，甚者全黑，少者间作梅花斑。国俗不穿耳，不施脂粉，无珠翠首饰。人家门户，多树石敢当[1]碣，墙头多植吉姑罗，或柔树，剪剔极齐整。

/注释/

1. 石敢当：古代宅院外或街衢巷口建筑的小石碑，用来驱邪。因碑上刻石敢当字样，故名之。

/原文/

国人呼中国为唐山，呼华人为唐人。

球地皆土沙，雨过即可行，无泥泞。奥山有却金亭，前明册使陈给事侃，归时却金，故国人造亭以表之。

辨岳，在王宫东南三里许，过圆觉寺，从山脊行，水分左右，堪舆家谓之过峡，中山来脉也。山大小五峰，最高者谓之辨岳，灌木密覆。前有石柱二，中置栅二，外板阁二。少左，有小石塔，左右列石案五。折而东，数十级至顶，有石垆二，西祭山，东祭海岳之神。曰祝，祝谓是天孙氏第二女云。国王受封，必斋戒亲祭。正五九月，祭山海及护国神，皆在辨岳也。

波上、雪崎及龟山，余已游遍，而要以鹤头为最胜。随正副使往游，陟其巅，避日而坐，草色粘天，松阴匝地，东望辨岳，秀出天半，王宫历历如画。其南，则近水如湖，远山如岸，丰见城巍然突出，山南王之旧迹犹有存者。西望马齿、姑米，出没隐见，若近若远，封舟之来路也。北俯那霸、久米，人烟辐辏[1]，举凡山川灵异，草木阴翳[2]，鱼鸟沉浮，云烟变灭，莫不争奇献巧，毕集目前。乃知前日之游，殊为鲁莽。梁大夫小具盘樽，席地而饮，余亦趣仆以酒肴至。未申之交，凉风乍生，微雨将洒，乃移樽登舟。时海潮正涨，沙岸弥漫，遂由奥山南麓折而东北，山石嵌空欲落，海燕如鸥，渔舟似织。俄而返照入山，冰轮出水，文鳐无数，飞朝潮头。与介山举觞弄月，击楫而歌，樽不空，客皆醉。越渡里村，漏已三下。却金亭前，列炬如昼，迎者倦矣。乃相与步月而归，为中山第一游焉。

/注释/

1. 辐（fú）辏（còu）：形容人或物聚集像车辐集中于车毂一样。也作辐凑。

2. 阴翳（yì）：阴霾，阴云。

/原文/

泉崎桥桥下，为漫湖浒。每当晴夜，双门供月，万象澄清。如玻璃世界，为中山八景之一。旺泉味甘，亦为中山八景之一。王城有亭，依城望远，因小憩亭中，品瑞泉，纵观中山八景。八景者，泉崎夜月、临海潮声、久米竹篱、龙洞松涛、笋崖夕照、长虹秋霁、城岳灵泉、中岛蕉园也。亭下多棕榈紫竹，竹丛生，高三尺余，叶如棕，狭而长，即所谓观音竹也。亭南有蚶壳，长八尺许，贮水以供盥，知大蚶不易得也。

国人浣漱不用汤，家竖石桩，置石盂或蚶壳其上，贮水。旁置一柄筒，晓起，以筒盛水浇而盥漱之，客至亦然。

地多草，细软如毯，有事则取新沙覆之。国人取玳瑁[1]之甲以为长簪，传到中国，率由闽粤商贩。球人不知贵，以为贱品。昆山之旁，以玉抵鹊，地使然也。

/注释/

1. 玳（dài）瑁（mào）：一种类似龟的海洋动物，古代常用它做成装饰物。

/原文/

丰见山顶，有山南王第故城。徐葆光诗有“颓垣宫阙无全瓦，荒草牛羊似破村”之句。王之子孙，今为那姓，犹聚居于此。

辻山，国人读为失山，琉球字皆对音，十失无别，疑迭之误也。副使辑《球雅》，谓一字作二三字读，二三字作一字读者，皆义而非音，即所谓寄语，国人尽知之。音则合百余字或十余字为一音，与中国音迥异。国中惟读书通文理者，乃知对音，庶民皆不知也。久米官之子弟，能言，教以汉语，能书，教以汉文。十岁称“若秀才”，王给米一石。十五薙[1]发，先谒孔圣，次谒国王，王籍其名，谓之“秀才”，给米三石。长则选为通事，为国中文物声名最，即明三十六姓后裔也。那霸人以商为业，多富室。明洪武初，赐闽人三十六姓善操舟者，往来朝贡，国中久米村，梁、蔡、毛、郑、陈、曾、阮、金等姓，乃三十六姓之裔，至今国人重之。

/注释/

1. 薙（tì）：相当于“剃”。

/原文/

与寄公谈玄理，颇有入悟处，遂与唱和成诗。法司蔡温、紫金大夫程顺则、蔡文溥，三人集诗，有作者气。顺则别著《航海指南》，言渡海事甚悉。蔡温尤肆力于古文，有《蓑翁语录》《至言》等目，语根经学，有道学气，出入二氏之学，盖学朱子而未纯者。

琉球山多瘠硗，独宜薯。父老相传，受封之岁，必有丰年。今岁五月稍旱，幸自后雨不愆期，卒获大丰，薯可四收，海邦臣民，倍觉欢欣。佥[1]曰："非受封岁，无此丰年也。"

/注释/

1. 佥（qiān）：相当于"都"。

/原文/

六月初旬，稻已尽收。球阳地气温暖，稻常早熟，种以十一月，收以五六月。薯则四时皆种，三熟为丰，四熟则为大丰。稻田少，薯田多，国人以薯为命，米则王宫始得食。亦有麦豆，所产不多。五月二十日，国中祭稻神。此祭未行，稻虽登场，不敢入家也。

七月初旬始见燕，不巢入屋。中国燕以八月归，此燕疑未入中国者，其来以七月，巢必有地。别有所谓海燕，较紫燕稍大，而白其羽，有全白似鸥者，多巢岛中，间有至中国，人皆以为瑞。应潮鸡，雄纯黑，雌纯白，皆短足长尾，驯不避人。香崖购一小犬，而毛豹斑，性灵警，与饭不食，与薯乃食，知人皆食薯矣。鼠雀最多，而鼠尤虐。亦有猫，不知捕鼠，邦人以为玩，乃知物性亦随地而变。鹰、雁、鹅、鸭特少。

枕有方如圭者，有圆如轮而连以细轴者，有如文具藏数层者，制特精，皆以木为之，率宽三寸，高五寸，漆其外，或黑或朱，立而枕之，反侧则仆。按《礼记·少仪》注："颖，警枕也。"谓之颖者，颖然警悟也。又司马文正公[1]以圆木为警枕，少睡则转而觉，乃起读书，此殆警枕之遗。

/注释/

1. 司马文正公：即北宋文学家司马光，谥号文正。

/原文/

衣制皆宽博交衽，袖广二尺，口皆不缉，特短袂，以便作事。襟率无纽带，总名衾。男束大带，长丈六尺、宽四寸以为度，腰围四五转，而收其垂于两肋间，烟包、纸袋、小刀、梳、篦之属，皆怀之，故胸前襟带挡起凸然。其肋下不缝者，惟幼童及僧衣为然。僧别有短衣如背心，谓之断俗，此其概也。帽以薄木片为骨，叠帕而蒙之，前七层，后十一层。花锦帽远望如屋漏痕者，品最贵，惟摄政王叔国相得冠之。次品花紫帽，法司冠之。其次则纯紫。大略紫为贵，黄次之，红又次之，青绿斯下。各色又以绫为贵，绢为次。国王未受封时，戴乌纱帽，双翅侧冲上向，盘金，朱缨垂颔，下束五色绦，至是冠皮弁[1]，状如中国梨园演王者便帽，前直列花瓣七，衣蟒腰玉。

/注释/

1. 皮弁（biàn）：古冠名。用白鹿皮制成。

/原文/

肩舆如中国饼桥，中置大椅，上施大盖，无帷幔，辕粗而长，无绊，无横木，以八人左右肩之而行。

杜氏《通典》[1]载琉球国俗，谓妇人产必食子衣，以火自炙，令汗出。余举以问杨文凤然乎？对曰："火炙诚有之，食衣则否。"即今中山已无火炙俗，惟北山犹未尽改。

/注释/

1. 《通典》：唐杜佑撰，中国历史上第一部体例完备的记载历代典章制度的史书。

/原文/

嫁娶之礼，固陋已甚。世家亦有以酒肴珠贝为聘者，婚时即用本国轿，结彩鼓乐而迎，不计妆奁[1]，父母送至夫家即返，不宴客。至亲具酒贺，不过数人。《隋书》云：琉球风俗，男女相悦，便相匹偶。盖其旧俗也。询之郑得功，郑得功曰：“三十六姓初来时，俗尚未改，后渐知婚礼，此俗逐革。今国中有夫之妇，犯奸即杀。”余始悟琉球所以号守礼之国者，亦由三十六姓教化之力也。

/注释/

1．妆奁（lián）：原指女子梳妆打扮时所用的镜匣。后引申而泛指随出嫁女子带往男家的嫁妆。

/原文/

小民有丧，则邻里聚送，观者护丧，掩毕即归。宦家则同官相知者，亦来送柩，出即归，大都不宴客。题主官率皆用僧，男书圆寂[1]大禅定，女书禅定尼，无考妣[2]称，近日宦家亦有书官爵者。棺制三尺，屈身而殓之，近宦家亦有长五六尺者，民则仍旧。

/注释/

1．圆寂：佛教用语。梵语的意译，音译作“涅槃”。谓诸德圆满、诸恶寂灭，以此为佛教修行理想的最终目的。故后称僧尼死为圆寂。

2．考妣（bǐ）：古代称已死的父母。父亲死后称“考”，母亲死后称“妣”。

/原文/

此邦之人，肘比华人稍短，《朝野佥载》[1]亦谓人形短小似昆仑。余所见士大夫短小者固多，亦有修髯丰颐者，颀而长者，胖而腹腰十围者，前言似未足信。人体多狐臭，古所谓愠羝也。世禄之家皆赐姓，士庶率以田地为姓，更无名，其后裔则云某氏之子孙几男，所谓田米私姓也。

/注释/

1.《朝野佥载》：唐代笔记小说集，张鷟撰。此书记载朝野逸闻，尤多武后朝事。

/原文/

国中兵刑惟三章：杀人者死，伤人及重罪徒，轻罪罚日中晒之，计罪而定其日。国中数年无斩犯，间有犯斩罪者，又率引刀自剖腹死。

七月十五夜，开窗见人家门外皆列火炬二，询之土人，云：国俗于十五日盆祭，预期迎神，祭后乃去之。盆祭者，中国所谓盂兰会[1]也。连日见市上小儿各手一纸幡，对立招展，作迎神状，知国俗盆祭祀先，亦大祭矣。

/注释/

1.盂（yú）兰会：农历七月初七，是古人祭祀祖先的日子，也是佛教徒追念在天之灵的祭日，称“盂兰盆会”。

/原文/

龟山南岸有窑，国人取车螯大蚶之壳以煅，塈灰壁不及石灰，而粘过者。再东北有池，为国人煮盐处。

七月二十五日，正副使行册封礼，途中观者益众。上万松岭，迤逦[1]而东，衢道修广，有坊，榜曰“中山道”，又进一坊，榜曰“守礼之邦”。世孙戴皮弁，服蟒衣，腰玉带，垂裳结佩，率百官跪迎道左。更进为欢会门，踞山巅，叠礁石为城，削磨如壁，有鸟道，无雉堞[2]，高五尺以上，远望如聚髑髅。始悟《隋书》所谓王居多聚髑髅于其下者，乃远望误于形似，实未至城下也。城外石崖，左镌“龙冈”字，右镌“虎崒”字。

/注释/

1. 迤（yǐ）逦（lǐ）：曲折连绵的样子。

2. 雉（zhì）堞（dié）：古代城墙上掩护守城人用的矮墙，也泛指城墙。

/原文/

王宫西向，以中国在海西，表忠顺面向之意。后东向为继世门，左南向为水门，右北向为久庆门。再进层崖，有门西北向曰瑞泉，左右甬道，有左掖、右掖二门。更进有漏西向，榜曰“刻漏”，上设铜壶漏水。更进有门西北向，为奉神门，即王府门也。殿廷方广十数亩，分砌二道。由甬道进至阙廷，为王听政之所。壁悬伏羲画卦像，龙马负图立其前，绢色苍古，微有剥蚀，殆非近代物。北宫殿屋固朴，屋举手可接，以处山冈，且阻海飓。面对为南宫。此日正副使宴于北宫，大礼既成，通国欢忭[1]。闻国王经行处，悉有彩饰，泉崎道旁，列盆花异卉，绕以朱栏，中刻木作麒麟形，题曰：“非龙非彪，非熊非罴，王者之瑞兽。”天妃宫前，植大松六，叠假山四，作白鹤二，生子母鹿三。池上结棚，覆以松枝，松子垂如葡萄。池中刻木鲤大小五，令浮水面。环池以竹，栏旁有坊曰偕乐坊，柱悬一版，题曰：“鹿濯濯，鸟翯翯[2]，牣[3]鱼跃。”归而述诸副使，副使曰：“此皆志略所载，事隔数十年。一字不易，可谓印板文字矣。”从客皆笑。

/注释/

1. 欢忭（biàn）：喜悦，快乐。

2. 鹿濯濯，鸟翯翯：濯（zhuó）濯：肥泽的样子。翯（hè）翯：羽毛白而有光泽。这里是形容鸟兽和美的样子。典出《诗·大雅·灵台》：“麀鹿濯濯，白鸟翯翯。”毛传：“濯濯，娱游也。”

郑玄笺："鸟兽肥盛喜乐。"孔颖达疏："娱乐游戏，亦由肥泽故也。"

3．牣（rèn）：满的意思。

/原文/

宜野湾县有龟寿者，事继母以孝，国人莫不闻。母爱所生子，而短龟寿于其父伊佐前，且不食以激其怒。伊左惑之，欲死龟寿，将令深夜汲北宫，要而杀之。仆匿龟寿于家，往谏伊佐，伊佐缚而放之，且谓事已露，不可杀，乃逐龟寿。龟寿既被放，欲自尽，又恐张母恶。值天雨雹，病不支，僵卧于路。巡官见之，近而抚其体犹温，知未死，覆以己衣。渐苏，徐诘其故，龟寿不欲扬父母之恶，饰词告之。初，巡官闻孝子龟寿被放，意不平，至是见言语支吾，疑即龟寿，赐衣食令去。密访得其状，乃传集村人，系伊佐妻至，数其罪而监之。将告于王，龟寿愿以身代，巡官不忍伤孝子心，召伊佐夫妇面谕之。妇感悟，卒为母子如初。副使既为之记，余复为诗以表章之，诗云："辅轩问俗到球阳，潜德端须为阐扬。诚孝由来能感格，何殊闵损与王祥。"以为事继母而不能尽孝者劝。

经迭山墟方集，因步行集中，观所市物，薯为多，亦有鱼、盐、酒、菜、陶、木器、蕉苎、土布，粗恶无足观者。国无肆店，率业于其家。市货以有易无，不用银钱。闻国中率用日本宽永钱，比来亦不见。昨香崖携示串钱，环如鹅眼，无轮廓，贯以绳，积长三寸许，连四贯而合之，封以纸，上有钤记[1]。此球人新制钱，每封当大钱十。盖国中钱少，宽永钱铜质较美，恐或有人买去，故收藏之。特制此钱应用，市中无钱以此。

/注释/

1．钤（qián）记：旧时受地方长官委任办事的机关或人员所用的木制印章，通常长方形。

/原文/

国中男逸女劳，无有肩担背负者，趋集、织纫及采薪、运水，皆妇人主之。凡物皆戴之顶。女衣既无纽无带，又不束腰，而国俗男女皆无袴，势须以手曳襟，襟较男衣长，叠襟下为两层，风不得开。因悟髻必偏坠者，以手既曳襟，须空其顶以戴物。童而习之，虽重百斤，登山涉涧，无倾侧，是国中第一绝技也。其动作时，常卷两袖至背，贯绳而束之。发垢辄洗，洗用泥，脱衣结于腰，赤身低头，见人亦不避。抱儿惟一手，叉置腰间，即藉以曳襟。

东苑在崎山，出欢会门，折而北，逐瑞泉下流，至龙渊桥，汇而为池。广可十丈，长可数十丈，捍以堤，曰龙潭。水清鱼可数，荷叶半倒。再折而东，有小村，篠[1]屏修整，松盖阴翳，薄云补林，微风啸竹，园外已极幽趣。入门，板亭二，南向。更进而南，屋三楹。亭东有阜如覆盂。折而南，有岩西向，上镌梵字[2]。下蹲石狮一，饰以五彩。再下，有小方池，凿石为龙首，泉从口出。有金鱼池，前竹万竿，后松百挺。再东，为望仙阁，前有东苑阁，后为能仁堂，东北望海，西南望山，国中形胜，此为第一。

/注释/

1. 篠（xiǎo）：多指比较细的竹子。

2. 梵（fàn）字：即婆罗米字母，是印度古代最重要的、也是使用最广泛的字母。

/原文/

南苑之胜，亦不减于东苑。苑中马富盛。折而东，循行阡陌间，水田漠漠，番薯油油，绝无秋景。薯有新种者，问知已三收矣。再入山，松阴夹道，茅屋参差，田家之景可画。计十余里，始入苑村，名姑场川，即同乐苑也。苑踞山脊，轩五楹，夹室为复阁，颇曲折。轩前有池新凿，狭而东西长。叠礁为桥，桥南新阜累累，因阜以为亭，宜远眺。亭东植奇花异卉，有花绝类蝴蝶，绛红色，叶如嫩槐，曰蝴蝶花。有松叶如白毛，曰白发松。池东旧有亭，圮，以布代之。池西有阁，颇轩敞，四面风来，宜纳凉。有阁曰迎晖，有亭曰一览，即正副使所题也。轩北有松，有凤蕉，有桃，有柳。黄昏举烟火，略同中国。余偕寄尘游波上，板阁无他神，惟挂铜片幡，上凿"奉寄御币"字，后署云："元和[1]二年壬戌。"或疑为唐时物，非也。按元和二年为丁亥，非壬戌也。日本马场信武撰《八卦通变指南》，内列三元指掌：云上元起永禄七年甲子，止元和三年癸亥。如元起宽永元年甲子，止元和三年癸亥。下元起贞亨元年甲子。今元禄十六年癸未，国中既行宽永钱，证以元和日本僭号[2]，知琉球旧曾奉日本正朔，今讳言之欤?

/注释/

1．元和：是唐宪宗李纯的年号（806 年—820 年）。

2．僭（jiàn）号：冒用帝王的称号，或超越本分的封号。

/原文/

纸鸢制无精巧者，儿童多立屋上放之。按中国多放于清明前，义取张口仰视，宣导阳气，令儿少疾。今放于九月，以非九月纸鸢不能上，则风力与中国异，即此可验球阳气暖，故能十月种稻。

国俗男欲为僧者听之，既受戒，有廪给。有犯戒者，饬令[1]还俗，放之别岛。女子愿为土妓者亦听，接交外客，女之兄弟仍与外客叙亲往来，然率皆贫民，故不以为耻。若已嫁夫而复敢犯奸者，许女之父兄自杀之，不以告王。即告王，王亦不赦。此国中良贱之大防，所以重廉耻也。此邦有红衣妓，与之言不解，按拍清歌，皆方言也。然风韵亦正有佳者，殆不减憨园。近忽因事他迁，以扇索诗，因题二诗以赠之。诗云："芳龄二八最风流，楚楚腰身剪剪眸。手抱琵琶浑不语，似曾相识在苏州。""新愁旧恨感千端，再见真如隔世难。可惜今宵好明月，与谁共卷绣帘看？"

/注释/

1. 饬（chì）令：上级命令下级。

/原文/

国人率恭谨，有所受，必高举为礼，有所敬，则俯身搓手而后膜拜。劝尊者酒，酌而置杯于指尖以为敬，平等则置手心。

此邦屋俱不高，瓦必瓴，以避飓也。地板必去地三尺，以避湿也。屋脊四出，如八角亭，四面接修，更无重构复室，以省材也。屋无门户，上限刻双沟，设方格，糊以纸，左右推移，更不设暗闩，利省便，恃无盗也。临街则设矣。神龛置青石于炉，实以沙，祀祖神也。国以石为神，无传真也。瓦上瓦狮，《隋书》所谓兽头骨角也。壁无粉墁，示朴也。贵家间有糊砑粉花笺，习华风，渐奢也。

龟山有峰独出，与众山绝，前附小峰，离约二丈许。邦人驾石为洞，连二山，高十丈余，结布幔于洞东。小憩，拾级而登，行洞上，又十余级，乃陟[1]巅。巅恰容一楼，楼无名，四面轩豁，无户牖[2]。副使谓余曰："兹楼俯中山之全势，不可无名。"因名之曰"蜀楼"，并为之跋曰："蜀者何？独也。楼何以蜀名？以其踞独山也。不曰独而曰蜀者，以副使为蜀人，楼构已百年，而副使乃名之，若有待也。"楼左瞰青畴，右扶苍石，后临大海，前揖中山，坐其中以望，若建瓴焉。余又请于副使曰："额不可无联。"副使因书前四语付之。归路循海而西，崖洞溪壑皆奇峭，是又一胜游矣。

/注释/

1．陟（zhì）：登高。

2．牖（yǒu）：指窗户。

/原文/

越南山，度丝满村，人家皆面海，奇石林立。遵海而西，有山，翠色攒空，石骨穿海，曰沙岳。时午潮初退，白石邻邻，群马争驰，飞溅如雨。再西，度大岭村，丛棘为篱，鱼网数百晒其上。村外水田漠漠，泥淖陷马。有牛放于冈，汪录谓马耕无牛，今不尽然也。

本岛能中山语者，给黄帽为酋长。岁遣亲云上监抚之，名奉行官，主其赋讼。各赋其土之宜，以贡于王。间切者，外府之谓。首里、泊、久米、那霸四府为王畿[1]，故不设，此外皆设。职在亲民，察其村之利弊，而报于亲云上。间切，略如中国知府。中山属府十四，间切十，山南省属府十二，山北省属府九，间切如其府数。

/注释/

1．王畿（jī）：泛指帝京。

/原文/

国俗自八月初十至十五日，并蒸米，拌赤小豆为饭相饷，以祭月，风同中国。是夜，正副使邀从客露饮，月光澄水，天色拖蓝，风寂动息，潮声杂丝竹声自远而至。恍置身三山，听子晋[1]吹笙，麻姑[2]度曲，万缘俱静矣。宇宙之大，同此一月。回忆昔日萧爽楼中，良宵美景，轻轻放过，今则天各一方，能无对月而兴怀乎？

/注释/

1．子晋：王子乔的字。神话传说中的人物，喜吹笙作凤凰鸣，被浮丘公引往嵩山修炼，后升仙。

2．麻姑：神话传说中仙女名。流传有三月三日西王母寿辰，麻姑于绛珠河边以灵芝酿酒祝寿的故事。

/原文/

世传八月十八日为潮生辰，国俗，于是夜候潮坡上。子刻，偕寄尘至波上，草如碧毯，沾露愈滑，扶仆行，凭垣倚石而坐。丑刻，潮始至，若云峰万叠，卷海飞来。须臾，腥气大盛，水怪抟风，金蛇掣电，天柱欲折，地轴暗摇，雪浪溅衣，直高百尺，未敢遽窥鲛宫[1]，已若有推而起之者，迷离惝恍，千态万状。观此，乃知枚乘《七发》[2]，犹形容未尽也。潮既退，始闻噌吰[3]之声出礁石间，徐步至护国寺，尚似有雷霆震耳，潮至此，观止矣。

/注释/

1．鲛（jiāo）宫：即鲛室。

2．枚乘《七发》：西汉辞赋家，《七发》为其代表作。

3．噌（cēng）吰（hóng）：象声词。多用以形容钟鼓声。

/原文/

元旦至六日，贺节。初五日，迎灶。二月，祭麦神。十二日，浚井，汲新水，俗谓之洗百病。三月三日，作艾糕。五月五日，竞渡。六月六日，国中作六月节，家家蒸糯米，为饭相饷。十二月八日，作糯米糕，层裹棕叶，蒸以相饷，名曰鬼饼。二十四日，送灶。正三五九为吉月，妇女率游海畔，拜水神祈福。逢朔日，群汲新水献神，此其略也。余独疑国俗敬佛，而不知四月八日为佛诞辰。腊八鬼饼如角黍，而不知七宝粥。

国王送菊二十余盆，花叶并茂，根际皆以竹签标名，内三种尤异类：一名“金锦”，朵兼红黄白三色，小而繁，灿如列星；一名“重宝”，瓣如莲而小，色淡红；一名“素球”，瓣宽，不类菊，重叠千层，白如雪，皆所未见者。媵之以诗，诗云：“陶篱韩圃多秋色，未必当年有此花。似汝幽姿真可惜，移根无路到中华。”

见狮子舞，布为身，皮为头，丝为尾，剪彩如毛饰其外，头尾口眼皆活，镀睛贴齿，两人居其中，俯仰跳跃，相驯狎欢腾状。余曰：“此近古乐矣。”按《旧唐书·音乐志》，后周武帝时造太平乐，亦谓之五方狮子舞。白乐天《西凉妓》云：“假面夷人弄狮子，刻木为头丝作尾。金镀眼睛银贴齿，奋迅毛衣罢双耳。”即此舞也。

此邦有所谓踏柁戏者，横木以为梁，高四尺余，复置板而横之，长丈有二尺，虚其两端，均力焉。夷女二，结束衣彩，赤双足，各手一巾，对立相视而歌。歌未竟，跃立两端，稍作低昂，势若水碓之起伏，渐起渐高。东者陡落而激之，则西飞起三丈余，翩翩若轻燕之舞于空也；西者落而陡激之，则东者复起，又如鸷鸟之直上青云也。叠相起伏，愈激愈疾，几若山鸡舞镜，不复辨其孰为影，孰为形焉。俄焉势渐衰，机渐缓，板末乃安，齐跃而下，整衣而立。终戏，无虚蹈方寸者，技至此绝矣。

接送宾客颇真率，无揖让之烦。客至不迎，随意坐，主人即具烟架火炉，竹筒木匣各一，横烟管其上，匣以烟，筒以弃灰也。遇所敬客，乃烹茶，以细末粉少许，杂茶末，入沸水半瓯，搅以小竹帚，以沫满瓯面为度。客去，亦不送。贵官劝客，常以箸蘸浆少许，纳客唇以为敬。烧酒著黄糖则名福，著白糖则名寿，亦劝客之一贵品也。

重阳具龙舟竞渡于龙潭。琉球亦于五月竞渡。重阳之戏，专为宴天使而设。因成三诗以志之，诗云：“故园辜负菊花黄，万里迢迢在异乡。舟泛龙潭看竞渡，重阳错认作端阳。”“去年秋在洞庭湾，亲摘黄花插翠鬟。今日登高来海外，累伊独上望夫山。”“待将风信泛归槎，犹及初冬好到家。已误霜前开菊宴，还期雪里访梅花。”

闻程顺则曾于津门购得宋朱文公墨迹十四字，今其后裔犹宝之。借观不得，因至其家，开卷，见笔势森严，如奇峰怪石，有岩岩不可犯之色，想见当日道学气象。字径八寸以上，文曰：“香飞翰苑围川野，春报南桥叠萃新。”后有名款，无岁月。文公墨迹流传世间者，莫不宝而藏之。盖其所就者大，笔墨乃其余事，而能自成一家言如此，知古人学力，无所不至也。

又游蔡清派家祠，祠内供蔡君谟[1]画像，并出君谟墨迹见示，知为君谟的派。由明初至琉球，为三十六姓之一。清派能汉语，人亦倜傥。由祠至其家，花木俱有清致，池圆如月，为额其室曰“月波大屋”。大抵球人工剪剔树木，叠砌假山，故士大夫家，率有丘壑以供游览。庭中树长竿，上置小木舟，长二尺，桅舵帆橹[2]皆备。首尾风轮五叶，挂色旗以候风。渡海之家，率预计归期。南风至，则合家欢喜，谓行人当归，归则撤之。即古五两旗遗意。

/注释/

1．蔡君谟：北宋书法家蔡襄的字。

2．桅（wéi）舵（duò）帆橹（lǔ）：桅：竖立于船的甲板上的长杆，用来挂帆悬旗或兼做吊杆柱等。舵：船只驾驶时用来掌握前进方向的装置，多为圆轮状位于船尾。橹：拨水使船前进的工具，置于船边，比桨长，用于摇动。

/原文/

国王有墨长五寸，宽二寸。有老坑端砚，长一尺，宽六寸，有“永乐[1]四年”字，砚背有“七年四月东坡居士留赠潘邠老[2]”字。问知为前明受赐物。国中有《东坡诗集》，知王不但宝其砚矣。

/注释/

1. 永乐：明成祖朱棣的年号（1403年—1424年）。

2. 潘邠（bīn）老：宋代诗人潘大临的字。

/原文/

棉纸清纸，皆以谷皮为之，恶不中书者。有护书纸，大者佳，高可三尺许，阔二尺，白如玉。小者减其半。亦有印花诗笺，可作札。别有围屏纸，则糊壁用矣。徐葆光《球纸诗》云：“冷金入手白于练，侧理海涛凝一片。昆刀截截径尺方，叠雪千层无幂面。”形容殆尽。

南炮台间有碑二，一正书，剥蚀甚微，“奉书造”三字，一其国学书，前朝嘉靖[1]二十一年建。惟不能尽识，其笔力正自遒劲飞舞。

/注释/

1. 嘉靖：明世宗朱厚熜的年号（1522年—1566年）。

/原文/

有木曰山米，又名野麻姑，叶可染，子如女贞，味酸。士人榨以为醋。球醋纯白，不甚酸，供者以为米醋，味不类，或即此果所榨欤？

席地坐，以东为上，设毡。食皆小盘，方盈尺，著两板为脚，高八寸许。肴凡四进，各盘贮而不相共，三进皆附以饭，至四肴乃进酒二，不过三巡。每进肴止一盘，必撤前肴而后进其次肴。饭用油煎面果，次肴饭用炒米花，三肴用饭。每供肴酒，主人必亲手高举，置客前，俯身搓手而退。终席，主人不陪，以为至敬。此球人宴会尊客之礼。平等乃对饮。大要球俗席皆坐地，无椅桌之用，食具如古俎豆，肴尽干制，无所用勺。虽贵官家食，不过一肴、一饭、一箸，箸多削新柳为之。即妻子不同食，犹有古人之遗风焉。

使院敷命堂后，旧有二榜。一书前明册使姓名：洪武[1] 五年，封中山王察度，使行人汤载。永乐二年，封武宁，使行人时中。洪熙元年，封巴志，使中官柴山。正统[2] 七年，封尚忠，使给事中俞忭、行人刘逊。十三年，封尚思达，使给事中陈传、行人万祥。景泰[3] 二年，封尚景福，使给事中乔毅、行人童守宏。六年，封尚泰久，使给事中严诚、行人刘俭。天顺[4] 六年，封尚德，使吏科给事中潘荣、行人蔡哲。成化[5] 六年，封尚圆，使兵科给事中官荣、行人韩文。十三年，封尚真，使兵科给事中董旻、行人司司副张祥。嘉靖七年，封尚清，使吏科给事中陈侃、行人高澄。四十一年，封尚元，使吏科左给事中郭汝霖、行人李际春。万历[6] 四年，封尚永，使户科左给事中肖崇业、行人谢杰。二十九年，封尚宁，使兵科右给事中夏子阳、行人王士正。崇祯[7] 元年，封尚丰，使户科左给事中杜三策、行人司司正杨伦。凡十五次，二十七人，柴山以前无副也。

/注释/

1．洪武：明太祖朱元璋的年号（1368 年—1398 年）。

2．正统：明英宗朱祁镇的年号（1436 年—1449 年）。

3．景泰：明代宗朱祁钰的年号（1450 年—1457 年）。

4．天顺：明英宗朱祁镇经夺门之变后二次登基后的年号

（1457 年—1464 年）。

5．成化：明宪宗朱见深的年号（1465—1487 年）。

6．万历：明神宗朱翊钧的年号（1573 年—1620 年）。

7．崇祯：明朝最后一位皇帝朱由检（明思宗）的年号（1627 年—1644 年）。

/原文/

一书本朝册使姓名：康熙[1] 二年，封尚质，使兵科副理官张学礼、行人王垓。二十一年，封尚贞，使翰林院检讨汪楫、内阁中书舍人林麟焻。五十八年，封尚敬，使翰林院检讨海宝、翰林院编修徐葆光。乾隆二十一年，封尚穆，使翰林院侍讲全魁、翰林院编修周煌。凡四次，共八人。

/注释/

1．康熙：顺治帝第三子、清圣祖爱新觉罗·玄烨的年号（1654 年—1722 年）。

/原文/

清明后，南风为常，霜降后，南北风为常，反是飓飓将作。正二三月多飓，五六七八月多飓，飓聚发而倏止，飓渐作而多日。九月北风或连月，俗称九降风，间有飓起，亦骤如飓。遇飓犹可，遇飓难当。十月后多北风，飓飓无定期，舟人视风隙以来往。凡飓将至，天色有黑点，急收帆严舵以待，迟则不及，或至倾覆。凡飓将至，天边断虹若片帆，曰"破帆"。稍及半天如鲎[1]尾，曰屈鲎，若见北方，尤虐。又海面骤变，多秽如米糠，及海蛇浮游，或红蜻蜓飞绕，皆飓风征。

/注释/

1．鲎（hòu）：海生节肢动物，形状似蟹，身体呈青褐色或暗褐色。

/原文/

自来球阳。忽已半年，东风不来，欲归无计。十月二十五日，乃始扬帆返国。至二十九日，见温州南杞山，少顷，见北杞山，有船数十只泊焉，舟人皆喜，以为此必迎护船也。守备登后艄以望，惊报曰："泊者贼船也！"又报："贼船皆扬帆矣！"未几，贼船十六只吆喝而来，我船从舵门放子母炮，立毙四人，击喝者坠海，贼退。枪并发，又毙六人。复以炮击之，毙五人。稍进，又击之，复毙四人。乃退去。其时贼船已占上风，暗移子母炮至舵右舷边，连毙贼十二人，焚其头篷，皆转舵而退。中有二船较大，复鼓噪由上风飞至。大炮准对贼船即施放，一发中其贼首，烟迷里许，既散，则贼船已尽退。是役也，枪炮俱无虚发，幸免于危。

不一时，北风又至，浪飞过船。梦中闻舟人哗曰："到官塘矣。"惊起。从客皆一夜不眠，语余曰："险至此，汝尚能睡耶？"余问其状，曰："每侧则篷皆卧水，一浪盖船，则船身入水，惟闻瀑布声垂流不息，其不覆者，幸耶！"余笑应之曰："设覆，君等能免乎？余入黑甜乡，未曾目击其险，岂非幸乎！"盥后，登战台视之，前后十余灶皆没，船面无一物，爨火断矣。舟人指曰："前即定海，可无虑矣。"申刻乃得泊，船户登岸购米薪，乃得食。是夜修家书，以慰芸之悬系，而归心益切。犹忆昔年芸尝谓余："布衣菜饭，可乐终身，不必作远游。"此番航海，虽奇而险，濒危幸免，始有味乎芸之言也。

卷六　养生记道

/原文/

自芸娘之逝，戚戚无欢。春朝秋夕，登山临水，极目伤心，非悲则恨。读《坎坷记愁》，而余所遭之拂逆可知也。

静念解脱之法，行将辞家远去，求赤松子于世外。嗣从淡安、揖山两昆季之劝，遂乃栖身苦庵，惟以《南华经》[1]自遣。乃知蒙庄鼓盆而歌[2]，岂真忘情哉？无可奈何，而翻作达耳。余读其书，渐有所悟。读《养生主》[3]而悟达观之士，无时而不安，无顺而不处，冥然与造化为一，将何得而何失，孰死而孰生耶？故任其所受，而哀乐无所错其间矣。又读《逍遥游》，而悟养生之要，惟在闲放不拘，怡适自得而已。始悔前此之一段痴情，得勿作茧自缚矣乎！此《养生记道》之所为作也。亦或采前贤之说以自广，扫除种种烦恼，惟以有益身心为主，即蒙庄之旨也。庶几可以全生，可以尽年。

/注释/

1.《南华经》：即《庄子》，因庄子被尊为南华真人。

2.蒙庄鼓盆而歌：据《庄子·至乐》记载，庄子妻子过世以后，他击打瓦盆唱起歌。

3.《养生主》：和下文的《逍遥游》，都是《庄子》中的章节。

/原文/

余年才四十，渐呈衰象，盖以百忧摧撼，历年郁抑，不无闷损。淡安劝余每日静坐数息，仿子瞻[1]《养生颂》之法，余将遵而行之。调息之法，不拘时候，兀身端坐，子瞻所谓摄身使如木偶也。解衣缓带，务令适然，口中舌搅数次，微微吐出浊气，不令有声。鼻中微微纳之，或三五遍，二七遍，有津咽下，叩齿数通，舌抵上腭，唇齿相著，两目垂帘，令胧胧然渐次调息。不喘不粗，或数息出或数息入，从一至十，从十至百，摄心在数，勿令散乱，子瞻所谓寂然兀然与虚空等也。如心息相依，杂念不生，则止勿数，任其自然。子瞻所谓“随”也。坐久愈妙，若欲起身，须徐徐舒放手足，勿得遽起。能勤行之，静中光景，种种奇特，子瞻所谓定能生慧，自然明悟，譬如盲人忽然有眼也，直可明心见性，不但养身全生而已。出入绵绵，若存若亡，神气相依，是为真息。息息归根，自能夺天地之造化，长生不死之妙道也。

人大言，我小语。人多烦，我少计。人悸怖，我不怒。澹然无为，神气自满，此长生之药。《秋声赋》[2] 云：“奈何思其力之所不及，忧其智之所不能，宜其渥然丹者为槁木，黟然黑者为星星。”此士大夫通患也。又日：“百忧感其心，万事劳其形，有动于中，必摇其精。”人常有多忧多思之患，方壮遽老，方老遽衰，仅此亦长生之法。舞衫歌扇，转眼皆非；红粉青楼，当场即幻。秉灵烛以照迷情，持慧剑以割爱欲，殆非大勇不能也。然情必有所寄，不如寄其情于卉木，不如寄其情于书画，与对艳妆美人何异，可省却许多烦恼。

/注释/

1. 子瞻：北宋文学家苏轼的字。

2.《秋声赋》：宋代欧阳修文赋的代表作。

/原文/

范文正有云："千古圣贤，不能免生死，不能管后事。一身从无中来，欲归无中去，谁是亲疏？谁能主宰？即无奈何，即放心逍遥，任委来往，如此断了，既心气渐顺，五脏亦和，药方有效，食方有味也。只如安乐人，忽有忧事，便吃食不下，何况久病？更忧身死，更忧身后，乃在大怖中，饮食安可得下？请宽心将息"云云，乃劝其中舍三哥之帖。余近日多忧多虑，正宜读此一段。放翁[1]胸次广大，盖与渊明、乐天、尧夫[2]、子瞻等同其旷逸，其于养生之道，千言万语，真可谓有道之士，此后当玩索陆诗，正可疗余之病。

/注释/

1. 放翁：南宋诗人陆游的号。

2. 尧夫：北宋理学家邵雍的字。

/原文/

澡浴极有益。余近制一大盆，盛水极多，澡浴后，至为畅适。东坡诗所谓"淤槽漆斛江河倾，本来无垢洗更轻"，颇领略得一二。治有病，不若治于无病，疗身不若疗心，使人疗，尤不若先自疗也。林鉴堂诗曰："自家心病自家知，起念还当把念医。只是心生心作病，心安那有病来时。"此之谓自疗之药，游心于虚静，结志于微妙，委虑于无欲，指归于无为，故能达生延命，与道为久。

仙经以精、气、神为内三宝，耳、目、口为外三宝，常令内三宝不逐物而流，外三宝不诱中而扰。重阳祖师[1]于十二时中，行住坐卧，一切动中，要把心似泰山，不摇不动，谨守四门，眼耳鼻口，不令内入外出，此名养寿紧要。外无劳形之事，内无思想之患，以恬愉为务，以自得为功，形体不敝，精神不散。

/注释/

1. 重阳祖师：即全真教创始人王重阳。

/原文/

益州老人尝言：凡欲身之无病，必须先正其心，使其心不乱求，心不狂思，不贪嗜欲，不着迷惑，则心君泰然矣。心君泰然，则百骸四体虽有病，不难治疗。独此心一动，百患为招，即扁鹊华佗[1]在旁，亦无所措手矣。林鉴堂先生有《安心诗》六首，真长生之要诀也。诗云：

我有灵丹一小锭，
能医四海群迷病。
些儿吞下体安然，
管取延年兼接命。

安心心法有谁知，
却把无形妙药医。
医得此心能不病，
翻身跳入太虚时。

念杂由来业障多，
憧憧扰扰竟如何？
驱魔自有玄微诀，
引入尧夫安乐窝。

人有二心方显念，

念无二心始为人。
人心无二浑无念，
念绝悠然见太清。

这也了时那也了，
纷纷攘攘皆分晓。
云开万里见清光，
明月一轮圆皎皎。

四海遨游养浩然，
心连碧水水连天。
津头自有渔郎问，
洞里桃花日日鲜。

/注释/

1．扁鹊华佗：扁鹊：姓秦，名缓，字越人，春秋战国时期名医。华佗：字元化，东汉末年著名的医学家。

/原文/

禅师与余谈养心之法，谓心如明镜[1]，不可以尘之也；又如止水，不可以波之也。此与晦庵[2]所言学者常要提醒此心，惺惺不寐，如日中天，群邪自息，其旨正同。又言目毋妄视，耳毋妄听，口毋妄言，心毋妄动，贪嗔痴爱，是非人我，一切放下，未事不可先迎，遇事不宜过扰，即事不可留住，听其自来，应以自然，信其自去，忿懥[3]恐惧，好乐忧患，皆得其正，此养心之要也。

/注释/

1．心如明镜：是指心里无杂念，对人坦荡荡，就像一面镜子一样光洁干净。这是从神秀的偈子引申出来："身是菩提树，心如明镜台。时时勤拂拭，勿使惹尘埃。"

2．晦庵：南宋理学家朱熹的号。

3．忿（fèn）懥（zhì）：发怒的样子。

/原文/

王华子曰："斋者，齐也，齐其心而洁其体也，岂仅茹素而已。所谓齐其心者，澹志寡营，轻得失，勤内省，远荤酒。洁其体者，不履邪径，不视恶色，不听淫声，不为物诱，入室闭户，烧香静坐，方可谓之斋也。诚能如是，则身中之神明自安，升降不碍，可以却病，可以长生。"

余所居室，四边皆窗户，遇风即阖，风息即开。余所居室，前帘后屏，太明即下帘，以和其内映，太暗则卷帘，以通其外耀，内以安心，外以安目，心目俱安，则身安矣。

禅师称二语告我曰："未死先学死，有生即杀生。"有生，谓妄念初生。杀生，谓立予铲除也。此与孟子勿忘勿助之功相通。

孙真人[1]《卫生歌》云："卫生切要知三戒，大怒大欲并大醉。三者若还有一焉，须防损失真元气。"又云："世人欲知卫生道，喜乐有常嗔怒少。心诚意正思虑除，理顺修身去烦恼。"又云："醉后强饮饱强食，未有此生不成疾。入资饮食以养身，去其甚者自安适。"又蔡西山[2]《卫生歌》云："何必餐霞饵大药，忘意延岁等龟鹤。但于饮食嗜欲间，去其甚者将安乐。食后徐行百步多，两手摩胁并胸腹。"又云："醉眠饱卧俱无益，渴饮饥餐尤戒多。食不欲粗并欲速，宁可少餐相接续。若教一顿饱充肠，损气伤脾非尔福。"又云："饮酒莫教令大醉，大醉伤神损心志。

酒渴饮水并啜茶，腰脚自兹成重坠。”又云：“视听行坐不可久，五劳七伤从此有。四肢亦欲得小劳，譬如户枢终不朽。”又云：“道家更有颐生旨，第一戒人少嗔恚。”凡此数言，果能遵行，功臻旦夕，勿谓老生常谈也。

/注释/

1．孙真人：指唐代医药学家孙思邈。

2．蔡西山：指南宋哲学家蔡元定。

/原文/

洁一室，开南牖，八窗通明，勿多陈列玩器，引乱心目。设广榻长几各一，笔砚楚楚。旁设小几一，挂字画一幅，频换。几上置得意书一二部，古帖一本，古琴一张。心目间，常要一尘不染。晨入园林，种植蔬果，芟[1]草，灌花，莳[2]药。归来入室，闭目定神。时读快书，怡悦神气，时吟好诗，畅发幽情。临古帖，抚古琴，倦即止。知己聚谈，勿及时事，勿及权势，勿臧否人物，勿争辩是非。或约闲行，不衫不履，勿以劳苦徇礼节。小饮勿醉，陶然而已。诚然如是，亦堪乐志。以视夫蹙[3]足入泮，申脰[4]就羁，游卿相之门，有簪佩之累，岂不霄壤之悬哉！

/注释/

1．芟（shān）：割草，引申为除去。

2．莳（shì）：栽种。

3．蹙（cù）：收缩。

4．申脰（dòu）：伸长脖子。

/原文/

太极拳非他种拳术可及，太极二字已完全包括此种拳术之意义。太极乃一圆圈，太极拳即由无数圆圈联贯而成之一种拳术，无论一举手，一投足，皆不能离此圆圈，离此圆圈，便违太极拳之原理。四肢百骸不动则已，动则皆不能离此圆圈，处处成圆，随虚随实。练习以前，先须存神纳气，静坐数刻，并非道家之守窍也。只须屏绝思虑，务使万缘俱静。以缓慢为原则，以毫不使力为要义，自首至尾，联绵不断。相传为辽阳张通，于洪武初奉召入都，路阻武当，夜梦异人，授以此种拳术。余近年从事练习，果觉身体较健，寒暑不侵，用以卫生，诚有益而无损者也。

省多言，省笔札，省交游，省妄想，所一息不可省者，居敬养心耳。

杨廉夫[1]有《路逢三叟词》云："上叟前致词，大道抱天全；中叟前致词，寒暑每节宣；下叟前致词，百年半单眠。"尝见后山诗中一词，亦此意，盖出应璩。璩诗曰："昔有行道人，陌上见三叟。年各百岁余，相与锄禾麦。往前问三叟，何以得此寿？上叟前致词，室内姬粗丑；二叟前致词，量腹节所受；下叟前致词，夜卧不覆首。要哉三叟言，所以能长久。"

/注释/

1. 杨廉夫：元末明初文学家。

/原文/

古人云："比上不足，比下有余。"此最是寻乐妙法也。将啼饥者比，则得饱自乐；将号寒者比，则得暖自乐；将劳役者比，则悠闲自乐；将疾病者比，则康健自乐；将祸患者比，则平安自乐；将死亡者比，则生存自乐。白乐天诗有云："蜗牛角内争何事，石光火中寄此身。随富随贫且欢喜，不开口笑是痴人。"近人诗有云："人生世间一大梦，梦里胡为苦认真。梦短梦长俱是梦，忽然一觉梦何存。"与乐天同一旷达也！

"世事茫茫，光阴有限，算来何必奔忙？人生碌碌，竞短论长，却不道荣枯有数，得失难量。看那秋风金谷[1]，夜月乌江[2]，阿房宫[3]冷，铜雀台[4]荒。荣华花上露，富贵草头霜。机关参透，万虑皆忘。夸什么龙楼凤阁，说什么利锁名缰，闲来静处，且将诗酒猖狂，唱一曲归来未晚，歌一调湖海茫茫。逢时遇景，拾翠寻芳。约几个知心密友，到野外溪傍。或琴棋适性，或曲水流觞[5]。或说些善因果报，或论些今古兴亡。看花枝堆锦绣，听鸟语弄笙簧。一任他人情反复，世态炎凉，优游闲岁月，潇洒度时光。”此不知为谁氏所作，读之而若大梦之得醒，热火世界一帖清凉散也。

/注释/

1. 金谷：指西晋初年石崇所建的金谷园，极尽奢华。

2. 乌江：指西楚霸王项羽乌江自刎一事。

3. 阿房宫：指秦始皇耗费大量人力物力所建宫殿，后被项羽所烧。

4. 铜雀台：指曹操在邺城所建台阁，金碧辉煌。

5. 曲水流觞：古代风俗，三月三日上巳节人们举行祓禊仪式之后，大家坐在河渠两旁，在上游放置酒杯，酒杯顺流而下，停在谁的面前，谁就取杯饮酒。

/原文/

程明道[1]先生曰：吾受气甚薄，因厚为保生，至三十而浸盛，四十五十而后完，今生七十二年矣，较其筋骨，予盛年无损也。若人待老而保生，是犹贫而后蓄积，虽勤亦无补矣。口中言少，心头事少，肚里食少，有此三少，神仙可到。酒宜节饮，忿宜速惩，欲宜力制，依此三宜，疾病自稀。病有十可却：静坐观空，觉四大原从假合，一也；烦恼现前，以死譬之，二也；常将不如我者，巧自宽解，三也；造物劳我以生，遇病少闲，反生庆幸，四也；宿孽现逢，不可逃避，欢喜领受，五也；家庭和睦，无交谪之言，六也；众生各有病根，常自观察克治，七也；风寒谨访，嗜欲淡薄，八也；饮食宁节毋多，起居务适毋强，九也；觅高朋亲友，讲开怀出世之谈，十也。

/注释/

1. 程明道：程颢，北宋理学家，世称明道先生。

/原文/

邵康节[1]居安乐窝中，自吟曰："老年肢体索温存，安乐窝中别有春。万事去心闲偃仰，四肢由我任舒伸。炎天傍竹凉铺簟，寒雪围炉软布裀。昼数落花聆鸟语，夜邀明月操琴声。食防难化常思节，衣必宜温莫懒增。谁道山翁拙于用，也能康济自家身。"

/注释/

1. 邵康节：邵雍，北宋理学家，卒谥康节。

/原文/

养生之道，只"清净明了"四字，内觉身心空，外觉万物空，破诸妄想，一无执着，是曰清净明了。万病之毒，皆生于浓：浓于声色，生虚怯病；浓于货利，生食饕病；浓于功业，生造作病；浓于名誉，生矫激病。噫！浓之为毒甚矣！樊尚默先生以一味药解之曰"淡"。云白山青，川行石立，花迎鸟笑，谷答樵讴，万境自闲，人心自闹。

岁暮访淡安，见其凝尘满室，泊然处之。叹曰："所居必洒扫涓洁，虚室以居，尘嚣不染。斋前杂树花木，时观万物生意。深夜独坐，或启扉以漏月光，至昧爽，但觉天地万物，清气自远而届，此心与相流通，更无窒碍。今室中芜秽不治，弗以累心，但恐于神爽未必有助也。"

余年来静坐枯庵，迅埽[1]夙习。或浩歌长林，或孤啸幽谷，或弄艇投竿于溪涯湖曲，捐耳目，去心智，久之似有所得。陈白沙[2]曰："不累于外物，不累于耳目，不累于造次颠沛。鸢飞鱼跃，其机在我。"知此者谓之善学，抑亦养寿之真诀也。

/注释/

1．埽：同"扫"，打扫。这里是去除的意思。

2．陈白沙：陈献章，明代儒学家。

/原文/

圣贤皆无不乐之理。孔子曰："乐在其中。"颜子[1]曰："不改其乐。"孟子以"不愧不怍"为乐。《论语》开首说乐，《中庸》言"无入而不自得"，程朱[2]教寻孔颜乐趣，皆是此意。圣贤之乐，余何敢望？窃欲仿白傅[3]之"有叟在中，白须飘然，妻孥熙熙，鸡犬闲闲"之乐云耳。

/注释/

1．颜子：即颜回。

2．程朱：宋代理学家程颢、程颐兄弟和朱熹的合称。

3．白傅：白居易曾做太子少傅，故称白傅。

/原文/

冬夏皆当以日出而起，于夏尤宜。天地清旭之气，最为爽神，失之甚为可惜。余居山寺之中，暑月日出则起，收水草清香之味，莲方敛而未开，竹含露而犹滴，可谓至快。日长漏永，午睡数刻，焚香垂幙，净展桃笙，睡足而起，神清气爽，真不啻天际真人也。

乐即是苦，苦即是乐，带些不足，安知非福？举家事事如意，一身件件自在，热光景即是冷消息。圣贤不能免厄，仙佛不能免劫，厄以铸圣贤，劫以炼仙佛也。

牛喘月[1]，雁随阳[2]，总成忙世界；蜂采香，蝇逐臭，同是苦生涯。劳生扰扰，惟利惟名，牿旦昼，蹶寒暑，促生死，皆此两字误之。以名为炭而灼心，心之液涸矣；以利为虿[3]而螫心，心之神损矣。今欲安心而却病，非将名利两字，涤除净尽不可。

/注释/

1. 牛喘月：又称吴牛喘月，吴地天气多炎暑，水牛怕热，见到月亮以为是太阳，故卧地望月而喘。比喻因疑心而害怕，也形容天气十分酷热。

2. 雁随阳：大雁随着季节和气候的变换而北往南来，故称。

3. 虿（chài）：古书上说的蝎子一类的毒虫。

/原文/

余读柴桑翁[1]《闲情赋》，而叹其钟情；读《归去来辞》，而叹其忘情；读《五柳先生传》，而叹其非有情，非无情，钟之忘之，而妙焉者也。余友淡公最慕柴桑翁，书不求解而能解，酒不期醉而能醉。且语余曰："诗何必五言，官何必五斗，子何必五男，宅何必五柳。"可谓逸矣！余梦中有句云："五百年谪在红尘，略成游戏；三千里击开沧海，便是逍遥。"醒而述诸琢堂，琢堂以为飘逸可诵，然而谁能会此意乎？

/注释/

1. 柴桑翁：指东晋大诗人陶渊明，因晚年隐居柴桑人故称。

/原文/

真定梁公每语人，每晚家居，必寻可喜笑之事，与客纵谈，掀髯大笑，以发舒一日劳顿郁结之气，此真得养生要诀也。曾有乡人过百岁，余扣其术，笑曰："余乡村人，无所知，但一生只是喜欢，从不知忧恼。"此岂名利中人所能哉！昔王右军[1]云："吾笃嗜种果，此中有至乐存焉。我种之树，开一花，结一实，玩之偏爱，食之益甘。"右军可谓自得其乐矣。放翁梦至仙馆，得诗云："长廊下瞰碧莲沼，小阁正对青萝峰。"便以为极胜之景。余居禅房，颇擅此胜，可傲放翁矣。

/注释/

1. 王右军：指东晋书法家王羲之，因做过右军将军，故称。

/原文/

余昔在球阳，日则步屧于空潭碧涧、长松茂竹之侧，夕则挑灯读白香山、陆放翁之诗，焚香煮茶，延两君子于座，与之相对，如见其襟怀之澹宕，几欲弃万事而从之游，亦愉悦身心之一助也。

余自四十五岁以后，讲求安心之法，方寸之地，空空洞洞，朗朗惺惺，凡喜怒哀乐，劳苦恐惧之事，决不令之入。譬如制为一城，将城门紧闭，时加防守，惟恐此数者阑入。近来渐觉阑入之时少，主人居其中，乃有安适之象矣。养身之道，一在慎嗜欲，一在慎饮食，一在慎忿怒，一在慎寒暑，一在慎思索，一在慎烦劳。有一于此，足以致病，安得不时时谨慎耶！

张敦复[1]先生尝言：古人读《文选》[2]而悟养生之理，得力于两句，曰“石蕴玉而山辉，水含珠而川媚。”此真是至言。尝见兰蕙芍药之蒂间，必有露珠一点，若此一点为蚁虫所食，则花萎矣。又见笋初出，当晓，则必有露珠数颗在其末，日出，则露复敛而归根，夕则复上。田间有诗云：“夕看露颗上梢行”是也。若侵晓入园，笋上无露珠，则不成竹，遂取而食之。稻上亦有露，夕现而朝敛，人之元气全在乎此。故《文选》二语，不可不时时体察，得诀固不在多也。

/注释/

1. 张敦复：张英，字敦复，号圃翁，清代文学家。

2. 《文选》：梁代昭明太子萧统编选，又称《昭明文选》，是中国现存最早的诗文总集。

/原文/

余之所居，仅可容膝，寒则温室拥杂花，暑则垂帘对高槐，所自适于天壤间者，止此耳。然退一步想，我所得于天者已多，因此心平气和，无歆羡，亦无怨尤，此余晚年自得之乐也。圃翁曰：人心至灵至动，不可过劳，亦不可过逸，惟读书可以养之。闲适无事之人，整日不观书，则起居出入，身心无所栖泊，耳目无所安顿，势必心意颠倒，妄想生嗔，处逆境不乐，处顺境亦不乐也。古人有言，扫地焚香，清福已具。其有福者，佐以读书；其无福者，便生他想。旨哉斯言！且从来拂意之事，自不读书者见之，似为我所独遭，极其难堪，不知古人拂意之事有百倍于此者，特不细心体验耳！即如东坡先生，殁后遭逢高孝，文字始出，而当时之忧谗畏讥，困顿转徙潮惠之间，且遇跣足涉水，居近牛栏，是何如境界？又如白香山之无嗣，陆放翁之忍饥，皆载在书卷。彼独非千载闻人，而所遇皆如此？诚一平心静观，则人间拂意之事，可以涣然冰释。若不读书，则但见我所遭甚苦，而无穷怨尤嗔忿之心，烧灼不静，其苦为何如耶！故读书为颐养第一事也。

吴下有石琢堂先生之城南老屋，屋有五柳园，颇具泉石之胜，城市之中而有郊野之观，诚养神之胜地也。有天然之声籁，抑扬顿挫，荡漾余之耳边。群鸟嘤鸣林间时，所发之断断续续声，微风振动树叶时所发之沙沙簌簌声，和清溪细流流出时所发出之潺潺淙淙声，余泰然仰卧于青葱可爱之草地上，眼望蔚蓝澄澈之穹苍，真是一幅绝妙画图也。以视拙政园，一喧一静，真远胜之。

吾人须于不快乐之中，寻一快乐之方法。先须认清快乐与不快乐之造成，固由于处境之如何，但其主要根苗，还从己心发长耳。同是一人，同处一样之境，甲却能战胜劣境，乙反为劣境所征服。能战胜劣境之人，视劣境所征服之人，较为快乐。所以不必歆羡他人之福，怨恨自己之命。否则，是何异雪上加霜，愈以毁灭人生之一切也。无论如何处境之中，可以不必郁郁，须从郁郁之中，生出希望和快乐之精神。偶与琢堂道及，琢堂亦以为然。

家如残秋，身如昃晚[1]，情如剩烟，才如遣电，余不得已而游于画，而狎于诗，竖笔横墨，以自鸣其所喜，亦犹小草无聊，自矜其花，小鸟无奈，自矜其舌。小春之月，一霞始晴，一峰始明，一禽始清，一梅始生，而一诗一画始成。与梅相悦，与禽相得，与峰相立，与霞相揖。画虽拙而或以为工，诗虽苦而自以为甘。四壁已倾，一瓢已敝，无以损其愉悦之胸襟也。圃翁拟一联。将悬之草堂中："富贵贫贱，总难称意，知足即为称意；山水花竹，无恒主人，得闲便是主人。"其语虽俚，却有至理。天下佳山胜水，名花美竹无限，大约富贵人役于名利，贫贱人役于饥寒，总鲜领略及此者。能知足，能得闲，斯为自得其乐，斯为善于摄生也。

/注释/

1. 昃晚：太阳偏西的时候。

/原文/

心无止息，百忧以感之，众虑以扰之，若风之吹水，使之时起波澜，非所以养寿也。大约从事静坐，初不能妄念尽捐，宜注一念，由一念至于无念，如水之不起波澜。寂定之余，觉有无穷恬淡之意味，愿与世人共之。

阳明先生[1]曰：只要良知真切，虽做举业，不为心累。且如读书时，知强记之心不是，即克去之；有欲速之心不是，即克去之；有夸多斗靡之心不是，即克去之。如此，亦只是终日与圣贤印对，是个纯乎天理之心。任他读书，亦只调摄此心而已，何累之有？录此以为读书之法。

/注释/

1．阳明先生：王守仁，明代哲学家，世称阳明先生。

/原文/

汤文正公[1]抚吴时，日给惟韭菜，其公子偶市一鸡，公知之，责之曰："恶有士不嚼菜根而能作百事者哉！"即遣去。奈何世之肉食者流，竭其脂膏，供其口腹，以为分所应尔，不知甘脆肥腊，乃腐肠之药也。大概受病之始，必由饮食不节。俭以养廉，淡以寡欲，安贫之道在是，却疾之方亦在是。余喜食蒜，素不食屠门之嚼，食物素从省俭。自芸娘之逝，梅花盒亦不复用矣，庶不为汤公所呵乎！留侯邺侯[2]之隐于白云乡，刘、阮、陶、李[3]之隐于醉乡，司马长卿[4]以温柔乡隐，希夷先生[5]以睡乡隐，殆有所托而逃焉者也。余谓白云乡则近于渺茫，醉乡温柔乡抑非所以却病而延年，而睡乡为胜矣。妄言息躬，辄造逍遥之境；静寐成梦，旋臻甜适之乡。余时时税驾，咀嚼其味，但不从邯郸道上，向道人借黄粱枕[6]耳。

/注释/

1．汤文正公：汤斌，清代理学家。

2．留侯邺（yè）侯：留侯：汉初名臣张良的封号。邺侯：中唐名臣李泌，累封邺县侯，时人呼其"邺侯"。

3．刘、阮、陶、李：指刘伶、阮籍、陶渊明和李白，均以饮酒而闻名。

4．司马长卿：司马相如，字长卿，西汉辞赋家，代表作有《子虚赋》《上林赋》等。

5. 希夷先生：陈抟，字图南，自号扶摇子，宋太宗赐号希夷先生，唐末、五代隐士。

6. 黄粱枕：黄粱一梦出自唐沈既济《枕中记》，卢生在邯郸旅店住宿，入睡后做了一场享尽一生荣华富贵的好梦。醒来的时候小米饭还没有熟，因而大彻大悟。用来比喻荣华富贵如梦一场，短促而虚幻。

/原文/

养生之道，莫大于眠食。菜根粗粝，但食之甘美，即胜于珍馔也。眠亦不在多寝，但实得神凝梦甜，即片刻，亦足摄生也。放翁每以美睡为乐。然睡亦有诀，孙真人云："能息心，自瞑目。"蔡西山云："先睡心，后睡眼。"此真未发之妙。禅师告余伏气，有三种眠法：病龙眠，屈其膝也；寒猿眠，抱其膝也；龟鹤眠，踵其膝也。余少时，见先君子于午餐之后，小睡片刻，灯后治事，精神焕发。余近日亦思法之，午餐后于竹床小睡，入夜果觉清爽，益信吾父之所为，一一皆可为法。

余不为僧而有僧意。自芸之殁，一切世味皆生厌心，一切世缘皆生悲想。奈何颠倒不自痛悔耶！近年与老僧共话无生，而生趣始得。稽首世尊，少忏宿愆[1]，献佛以诗，餐僧以画。画性宜静，诗性宜孤，即诗与画，必悟禅机，始臻超脱也。

/注释/

1. 宿愆（qiān）：前世的罪过。

图书在版编目(CIP)数据

浮生六记 / (清) 沈复著 ; 倪海权译注. — 北京 : 中国文史出版社, 2020.1

ISBN 978-7-5205-1345-6

Ⅰ. ①浮… Ⅱ. ①沈… ②倪… Ⅲ. ①古典散文-散文集-中国-清代 Ⅳ. ①I264.9

中国版本图书馆 CIP 数据核字(2019)第 218203 号

责任编辑：薛媛媛

出版发行：**中国文史出版社**
社　　址：北京市海淀区西八里庄 69 号院　邮编：100142
电　　话：010-81136606　81136602　81136603（发行部）
传　　真：010-81136655
印　　装：北京东君印刷有限公司
经　　销：全国新华书店
开　　本：720×1020　1/16
印　　张：15　　　　字数：166 千字
版　　次：2020 年 1 月第 1 版
印　　次：2020 年 1 月第 1 次印刷
定　　价：55.00 元